政子、頼朝の妻

Masako, Yoritomo's wife

西脇隆

Takashi Nishiwaki

文藝春秋
企画出版部

政子、頼朝の妻

押掛《おしか》け女房《にょうぼう》

政子《まさこ》は思い立ったら居ても立ってもいられない。暗い夜道を頼朝《よりとも》の館《やかた》に小走りで急いだ。白銀の流れ星を見て願い事をする。晩夏《ばんか》に満天の星が輝《かがや》いている。月はまだ出ていない。急に空が暗くなり、青白い稲光《いなびかり》が走り、どっかんと雷《かみなり》が鳴る。西風のなか大粒《おおつぶ》の雨が、ざあざあと降り出す。道に迷い、雨に濡《ぬ》れながら滑《すべ》ったり転んだりしたが、一刻（三十分）で着いた。

男は蠟燭《ろうそく》の灯《ともしび》で書物を読んでいる。

「来てしまいました……」息が切れて心細さからか、いつもよりか高く、蚊《か》の鳴くような、か細い声だった。

「待っていましたよ――」優《やさ》しく微笑《ほほえ》みながら、低く太い声で答える。実はそれほど熱心に待っていたわけではないが、つい口に出る。愛多い情け深い性格のせいか。

「上がっていい」大きな口を開き、声がでかくなり、両手を合わせてお願いする。

「ああ、勿論《もちろん》。ふふふ」梅の実のごとく喉《のど》仏《ぼとけ》が揺《ゆ》れる。

(品《ひん》のある笑い方、好きだわ)

「うん、うれしい、ありがとう。ははは」少し照れながら返す。

(朗《ほが》らかな笑い顔と桃《もも》の割れ目のような笑窪《えくぼ》だ)と感じた。

男は井戸《いど》の水で泥《どろ》んこの足を、こまやかに丁寧《ていねい》に洗う。鹿《しか》のように長く細い足は真っ黒だった。脚《あし》には擦《す》り傷があり、赤い血が流れている。血も洗う。

(今まで痛みは感じていなかったけど、少し染《し》みるわ。かかる冷たい水と、項《うなじ》に感じる温かい吐息《といき》が気持ちいい)と思う。

（桃《もも》の花に似た白い太腿《ふともも》が艶麗《えんれい》だ）官能を刺激《しげき》する。

女は背中を見せて布で体を拭《ふ》いた。後ろ姿に見とれた男。振《ふ》り向いてしばらく見つめ合っていたが、手をつなぎ、いつの間にか、しっかりと抱《だ》き合い、唇《くちびる》を合わせ、どさっと倒《たお》れ込《こ》み、そして結ばれた。

冷たい身と温かい体が一つになり、お互《たが》い心臓の鼓動《こどう》を感じながら、繭《まゆ》に包《つつ》まれたような至福の時が過ぎる。汗《あせ》が背中を流れる。政子は初めてだった。

心地良い疲《つか》れのなか、そのまま色男の腕枕《うでまくら》で眠《ねむ》る。男も女の寝顔《ねがお》を見ながら寝入《ねい》る。風も眠《ねむ》る。雨はやみ、下弦《かげん》の月が東の空に出ている。秋虫もりんりんりーんと鳴き出す。

白い朝霧《あさぎり》が少しずつ晴れてきた。二人は自然に目が覚める。ぴゅりぴゅりちゅりちゅりと雲雀《ひばり》が囀《さえず》っている。

「このまま、ここにいていい……」頬《ほほ》を紅《あか》く染めながら哀願《あいがん》する。

「ああ、無論《むろん》。いいよ――」大きな声で返事する。

「昨夜《ゆうべ》、流れ星を見て願《がん》を懸《か》けたの。願い事が終わるまで流星が消えなかったので、そのまま走って来たの。来がけに雷《かみなり》と雨にあったけど」

「本当《ほんとう》に大変だったね」

「望《のぞ》みは、一緒《いっしょ》になれますように、だったの」

「ああ、叶《かな》った。拙者《せっしゃ》もずっと念じていたよ」調子を合わせる癖《くせ》が出る。

「ありがとうございます」朝陽《あさひ》のように明るい声になる。

一か月ほど前、盛夏《せいか》の三島神社の祭りの日に出会った。紅《くれない》の夕焼けに東風《こち》のなか、真っ白な梔子《くちなし》が咲《さ》いていた。富士山も真っ赤に染まっている。

山吹《やまぶき》色の浴衣《ゆかた》姿の女を見染めた貴公子は声を掛《か》ける。海のごとき浅葱《あさぎ》色《いろ》の単衣《ひとえ》だった。

「暑い」

「ほんとうですね」

「この近くに、お住まいでしょうか」

「うん。歩いて数刻のところ」

「源 頼朝《みなもとのよりとも》」

「北条 政子《ほうじょうまさこ》です」

「華麗《かれい》な着物が良く似合う」女性を褒《ほ》めるのが好きなようだ。

「ありがとうございます」

「長い緑の黒髪《くろかみ》が美しい」褒《ほ》め称《そや》す。

「うれしい。はっはっはっ」熱賛されれば楽しい。男女誰《だれ》でも、とりわけ乙女《おとめ》は美しいと言われれば、気持ち良くなり心が明るくなる。朗笑が零《こぼ》れる。

「笑顔が奇麗《きれい》。ふっふっふっ」褒《ほ》め千切《ちぎ》る。

（褒《ほ》め言葉と京の貴族的な身のこなし、雰囲気《ふんいき》が美しい。兄弟にはない優雅《ゆうが》さが素敵《すてき》。きっと運命の出会いだ。七年前に会った初恋《はつこい》のあの人に、もしかすると似ているかも。もっと大きい人だったようにも）と感じた。言葉に出すには、まだ若過ぎたが。

お互《たが》い一目惚《ひとめぼ》れだった。異性の美麗《びれい》さに人も動物も惹《ひ》かれる。特に男と雄《おす》は。

（麗《うら》らかな笑い顔がいい。小娘《こむすめ》にはない成熟した淑女《しゅくじょ》も美しい。そろそろ身を固めなくては、子どもも欲《ほ》しい。北条家はそれなりの豪族《ごうぞく》だ。長女とも聞き、面倒見《めんどうみ》が良さそうだし、教養もあるようだ。口が大きいのは気になるが、食い逸《はぐ》れがないかも。口の右上の黒子《ほくろ》もいい）密《ひそ》かに思う。

「拙者《せっしゃ》は紫《むらさき》の笹竜胆《ささりんどう》が好きだが、貴方《あなた》は」

「純白の桃《もも》の花が好きです」

「貴方《あなた》の肌《はだ》も、桃《もも》のように真っ白ですね」項《うなじ》や胸元《むなもと》を見ながら。

「そうでもないわ。幼いころは雪白《ゆきじろ》の餅肌《もちはだ》だった、と母は言っていたけど、今は」

「拙者《せっしゃ》に比《ひ》較《かく》すれば、白くて美しい。雪肌《ゆきはだ》では」

好男子は手を伸《の》ばし、手の平を見せる。田畑などで力仕事を、したことのない手だった。

政子も手の平を見せる。女にしては大きな手だが乳白色だ。

「うん、そうね」合点して楽しくなる。

（少し色黒になったと心配していたのに。いい人じゃん）と惹《ひ》かれた。

「海と山では、山が好きだが」

「どちらも好き、富士山も駿河《するが》の海も」

「日本一の富士山は素晴《すば》らしい」

「いつか登りたい」

「ああ、一緒《いっしょ》に登山しよう」調子を合わせるのが得意だ。

「うん」

（もしかすると、また会いたいのかしら）期待で胸は膨《ふく》らむ。

富士山の左側に夕陽《ゆうひ》が沈《しず》み、いつの間にか暗くなる。

「拙者《せっしゃ》は、三日月が好きだが」

「満月が好きです。黄金の明るくて大きい月が大好き」

「だんだんと満たされて大きくなるのがいい。我《わ》が人生もそうありたい」夢を語る。

「うん、いいじゃん」相槌《あいづち》を打つ。

満月が昇《のぼ》り少し明るくなるころ、両者は別れた。

（もっと日が長いと、いいのに）と思う。

数日後、恋文《こいぶみ》が届く。

「是非《ぜひ》、お会いしたい。夏の青い海と富士山を貴女《あなた》と眺《なが》めたい。頼朝」

（絶美な字だわ）

生娘《きむすめ》も負けないように麗《うるわ》しい字を練習して、

「こちらこそ、ぜひお会いできればうれしいです。政子」と返事を出し、逢《あ》い引《び》きをした。

三日ほどたった青空の夏日、駿河湾《するがわん》の東海岸を馬で走る。南風のなか富士山に向かって二人で疾走《しっそう》した。すぐ届きそうだが、いくら走っても茶褐色《ちゃかっしょく》の山は、いつまでも遠くに佇《たたず》んでいる。入道雲の周りを鷗《かもめ》が舞《ま》っている。にゃうにゃうと鳴き声が聞こえる。

馬乗りは、どちらも甲乙《こうおつ》つけ難《がた》く上手《うま》い。両人とも十歳《とせ》のころから馬を乗り回していた。武家では文芸だけでなく武術や馬術の男女差は少ない。男女同権の時代。

馬を松の木につないで、浜辺《はまべ》を歩いたり、砂遊びをしたり、海にも入り泳いだ。

「泳ぎが上手《うま》いですね」優男《やさおとこ》は褒《ほ》める。

「川や海で、十代のころ、しっかり練習したの。昔、溺《おぼ》れそうになってから」

「そんなことも、あったんだ」

「うん。怖《こわ》かった」

水泳は政子が得意だ。平泳《ひらおよぎ》、伸泳《のしおよぎ》、背泳《せおよぎ》、抜手《ぬきて》、立泳《たちおよぎ》、浮身《うきみ》、潜《もぐ》りなど、なんでもできる。女は黄色の浴衣《ゆかた》姿、男は白の褌《ふんどし》姿で泳ぐ。

政子が初恋《はつこい》をした思い出の岩場がある。そこに立った時、赤い糸が政子には見えたような気がした。指が触《ふ》れた。いつの間にか手をつないだ。娘《むすめ》が滑《すべ》りそうになり、お互《たが》いの手に力が入る。頼朝はそっと抱《だ》き締《し》めた。政子は一瞬《いっしゅん》力を抜《ぬ》いて、なすがままにしたが、すぐ力をいれて振《ふ》りほどいた。

（もう少しそのままでも良かったのに）と舌《した》を噛《か》み、（初恋《はつこい》の人は頼朝だった）と確信した。

（桃《もも》のような秀逸《しゅういつ》な香《かお》りと柔《やわ》らかい乳房《ちぶさ》や尻《しり》がいい）と感じた。

朱色《しゅいろ》に染まった富士山の麓《ふもと》に夕陽《ゆうひ》が沈《しず》むまで遊ぶ。首の辺りが赤くなりひりひりする。

「また、会えますか」

「うん……」

「五日後に狩《か》りをする。いかが。よろしければ、ご兄弟姉妹も」

「喜んで」（でも日がどんどん短くなるのが、残念だわ）と悲しくなる。

政子は兄と妹、弟を、頼朝は従者の安達盛長《あだちもりなが》を連れて、六人で近くの野原に出かける。

「いくぞ」頼朝が三匹《びき》の犬を放す。

「わんわん、わんわん、わんわん」犬が猪《いのしし》を茂《しげ》みから追い出す。

六人は馬で追いかける。政子が馬上から弓を引き仕留《しと》めた。

「素晴《すば》らしい」頼朝が大声で褒《ほ》め称《たた》える。

「ありがとうございます」照れる。

「流石《さすが》」弟義時《よしとき》も囃《はや》す。

（お転婆《てんば》なんだから。手柄《てがら》をもっていかれて悔《くや》しい）兄宗時《むねとき》は誇《そし》る。

（お姉さんは、なんでも上手《うま》いんだから）妹波子《なみこ》は少し妬《ねた》む。

盛長が火をおこし、猪《いのしし》を捌《さば》いて焼く。皆《みな》で食べる。

「美味《おい》しい」女たちは悦《よろこ》ぶ。

「旨《うま》い」男たちも歓《よろこ》ぶ。

「わん、わん、わあん」犬たちも分け前をもらい御機嫌《ごきげん》。みんな満腹となる。

（いつまでも、できれば一生、こんなにも楽しい時を頼朝さんと過ごしたい）と念じる。

（この娘《こ》といれば一生食い詰《つ》めることはないかもしれない。運や間《まん》がついてくるようだ）

頼朝は捕《と》らぬ狸《たぬき》の皮算用《かわざんよう》をする。

政子二十《はたち》、頼朝三十《みそじ》、治承《じしょう》元（一一七七）年夏のこと。

新婚凡婚《しんこんぼんこん》

初夜《しょや》の翌朝、橙色《だいだいいろ》の朝陽《あさひ》とともに、新妻《にいづま》は寝床《ねどこ》から先に抜《ぬ》け出し、朝餉《あさげ》の用意をする。

こけこっこと鶏《にわとり》が挨拶《あいさつ》をしている。

「朝ご飯ですよ」

「いただきます」

「召《め》し上がれ」

「旨《うま》い」

「うん、そう、うれしい」

夫婦《ふうふ》水いらずの食事は、大根の味噌汁《みそしる》、葛西菜《かさいな》（小松菜）と白子《しらす》のお浸《ひた》し、玄米《げんまい》のご飯、一汁一菜《いちじゅういっさい》と質素でも美味《びみ》だ。夕餉《ゆうげ》は朝の残りに、秋刀魚《さんま》の塩焼きがつく。

「夕ご飯の用意ができました」

「ありがとう」

「ご馳走《ちそう》さん」食べ終わる。

「どういたしまして」

しばらくして、

「お風呂《ふろ》が沸《わ》きました」

「ああ、助かる」

頼朝が青い浴衣《ゆかた》を脱《ぬ》ぎ、湯船《ゆぶね》に浸《つ》かっていると、

「背中を流しましょうか」と声をかける。

「ああ、頼《たの》む」黄色い浴衣《ゆかた》のまま風呂場《ふろば》に入り流す。

（頼《たの》もしく筋肉隆々《りゅうりゅう》、男にしては白い肌《はだ》）と感じる。

「拙者《せっしゃ》も流すよ」夫は優《やさ》しい。

「うん、ありがとうございます」妻も衣《ころも》を脱《ぬ》ぐ。

「奇麗《きれい》だね。『女房《にょうぼう》のよいのは六十年の豊作』というが本当だね。ふっふっふっ」

（桃《もも》のような純白《じゅんぱく》の柔《やわ》らかく美しい体だ）と

感じる。

「うれしい。はっはっはっ」

（ほんとうに口が上手《うま》いのだから）思うが褒《ほ》めてもらって幸せであることには変わりない。

鈴虫《すずむし》も愛の囁《ささや》きか、りんりんりんと鳴いている。淡紅色《たんこうしょく》の合歓《ねむ》の木の花糸《かし》が咲《さ》き、羽状《うじょう》複葉《ふくよう》の小葉《しょうよう》が閉じている。風呂《ふろ》で代わり番こに背中を流すのが、ささやかな幸福の時だ。

新婚《しんこん》十日目の夕餉《ゆうげ》時に、夫婦《ふうふ》は話に実を入れる。

晩夏というより初秋の陽《ひ》が遥峰《ようほう》に沈《しず》むころ、紅《べに》が流れるような夕焼けがあり、白銀《はくぎん》の芒《すすき》の上を赤蜻蛉《あかとんぼ》が飛んでいる。陽射《ひざ》しは強くまだ暑いが、風は少し涼《すず》しい北西風。

大根と春菊《しゅんぎく》の入った味噌汁《みそしる》、鮎《あゆ》の塩焼き、茄子《なす》の漬物《つけもの》、玄米《げんまい》ご飯を出した。一汁《いちじゅう》一菜。

夕餉《ゆうげ》には魚か肉が出る。頼朝は肉好きだが、川魚や海魚の方が手に入りやすいので、魚のことが多い。肉は狩猟《しゅりょう》の後や宴会《えんかい》の時に出す。

「いただきます」

「召《め》し上がれ」

「旨《うま》い」鮎《あゆ》の骨を器用に取って食べ、褒《ほ》め上手《じょうず》の夫。

「ありがとう。ははは」明るい笑顔が溢《あふ》れる若妻。

「少し昔の話をしたい――」

「うん、いいじゃん……」

「生まれは、三十年前、卯年《うどし》の春、桜の季節」

「私は二十年前、丑《うし》年の春朝生まれ。桜が満開だったと聞いているわ。十違《ちが》いの同じ季節、きっと縁《えん》があったのね」

「出生地《しゅっしょうち》は、ここより京に近い尾張《おわり》の熱田《あつた》。幼いころ都《みやこ》で育った」

「この伊豆《いず》で生まれて、ずっとこの辺《あた》りにいたわ」

「親父《おやじ》は源 義朝《みなもとのよしとも》、お袋《ふくろ》は由良御前《ゆらごぜん》」

「どんな人なの？」

「先祖は清和《せいわ》天皇。親父《おやじ》は鎌倉《かまくら》にいたが、その後京に上った。お袋《ふくろ》は熱田《あつた》神宮の大宮司《だいぐうじ》だった藤原季範《ふじわらのすえのり》の娘《むすめ》。両親とも死んでしまった。拙者《せっしゃ》は源氏《げんじ》の嫡流《ちゃくりゅう》だ」

「父は北条時政《ほうじょうときまさ》、伊豆《いず》の武家。先祖は桓武《かんむ》天皇で平氏の庶流《しょりゅう》だ、と父親は言っているけど、ほんとうかどうかは怪《あや》しいの。母は二年前に亡《な》くなったわ」

（嫡流《ちゃくりゅう》が貧乏《びんぼう》で、庶流《しょりゅう》が裕福《ゆうふく》なのも変か。貴賤《きせん》と貧富《ひんぷ》は別物か。源氏の御曹司《おんぞうし》と平氏の末《まつ》裔《えい》の娘が結ばれるのは変な因縁《いんねん》）と思量《こ》する。

「親父《おやじ》は平治《へいじ》の乱で平清盛《たいらのきよもり》に敗れて死んだ。長男、次男、四男も亡《な》くなった。三男の拙者《せっしゃ》は捕《と》らえられたが、清盛の継母池禅尼《ままははいけのぜんに》の嘆願《たんがん》によって死罪を免《まぬが》れ、ここ伊豆《いず》の蛭小島《ひるがこじま》に流された」

「それが二十年ほど前のことね」

「ああ、十二からは流人《るにん》生活だ」

「でも狩《か》りや読経《どきょう》、読書などしていて、生活はそれなりに自由で裕福《ゆうふく》に見えるけど」

「乳母《うば》の比企尼《ひきのあま》が生活の糧《かて》を援助《えんじょ》してくれているのだ。北へ二十里（八十キロメートル）、歩いて三日、馬で一日ほどの武蔵《むさし》に住んでいる。安達盛長《あだちもりなが》ら家人《けにん》を三人つけ、世話をしてくれている。盛長は尼《あま》の娘婿《むすめむこ》だ」

「比企尼《ひきのあま》さんは、いい人じゃん」

「ああ、ありがたいことだ。いつか恩返しをしたいものだ」

「猟《りょう》で武芸を磨《みが》いているのね」

「そうだ。十代のころに背が伸《の》び、腕力《わんりょく》も脚力《きゃくりょく》も体力もついてきた」

「背が高くて素敵《すてき》。私も女では高い方だけど。蚤《のみ》の夫婦《ふうふ》と言われなくてよかった」

褒《ほ》めると夫が喜ぶことを覚える。

「ありがとう」

「読経《どきょう》は」

「源氏一門の菩提《ぼだい》を弔《とむら》うために法華経《ほけきょう》を読んでいる。『南無妙法蓮華経《なむみょうほうれんげきょう》』と唱《とな》えている」

「権現《ごんげん》さんにも出かけていると聞くけど」

「この館《やかた》だけでなく、近くの箱根《はこね》権現《ごんげん》や伊豆《いず》山権現《さんごんげん》に、お参りし読誦《どくじゅ》している」

「読書は」

「今昔《こんじゃく》物語集や将門記《しょうもんき》、陸奥話記《むつわき》、梁塵秘抄《りょうじんひしょう》、枕草子《まくらのそうし》、源氏《げんじ》物語、万葉集《まんようしゅう》、古今《こきん》和歌集などを読んでいる」

「私も今昔物語や万葉集が好き。歌は詠《よ》むの」

「少しは」

「孫子《そんし》や論語《ろんご》、貞観政要《じょうがんせいよう》は」

「勿論《もちろん》、勉強している」

「いつか伊豆《いず》や相模《さがみ》、さらには坂東《ばんどう》、東国、そして、この国を治めるときには、きっと役に立つわね」夫に夢を授《さず》けることもするようになる。

「ああ、そんな日が来るといいが」

「うん、きっと、くるじゃん」

食事の後片付けをして、同じ褥《しとね》に入り、汗《あせ》ばむ情交を結ぶ。

(早く子どもが欲《ほ》しい。母は私の今の年の時には、五人も子どもがいたし。私は晩婚《ばんこん》だから)と念じる。

秋虫も愛の交歓《こうかん》か、りんりんりん、ちんころ、がちゃがちゃ、すいっちょんと騒《さわ》がしい。

（男は昔話や自慢《じまん》話、夢物語が好きなんだ。女は今の噂話《うわさばなし》を好むわ。とりわけ男女の愛憎《あいぞう》話を。男は夢想家、女は現実派だわ）と思う。

政子が頼朝の許《もと》に押《お》し掛《か》けてから朝昼晩そして夜、愛に溢《あふ》れる新婚《しんこん》生活が続く。食事は朝と夕、風呂《ふろ》は月に一度か二度の慎《つつ》ましい暮《く》らし。

間々《まま》、実家に帰り、茶碗《ちゃわん》や皿《さら》、鍋《なべ》、衣服などの花嫁《はなよめ》道具を取ってくる。馬に米や麦、野菜などの食料を乗せることもある。貢《みつ》ぐ物があるのは女冥利《おんなみょうり》なのかもしれない。

身一つでの押掛《おしか》け女房《にょうぼう》であり、結婚《けっこん》式はしないままの同棲《どうせい》生活だった。

世話女房《にょうぼう》は早起きで鶏鳴《けいめい》の助《じょ》を実行する。

父の北条時政は大番役《おおばんやく》で京都に出かけている。大番役とは京都の警備に地方の武士が駆《か》り出される使役《しえき》で、二年から三年の勤務となる。

兄と妹がそれぞれ一人と弟が二人いる。途轍《とてつ》もない行動に驚《おどろ》いたが、文句を言える立場ではない。

（妹が、やっと片付いた）二つ上の兄宗時《むねとき》は喜び、

（私も、お嫁《よめ》にゆけるわ）一つ違《ちが》いの妹波子《なみこ》もほっとし、

（姉貴が、ようやく嫁《とつ》いだ）六つ下の次男義時《よしとき》は思う。

まだ二つの三男時房《ときふさ》は当然なんにも分からない。

物には順番がある。このころ女性は十五前後に結婚《けっこん》する例が多い。行き遅《おく》れている政子を家族や親類は心配していた。

母親がいないため、父の妻代わり、兄弟と妹の母代わりで家事が忙《いそが》しく婚期《こんき》を逃《の》がす。女中や下男はいたが、長女としての役割は、それなりにわんさとある。責任感からか恋《こい》に溺《おぼ》れることが遅《おく》れた。

しかし、その愚図《ぐず》つきからか、溜《た》まった水が堰《せき》を切ったがごとく、熱情がほとばしる数か月である。

政子《まさこ》誕生《たんじょう》

春朝に、北条時政《ほうじょうときまさ》の長女として政子は生まれる。

青空のもと暖かい南風がそよそよと吹《ふ》き、桜花爛漫《らんまん》だ。山は笑い青葉が茂《しげ》る。雪を頂く富士山は白々《しろじろ》と壮麗《そうれい》に聳《そび》え、鷹《たか》が翼《つばさ》を広げて飛んでいる。

「おぎゃあ、おぎゃあ」と大きな声を出した後、花がそよぐように笑った。

にこにこにこと、いつも笑う赤ちゃんだ。時政にとっては初めての女の子であり、よく覗《のぞ》き込《こ》んだ。目が合うと、にっこりする赤ん坊《ぼう》が大好きだった。保元《ほげん》二（一一五七）年のこと。

「『笑う門《かど》には福来《ふくきた》る』きっと分限者《ぶげんしゃ》になるだべ」と父は願いを込《こ》めて常々《つねづね》言っていた。

乳をよく吸い、笑《え》みが広がる赤子を、母も福の神の申し子のように感じる。長女でもあり、両親は大事に育て、教育にも力を注いだ。

三か月で首が座《すわ》り、五か月で寝返《ねがえ》りをした。半年で歯が生えてきて、お座《すわ》りができた。何でもつかむようになり舐《な》めて、「ああ」とか「うう」とか、なにやら声を出すようになる。

十か月で這《は》い這《は》いを始め、どこまでも進んだ。腰紐《こしひも》で柱に結《ゆわ》えられることもある。

一つで、よちよちと立って歩いた。筋肉が締《し》まり、少しほっそりとした。

一つ半で、「うま」「かか」「ちち」「うんち」「おしっこ」など言える。

二つで、自我《じが》が芽生え、「いやいや」と叫《さけ》び、ひっくり返って、ばたばたするようになる。

三つで、しっかり歩き、走ることもある。「おかあ」「おとう」「まんま」「いいわ」「いやだ」「すきだ」「うれしい」など、しゃべる言葉がどんどん増えた。

「まさこ」と呼ばれると「うん」と答える。

「お姫《ひめ》さま」とか「お嬢《じょう》さん」と言われると、「わたしは、まさこ」と泣き出す。

「いくつ」と聞かれると、指を四本（数《かぞ》え）立てる。

四つで速く走るようになる。鞠《まり》も蹴《け》る。平仮名や片仮名を覚え、読み書きがちょっとできた。笑ったり怒《おこ》ったり泣いたりと、喜《き》怒《ど》哀《あい》楽《らく》の感情表現が豊かになる。

じゃんけんを覚えた。最初は「ぐう」か「ぱあ」のことが多かったが、「ちょき」も出すようになる。続けて負けると悔《くや》しくて目に涙《なみだ》を浮《う》かべる。

五つで数字を覚え十まで、さらに百まで数え、簡単な足し算と引き算ができた。双六《すごろく》遊びや五目並《ごもくなら》べ、くずし将棋《しょうぎ》、まわり将棋《しょうぎ》、はさみ将棋《しょうぎ》をするようになる。お漏《も》らしや寝《ね》小便《しょうべん》、吐《は》いたりすることも減る。鼻水を垂《た》らしたり、熱を出したりすることも少なくなる。

朝食後、少し散歩して厠《かわや》にゆく習慣がつき、茶色のいいうんこが出ると（今日も運のいい日）と思う。黄金色だと（もったいないな）と感じることもある。体調の悪い日は便秘《べんぴ》や下痢《げり》をする。

六つ（数《かぞ》えで七つ）の秋、七五三のお祝いで新調の赤い見栄えのする着物を着せてもらった。自分の姿を鏡に映して大喜びだった。大輪の黄色の菊《きく》が咲《さ》き、燕《つばめ》が飛び、ちゅぴちゅぴーっと鳴く。

七つで急に背が伸《の》び、逆立ちをする。お尻《しり》が丸見えのこともある。片脚《かたあし》飛びや鞠《まり》遊びも憶《おぼ》えた。朝に散歩や蹴鞠《けまり》などで体を動かすと、お通じがよくなることを知る。

八つで九九《くく》を覚え、掛《か》け算や割り算ができるようになる。千と万も分かる。鏡を見ながら髪《かみ》をいじくり、寝癖《ねぐせ》を直し、形を整える。自分の顔を見詰《みつ》め、泣き顔や笑い顔をつくったり、怒《おこ》ってみたり、あっかんベーをする。色んな表情ができる。

九つで読み書きできる漢字も増えた。「正しいに、ぼくづくりは」母が問う。「政《せい》」と答える。

「まつりごと、とも読むわ。打って真《ま》っ直《す》ぐにすること、物事を整え治《おさ》めること。政子は名前のように、きちんとした楽しい家庭を

作ってね」名前の意味を伝える。

「日に寺は」「時《とき》」

「日の移り変わり、季節や時間を表すのよ。お父さんの時政《ときまさ》は、その時に合った政《まつりごと》のこと。じせいとも読むけど」

「羊《ひつじ》に我《われ》は」「義《ぎ》」

「羊は美しさを表し、我は舞《まい》や礼を行なう姿で、美しい礼をする佇《たたず》まいのこと。よしとも読むわ」

「几《つくえ》の中に点は」「凡《ぼん》」

「およそとも読む。すべてとか、あまねくとか、なみなみとか常《つね》の意。平凡《へいぼん》な凡人《ぼんじん》として日々《ひび》心静かに生きるのが幸せだわ」

月についても学ぶ。

「一月、二月、三月の和風月名は」

「睦月《むつき》、如月《きさらぎ》、弥生《やよい》」

「一月の二十四節気は」

「立春《りっしゅん》と雨水《うすい》」

「立春の七十二候《しちじゅうにこう》は」

「東風《こち》解凍《こおりをとく》と黄鶯睍睆《うぐいすなく》、そして魚上氷《うおこおりをいずる》」

十歳《とせ》で家事を手伝うようになる。木刀《ぼくとう》を振《ふ》り回し、弓矢や乗馬も覚えた。鞠《まり》を落とさないで十回ほど蹴《け》れる。

当時、公家とか武家の男の子の一部は、寺で学修したが、家庭教育がほとんどである。

「なんのために学ぶの」政子は母に聞く。

「いい道を選び進むため。いろんなことを知ることで選択肢《せんたくし》が増え、いい判断ができるわ」

「ふうん。そうなんだ」

「悪い道を進み、変な山に登ると自分も損するし、人にも迷惑《めいわく》をかけるの。学ぶ楽しさを知ると、いつまでも新しいことに挑戦《ちょうせん》する、ささやかな勇気が湧《わ》いてきて、幸せになれるのよ」

政子にはまだ良くは分からないようだが、この言葉はずっと憶《おぼ》えている。

母から読み書き算術、書や琵琶《びわ》を教えてもらい、父から武芸や囲碁《いご》、将棋《しょうぎ》を習う。万葉集や古今和歌集の短歌や蹴鞠《けまり》も学ぶ。

「石走る《いわばしる》　垂水《たるみ》の上の　さわらびの　萌《も》え出《い》づる春に　なりにけるかも（志貴皇子《しきのみこ》）」

「花の色は　移りにけりな　いたづらに　わが身世にふる　ながめせしまに（小野小町《おののこまち》）」

「久方《ひさかた》の　光のどけき　春の日に　しづ心なく　花の散るらむ（紀友則《きのとものり》）」

が好きになり、春になると口ずさんだ。

白い富士山が大好きで、雪を頂くのを見ると、

「田子《たご》の浦《うら》に　うち出《い》でてみれば　白妙《しろたえ》の　富士の高嶺《たかね》に　雪は降りつつ（山部赤人《やまべのあかひと》）」

を詠《よ》んだ。

十一で論語《ろんご》や孫子《そんし》、貞観政要《じょうがんせいよう》を兄と共に読む。意味は分からないが、とにかく覚えた。柔《やわ》らかい頭で記憶《きおく》力は抜群《ばつぐん》であり、二つ上の兄より諳《そら》んじるのが早く、父や母を驚《おどろ》かした。

「碁盤《ごばん》の目はいくつか」父は問う。

「十九掛《か》ける十九で三百六十一」と答える。

「たとえば先手百手、後手百手で、石を取らないで囲い終われば百六十一の目が残る。その目の多い方が勝ちだ。目は土地の広さを表し、領土が広い方が勝者となる」

「先手が勝つことが多いのではないの」

「同じ実力なら、その通りだ。だから『先手必勝』となる」

先手が有利なので、後手に六目半のコミが今はある。このころはない。

父との囲碁《いご》は井目《せいもく》（星九つ）の置き碁《ご》から、いつの間にか置くことがなくなり、相碁《あいご》で互角《ごかく》の勝負となった。兄とも碁盤《ごばん》を囲む。

十二の秋、乳房《ちぶさ》が膨《ふく》らみ、月のものが始まり、娘《むすめ》になった。

「今日からは、少女から乙女《おとめ》という大人《おとな》。子どもを産んで母親になれる体。愛の意味をしっかり考えて行動するように」母は教える。

「うん、でも、愛とはなに？」政子は聞く。

「愛とは好きになること。愛は受けるの中に心と書き、物を恵《めぐ》み手を貸し、情《なさ》けを掛《か》けて、労《いたわ》ることよ。愛情の泉は井戸《いど》の水と同じ、いくらでも湧《わ》いてきて枯渇《こかつ》することはないわ」

「そうなんだ」

「『覆水盆《ふくすいぼん》に返らず』というけど、愛の水を注げば、失敗は許され取り返せるのよ。『禍《わざわい》を転じて福となす』こともできるわ」

「なるほど」

「愛、愛する、好きの反対は」

「憎《ぞう》、憎《にく》む、嫌《きら》いかしら」

「意味は」

「さて、情けをかけないことかな」

「そう、相手が悪いと考え、許さないで怒《おこ》り争うこと」

「相手が善《よ》いのかしらと、美しい考えかも、正しいかもしれない、と思い込《こ》むことが愛、あるいは、間違《まちが》いや粗相《そそう》を許すのが愛」

「そのとおりよ、好きとか愛は相手の失言や失敗、過《あやま》ちを許し、意見が違《ちが》うことを面白《おもしろ》がり認め、我慢《がまん》をしたりして歩み寄ること」

「それは難しいわ」

「好きになれば好かれる、愛すれば愛されるわ。逆に、嫌《きら》いになれば嫌《きら》われる、憎《にく》めば憎《にく》まれるわ」

「うん、なるほど」

「死ぬまで愛し方を学ぶのよ。一生かかる修行《しゅぎょう》なの」

母が娘《むすめ》の意味を教え、愛についても議論した。

十三で背丈《せたけ》は母を超《こ》え、父とほぼ同じとなり、大柄《おおがら》になる。目鼻も口も大きい、福耳《ふくみみ》の大作りの顔となる。生まれた時は顔も色白だったが、十代には色黒になる。太陽の下《もと》で遊んだからか。体や腿《もも》は白い肌《はだ》のままだが。

炊事《すいじ》、洗濯《せんたく》、掃除《そうじ》、裁縫《さいほう》など家事は、なんでもこなせるようになり母を助けた。読み書き算術や絵画と音楽の文芸だけでなく、弓、刀、長刀《なぎなた》、乗馬など武芸も上達した。

北条家の住む伊豆《いず》は、温暖な気候で米、麦、大豆《だいず》、小豆《あずき》、芋《いも》、大根《だいこん》、人参《にんじん》、玉葱《たまねぎ》、葱《ねぎ》、春菊《しゅんぎく》、白菜《はくさい》、茄子《なす》、蜜柑《みかん》など植物の実りも豊かである。猪《いのしし》、鹿《しか》、狼《おおかみ》、狸《たぬき》、狐《きつね》、兎《うさぎ》、栗鼠《りす》、もぐらなどの獣《けもの》、雀《すずめ》や鷲《わし》、鷹《たか》などの鳥、鮎《あゆ》、鯉《こい》、泥鰌《どじょう》、沙魚《はぜ》、鮒《ふな》、山女《やまめ》、鯵《あじ》、鰯《いわし》、鰈《かれい》、鯖《さば》、秋刀魚《さんま》、鱸《すずき》、鯛《たい》、穴子《あなご》、白子《しらす》などの魚、蛤《はまぐり》、栄螺《さざえ》、浅蜊《あさり》、蜆《しじみ》などの貝、蟹《かに》、蝦《えび》などの動物も多い。

政子十八の年、三男を産んだ母は産後の肥立《ひだ》ちが悪く、床《とこ》に臥《ふ》せる。

「お母さん。早く元気になって」

「お父さんと妹、兄弟を頼《たの》むよ」母はそう言い残して目を瞑《つむ》ったまま開くことはない。

「わあんわあん」と泣き伏《ふ》す。政子にとっては初めての家族の死だった。

突《つ》き刺《さ》すような寒い北風が吹《ふ》き荒《あ》れ、山眠《やまねむ》る初冬の黄昏時《たそがれどき》のこと。

政子初恋《はつこい》

駿河《するが》湾《わん》の東の浜辺《はまべ》に、妹波子《なみこ》と遊びに来ていた。磯《いそ》で舟虫《ふなむし》に夢中になっていた時、潮《しお》が満ち岩場に二人は残された。

「助けて、助けて。わあーんわあん、わあんわあーん」恐怖《きょうふ》に脅《おび》えながら泣き叫《さけ》んだ。

たまたま頼朝が馬で通りすがる。馬に乗ったまま海水に入り岩場まで来て、姉妹の手をとり抱《だ》き上げる。

「ありがとうございます。わあんわあん」泣きながら命の恩人に頭を下げる。

「潮の満ち引きは大きい日もあるから、気を付けるように」

「うん」やっと泣きやむ。

男は両人を浜辺《はまべ》に残して富士山の方へ走り去る。姉妹は馬が見えなくなるまで見送る。

ぴょーぴょぴょぴょぴょと鷹《たか》が鳴きながら、雲一つない青空を舞《ま》っている。

政子は、その後、ぼんやりした時、ふっと顔が浮《う》かぶ。ある日、夢を見た。

「やっと会えたじゃん」

「拙者《せっしゃ》も会いたかった」あの人の声がする。

「砂に名前を書いていい」

「ああ」

まさこ、と書き、横に名前を書こうとしたが、そこに大きな波が来て書けずに終わる。

その人も消えた。腰《こし》まで濡《ぬ》れた。名前は分からないまま夢は終わった。

いつの間にか、おねしょして腰巻《こしまき》と寝具《しんぐ》を濡《ぬ》らしていた。これが少女のころの最後の寝《ね》小便《しょうべん》だった。富士山のような形をした黄色い地図のある布団《ふとん》を、自分で干して片付けた。

母は気付いたが何も言わない。

（またあの人に会いたい）七夕《たなばた》の紅色短冊《たんざく》にそっと書き、笹《ささ》に飾《かざ》った。

陽《ひ》が暮れて天の川が流れ、織姫《おりひめ》と牽牛《けんぎゅう》の星が輝《かがや》いている。

十三の初夏に初めて恋《こい》をした。その後、七年ほど会うことはない。

晩夏に母に聞く。

「恋《こい》ってなに？」

「男と女が好き合うこと、心が惹《ひ》かれること。いつまでもそばにいたいと、話をしたい聞きたいと、手をつなぎたいと思うこと」

「愛との違《ちが》いは」

「愛は思い思われること。恋《こい》は愛より強い感情で、わくわくどきどきして眠《ねむ》れなかったり、食が細くなったりするわ。恋《こい》は女と男の一時《いっとき》の不安定な激情だけど、愛は長く続く一生をかける安定した心情。男女間だけでなく、同性の間にも愛情はあるわ」

「そうなんだ」

「恋《こい》はお互《たが》いを見つめ合い、愛は同じ方を見ることかしら」

「どちらが大事なの」

「恋《こい》も愛もどちらも大切だけど。恋《こい》して愛することも。逆に愛して恋《こい》することもあるわ。恋情《れんじょう》は情念ばかりで後先《あとさき》を考えられないけど、愛情には理性も多少あるのよ」

「よく分からないじゃん」

「いつか理解できる日が来るわよ。気分や気持ちだけでは人間は生きてはいけない。理知との釣《つ》り合いが大切。恋《こい》には責任がないけど、愛には責務があるのよ」

「そうなの」

「恋《こい》は心を下に書くから下心があるといい、愛は心を真ん中に書くから、真心があるともいうわ」

「下心ってなに」母は問いには答えず、別のことを言う。

「『恋《こい》の山には孔子《くじ》の倒《たお》れ』というから。くじは孔子《こうし》さんのことよ。恋《こい》は道理や知慮《ちりょ》を失うこともあるわ」母はさらに続ける。

「情《なさ》けとはなに」

「情けは心が青いことで、人の心を感じることができ、おもいやりがあること。『情けは人の為《ため》ならず』の意味は分かる」

「うん、なんとなく」政子は本当のところは、まだ分からない。

母も深くは追及《ついきゅう》しない。

（男に情をかければ、赤ちゃんができて、女は幸せになれる）とは子どもには言えない。十三の乙女《おとめ》には恋愛論《れんあい》はまだ早いのかもしれない。何事も頭で考えるだけでなく経験が必要のようだ。

「男女の愛には三つの意味があるわ」母は言い足す。

「そうなの」

「一つは、自分が楽しむこと」

「うん、そうね、初恋《はつこい》の人のことを心に浮《う》かべるだけで楽しいわ」

「二つは、相手が喜ぶこと。嬉《うれ》しそうな姿を見ると一層楽しくなるわ」

「何かしてあげると喜んでもらえるのね」

「そう、褒《ほ》めたり、励《はげ》ましたり、共に笑ったり、怒《おこ》ったり、心配したり、悲しんだり、楽しんだり、手伝ってあげたり、遊んだり、話したり、聞いたり、書を読んだり」

「なるほど」

「三つは、子孫を残すこと」

「子どもができることなの」

「そのとおりよ。子育てほど楽しいことはないわ。それなりに苦労はあるけど」

「うん、そうなんだ」

(政子はもっと恋《こい》をしたい。そして子どもも欲《ほ》しい、母のように)と念じる。

翌日、妹の波子が政子に尋《たず》ねる。

「恋《こい》には段階があるかしら、神社の石段みたいに」

「きっとあるじゃん。まずは顔や体を美しいと感じることが最初」知ったかぶりで答える。

「そうね。笑顔は素敵だし、筋肉隆々《りゅうりゅう》の肉体美も素晴らしい」

「それから、目と目が合い、言葉を交《か》わすのよ」

「優しい男らしい低い声や汗《あせ》の匂《にお》いが好き。それから」

「手と手を結ぶのかしら」

「ごつごつした大きな手もいい。そして」

「あとは知らない。でも、『恋《こい》は仕勝《しが》ち』と母さんが言っていたから、できることは何でもすればいいのよ」両人には、その先はまだ分からないようだ。

(いつか母に聞こう)と思う。二人は親兄弟以外の男性と手をつないだことが、まだない。番《つが》いの蜻蛉《とんぼ》や鳥、犬を見て、抱《いだ》き合い口づけして遊牝《つる》むのを、なんとなく感じていたが。

姉妹は五目並べをした。じゃんけんで、政子は「ぱあ」、波子は「ちょき」、妹が先手で黒石、天元《てんげん》に打つ。

序盤《じょばん》は先手が優勢だったが、三十二手目に姉の好手《こうしゅ》があり、四三《しさん》ができ後手が勝つ。

「惜《お》しかったわね」

「ほんとう。もうちょっとで勝てたのに」

(年下だから、負けるのは仕方がないか。でも私の方が、丸顔で口は小さく可愛《かわい》いし、胸は豊かで足は長くて美人なのに)負けん気の強い妹は残念がる。

(勝ち過ぎるのは申し訳ない、年上とはいっても。今度は負けよう)優《やさ》しい姉は決める。

夕餉《ゆうげ》団欒《だんらん》

新婚《しんこん》生活が一か月ほどたった夕餉《ゆうげ》時に膝《ひざ》を交《まじ》える。金目鯛《きんめだい》の煮付《につ》けが出る。

「初恋《はつこい》は?」政子は質問する。

「さて、いつだったか、誰《だれ》だったか」

「私は七年前、十三の娘《むすめ》になったころ」

「相手は」

「あなたよ」

「あ！」

「海で溺《おぼ》れかけた時、助けてくれたのよ」

「ああ、そうだったか」

「うん、そうよ」（覚えていてくれないのは残念だわ）と悲しくなる。

「初恋《はつこい》はさておき、男を意識したのは十二の時かな」

「なぜ」

「男性の秘密」

（夢のなかで母に似た美しい女を抱《だ》いて褌《ふんどし》が濡《ぬ》れた。自分で下帯《したおび》を洗った）とは言えない。

「ところで悲恋《ひれん》の昔話《むかしばなし》をしたい」いつになく真面目《まじめ》な顔をして言う。

「過去のことはどうでもいいわ、あまり聞きたくないけど」少し首を傾《かし》げ嫌《いや》な顔をする。

「風説で聞いているかもしれないが、今後のこともあるので真実を伝えておきたい」

「うん、いいわよ……」(仕方がないか、男は昔語《むかしがた》りが好きなのだから) と察する。

「十年ほど前、目附役《めつけやく》だった伊東祐親《いとうすけちか》の乙女《おとめ》と仲好《なかよ》くなり、男の子が生まれた。千鶴《せんつる》と名付けた。一年後に大番役《おおばんやく》を終えて帰ってきた父親は怒《いか》り、その子を滝《たき》に投げ入れ殺し、娘《むすめ》を別の男に嫁《とつ》がせた」

「なぜなの」

「源氏の流人《るにん》の子を儲《もう》けることは平家への反逆で、一門の危機との認識からだ。子どもや孫への愛より家を大事にした、我利我利亡者《がりがりもうじゃ》の我儘《わがまま》な親の勝手な判断だ」

「悲しい思いをしたのね」

「ああ、流され人の寂《さび》しささ」

「昔のことは忘れましょう。過去のことはいいけど、これからの浮気《うわき》はだめ。他の女性に付文《つけぶみ》したり会ったり、子どもをつくるのは御法度《ごはっと》よ。結婚《けっこん》したのだから」

「勿論《もちろん》」

「結婚《けっこん》の意味、知っている」

「死ぬまで、お互《たが》いを愛し尊重し助け合い、温かい家庭をつくり、子どもを育てること」

「うん、そのとおりよ。子どもがたくさん欲《ほ》しいわ。北条家は五人の兄弟姉妹。長男がいて、私が長女、そして次女、次男、三男がいるわ。男三人、女二人」

「父には正室《せいしつ》である拙者《せっしゃ》の母のほかに側室《そくしつ》が五人ほどいて、兄弟姉妹は十人、私は三男。長男義平《よしひら》、次男朝長《ともなが》、四男義門《よしかど》は平治《へいじ》の乱で死んだ。五男希義《まれよし》、六男範頼《のりより》、七男全成《ぜんせい》、八男義円《ぎえん》、九男義経《よしつね》は都落ちして健在と聞く、妹は都で育ち、公家の一条能保《いちじょうよしやす》の妻になっている。男九人、女一人」

「お父さんの真似《まね》をしては、だめだめ、絶対だめ。側妻《そばめ》は厳禁よ」

「ああ、流人《るにん》では無理だ」

（天皇や公家あるいは武家の棟梁《とうりょう》だった祖父や父などには愛妾《あいしょう》が何人もいるのに）そんな多情で栄耀栄華《えいようえいが》な生活に憧《あこが》れてはいたが一応、否定した。

（貴種だから何人も妃《きさき》がいて自然だが、二十代に、それなりに恋路《こいじ》をしたので打ち止めでもよい）とも思う。（源氏物語を読んで男心を知って忖度《そんたく》して欲《ほ》しい）と思わないでもない。

庭には桃《もも》色の野菊《のぎく》が咲《さ》き乱れている。がちゃがちゃがちゃがちゃと、くつわむしが鳴く。

頼朝は天皇家の血を継《つ》いでおり、土豪《どごう》の男とはどこかが違《ちが》う。色白の端整《たんせい》な顔立ちと身のこなし、それなりに立派な衣服を着て、馬に乗っている華麗《かれい》な姿、優《やさ》しい言葉遣《づか》いが、伊豆《いず》や相模《さがみ》、駿河《するが》の女の心をつかむ。

筆まめで惚《ほ》れた女性には付文《つけぶみ》をする。昔も今も乙女子《おとめご》は手紙に弱い。すぐ仲好くなり結ばれることもある。恋《こい》多い男だった。

十代のころから毎年のように、春や初夏に一目惚《ひとめぼ》れした。愛が溢《あふ》れ、多くの女性と情けを交《か》わした。夏が終わり秋や冬になると恋愛《れんあい》感情は気温とともに冷めることが多かったが。頼朝の愛は広く深い。母を十一で父を十二で亡《な》くしたことで、愛に飢《う》えていたのかもしれない。

同棲《どうせい》から二か月後、少し寒い風が吹《ふ》く紅葉《もみじ》の晩秋に、時政《ときまさ》が大番役《おおばんやく》を終えて帰郷した。継室《けいしつ》の牧方《まきのかた》を連れている。京都で懇《ねん》ろとなる。妻を失った独身中年男の単身赴任《ふにん》は寂《さび》しく、若い女性の肌《はだ》が恋《こい》しい。牧方《まきのかた》は身籠《みご》っている。

「政子、帰ったぞ」

「お帰りなさい。大番役のお勤め、ご苦労様でした」

「こちらは牧方《まきのかた》だ。わはあはあ」照れ笑いしながら。

「父が、お世話になります」怒《いか》りを隠《かく》しながら、一応の挨拶《あいさつ》をする。

「うちこそ、お世話になってます」牧方《まきのかた》は大きな腹《はら》に手を当てながら頭を下げる。

「頼朝公《こう》と結ばれたそうだな」

「うん」

「可愛《かわい》がってもらえ」

「うん、ははは」苦笑《にが》い。

「『残り物《もの》には福がある』というから、果報者《かほうもの》になれる」

「どっちが残り者《もの》なの」顔を顰《しか》めて怒《おこ》る。

「政子も頼朝公も両方だ」

「まあ、そんな。お父さんも残り人《びと》では」

「そうだな、わはあはあ」大きく笑い飛ばす。

（仲のええ親娘《おやこ》やこと）牧方《まきのかた》は軽い嫉妬《しっと》を覚える。

（お互《たが》いを許すしかない）父と娘《むすめ》、どちらもが、どちらにも怒《おこ》りたい気がするが、何も言わず大人《おとな》の対応となる。はらわたは共に煮《に》え繰《く》り返っていたが。

（どうして、よりによって流人《るにん》で財産もない、女誑《おんなたら》しの頼朝の許《もと》へ嫁《とつ》ぐのか。この先、苦労が多いのでは。もっと良い縁談《えんだん》は星の数ほどあるのに。長女は、ちょっと年を食ってはいるが）父は腑《ふ》に落ちない。

（なぜ私と同じ年の京女《きょうおんな》を連れてくるのか、それにお腹《なか》も大きいとは、母が死んでまだ三年もたっていないのに。お父さんの馬鹿馬鹿《ばかばか》）と娘《むすめ》は言いたい。

（親父《おやじ》も寂《さみ》しいんだ、と同情したいところだが、僕《ぼく》を産んでくれた母への愛が足らない、いや我慢《がまん》が足らない。もう少しは辛抱《しんぼう》しろよ）兄は頷《うなず》けない。

（仕方がないか、お父様がしたいようにすれば。でも極楽《ごくらく》のお母さんが可哀《かわい》そう）妹と弟は継母《ままはは》より年下の分だけ蟠《わだかま》りは小さい。牧方《まきのかた》二十、時政三十九。

大姫《おおひめ》初産《ういざん》

結ばれてから三か月ほどたつ、木枯《こが》らし吹《ふ》く初冬に、つわりがある。朝起きると、むかむか吐《は》き気《け》がした。麦や米を炊《た》く匂《にお》いで実際に戻《もど》すこともある。胃腸の調子が狂《くる》い、下痢《げり》や便秘《べんぴ》をすることもある。小便をする頻度《ひんど》が急に増える。乳首《ちくび》の褐色《かっしょく》が少し濃《こ》くなり微熱《びねつ》が出る。月のものが止まる。

食べたいものが変わり、特に蜜柑《みかん》など酸《す》っぱいものを好むようになる。

「赤ちゃんができたみたい」微笑《ほほえ》みながら告げる。

「ありがとう。ふふふ」満面で笑いながら答える。

「きっと、いい子よ」

「ああ、政子に似て、きっと朗《ほが》らかで我武者羅《がむしゃら》で真《ま》っ直《す》ぐな元気な子だ」

「あなたのように、きっと用意周到《しゅうとう》で我慢《がまん》強い素敵《すてき》な人になるわ」

「いつ、生まれるの」

「十月十日《とつきとおか》で生まれるというから春の真《ま》っ盛《さか》りか、晩春のころ」

初夜《しょや》の子、ハネムーン・ベイビーだ。新婚《しんこん》旅行などないころだが。

「子どもができました」父にも報告する。

「おめでとう。初孫《ういまご》だ。よくやった」

「ありがとう」

「館《やかた》を造ろう」初孫《ういまご》の誕生に、時政《ときまさ》も大燥《おおはしゃ》ぎだ。

「うれしい」

（孫に万福《ばんぷく》になってもらうために、俺《おれ》ももうひと働きしなくては。婿殿《むこどの》は源氏の嫡流《ちゃくりゅう》だから、しっかり働いてもらおう。北条家のためにも。平家は京で評判が落ちているようだし、源氏の世への転換《てんかん》が、もしかするとあるかもしれない）爺《じじ》は洞見《どうけん》する。

（かあさん、孫がやっとできたよ）前妻の仏壇《ぶつだん》で線香《せんこう》をあげながら伝える。実は後添《のちぞ》えが自分の子どもを宿《やど》していることは黙《だま》っていたが。

家事が辛《つら》く、時政がつけてくれた下女が何かと手伝う。師走《しわす》には、つわりがやっと終わり、家の事をこなせるようになる。

政子はこれから造る家について、頼朝と意見を合わせるために、北条の館を案内する。

お腹《なか》は少し大きく、夫と手をつないだ。冬にしては暖かい昼下がりに表門をくぐる。

「門には北条家の紋《もん》、三つ鱗《うろこ》があるの」

「新しい館の正門には、源氏の笹竜胆《ささりんどう》の家紋《かもん》を描《えが》き、紋《もん》のある白い旗を立てたい」

「うん、いいじゃん。門の上には物見やぐらがあって、弓、矢、楯《たて》などが置いてあるわ」

門の外には茅葺《かやぶき》の屋根と、土間《どま》にむしろを敷《し》いた家がある。

「この長屋は田畑を耕《たがや》す下人《げにん》たちが数十人住んでいるの。来年も豊作だといいけど」

「ああ、そうだ」二人は前門を通る。中にも長屋がある。

「ここには家事を手伝う人が三家族ほど住み、その先の厩《うまや》には十頭ほどの馬がいるわ」

犬や猿《さる》も数匹《ひき》つながれている。猿《さる》は魔除《まよ》けの呪《まじな》いとしての言い伝えがある。猫《ねこ》と鶏《にわとり》、鷹《たか》、牛、豚《ぶた》も飼われている。

「ここが母屋《おもや》」屋根は茅葺《かやぶき》である。

「部屋が四つ。ここが客間、父が座《すわ》る所には畳《たたみ》があるけど、あとは板敷《いたじき》」

「ああ」部屋は板と障子《しょうじ》で仕切られている。

「ここが父の部屋」時政の室には大幕《おおまく》が張り巡《めぐ》らせてあり、夫婦《ふうふ》が共に休む。

「こっちが妹波子《なみこ》の部屋、隣《となり》は兄弟三人の板の間。三男は幼いので、時には波子の側で寝《ね》ているけど」

「それぞれ八畳《じょう》くらいか、広いな」と褒《ほ》める。

土間に案内する。竈《かまど》のある台所や風呂《ふろ》がある。土間を出て南を指す。

「あっちが遠侍《とおざむらい》よ」母屋から南に細長く突《つ》き出した所で、家人《けにん》や郎党《ろうとう》などの従者が十人ほど詰《つ》めている。二人に頭を下げる。黙礼《もくれい》を返す。今度は北を指して説明する。

「あれが蔵《くら》。年貢《ねんぐ》として徴収《ちょうしゅう》した米、麦、大豆《だいず》、小豆《あずき》、芋《いも》などが貯蔵されているわ」

「ああ。飢饉《ききん》のときに穀倉《こくぐら》がないと、みんな餓死《がし》する」

「猫《ねこ》は鼠《ねずみ》を捕《と》りに駈《か》けずり回っているの」

「動物も植物も、それぞれ役に立つ。人も生まれた干支《えと》によって性格も言動も違《ちが》う」

「うん。それぞれ長所や短所があるけど、美点を活かすことが大切ね」北へ歩く。

「厠《かわや》がここ。東西、南北ともに、三百三十尺（百メートル）あり、三千坪《つぼ》ほど」

「広いな、新しい館は敷地《しきち》も建物もこの半分で十分だ」

「うん、そうね」

周囲は水をたたえた堀《ほり》に囲まれている。水が枯《か》れて空堀《からぼり》になることもある。内側には高さ三尺（一メートル）の土手があり垣根《かきね》が廻《めぐ》らされ、赤い寒椿《かんつばき》と白い山茶花《さざんか》が咲《さ》いている。

この北条館の北側に、半《なか》ばほどの広さの敷地《しきち》と建物の館を建てる。普請《ふしん》の金は北条家と比企《ひき》家が出す。頼朝には蓄《たくわ》えはない。ほとんどは冬の農閑期《のうかんき》での下人たちによる手作りだ。

春先に、蛭小島《ひるがこじま》から新居へ引っ越《こ》した。

政子は産着《うぶぎ》の準備を妹に手伝ってもらう。波子も結婚《けっこん》が遅《おく》れている。姉の代わりにこの一年、三人兄弟の面倒《めんどう》をみていたためか。

政子は昼ごろから陣痛《じんつう》が始まる。死ぬほど苦しい思いをし、(死んでもいい)と考えたが、やっと生まれる。実家で産む。実の母は彼《あ》の世にいるため、波子が手伝う。姉妹にとっては最初のことであり大変だが、産婆《さんば》さんが慣《な》れた人なので母子ともに無事だった。

「おぎゃあ、おぎゃあ、おぎゃあ」と元気な泣き声が響《ひび》く。

仲春《ちゅうしゅん》の夕暮《ゆうぐ》れ、春風が心地良く、桜が散り始め、紅白の躑躅《つつじ》が咲《さ》くころ。紋白蝶《もんしろちょう》や紋《もん》黄蝶《きちょう》が飛んでいる。

「ありがとう」隣《となり》から駆《か》け付けた頼朝は大喜び。手を取って感謝する。

「こちらこそ、ありがとうございます。名前は」握《にぎ》り返して聞く。

「長女だから、大姫《おおひめ》でどうだ」半紙を取り出す。事前に準備していた。

「いい名ね」

(大姫《おおひめ》では私のように大きく育ち過ぎる心配があり、一姫《いちひめ》か甲姫《こうひめ》あるいは一幡《いちまん》の方がいいようにも。でもまあいいか。十年上《とおとしうえ》の夫には、まずは従わなければ)と思い直す。

「きっと、いい娘《むすめ》、美しいお嫁《よめ》さん、立派《りっぱ》なお母さんになる」

「少し気が早いのでは」

「山上憶良《やまのうえのおくら》の『銀《しろがね》も　金《くがね》も玉《たま》も　何せむに　優《まさ》れる宝　子にしかめやも』の通りだ」

「うん、ほんとうに。ははは」

その日は満月だった。

政子の豊かな乳房《ちぶさ》を摑《つか》み、乳をひたすら飲む大姫《おおひめ》。母としての喜びを感じる。自分の母乳で育てた。

頼朝は毎日、赤ちゃんの顔を見に来る。三か月続く。他に仕事はない。読経《どきょう》と巻狩《まきがり》のみ。

「よく笑う子だ」

「『親には一日に三度笑って見せよ』を実践《じっせん》しているわ。親孝行な子」

頼朝にとっても最初の女の赤ちゃん。ある意味、異性の赤子は最後の恋人《こいびと》のようなものかもしれない。男親にとっても女親にとっても。頼朝も狩《か》りなどで出かけるとき以外は、娘《むすめ》をあやしたりして、子育てを手伝う。便で汚《よご》れた産着《うぶぎ》を替《か》えることも稀《まれ》だがある。

ただ、その後、頼朝が来るのは一日おき、二日おき三日おきとなり、いつの間にか不定期、月に二度三度となる。人は飽《あ》き易《やす》い動物。

大姫《おおひめ》が生まれてから二年ほど家族団欒《だんらん》、和気藹藹《わきあいあい》の平和な時代が続く。

伊豆《いず》は風のない海のように静かだ。しかし、京都では平氏の横暴が目立ち、天皇や公家

との確執《かくしつ》が大きくなり騒《さわ》がしい。頼朝には京都から月に三度ほど、都《みやこ》の様子を伝える文《ふみ》が届く。政子も読んでいる。

（いつか平氏打倒《だとう》に起《た》つ時が来るかもしれない）と夫は考え、伊豆《いず》、駿河《するが》、相模《さがみ》、武蔵《むさし》、安房《あわ》、上総《かずさ》、下総《しもふさ》などの源氏に所縁《ゆかり》のある武将と、情報交換《こうかん》や宴《うたげ》、狩猟《しゅりょう》などをして親交を深めている。妻は宴会《えんかい》のおさんどんをする。

実は産前産後に、亭主《ていしゅ》は伊豆《いず》国の武士、良《よし》橋太郎入道《はしたろうにゅうどう》の娘《むすめ》、亀前《かめのまえ》と浮気《うわき》をしていた。三十前後の男盛《おとこざか》りは毎日のように、女の柔肌《やわはだ》を求めずにはいられない動物なのかもしれない。産婦は気が付いていない。時政は薄々《うすうす》知っていた。男同士で口は堅《かた》い。

頼朝挙兵《よりともきょへい》

結婚《けっこん》三年目の真夏の夜、褥《しとね》で語り合う。西の空には三日月《みかづき》が出ていた。白い芙蓉《ふよう》が、ほんのり紅色に染まっている。風はなく暑さで寝苦《ねぐる》しいが、大姫《おおひめ》は遊び疲《つか》れたのか、横ですやすやと眠《ねむ》っている。ほーほーごろっほほーほーと梟《ふくろう》が鳴いている。

「拙者《せっしゃ》と坂東《ばんどう》の源氏などに対する平家の追討軍が京を発《た》つみたいだ。数千の軍勢だ」

「そうなの」

「ここで挙兵《きょへい》して戦うか、安房《あわ》か奥州《おうしゅう》に逃《に》げるか。どちらかだ」

「どちらでも、お好きなように、大姫《おおひめ》と付いてゆきます」

「戦《いくさ》では勝つか負けるか分からない、逃亡《とうぼう》しても逃《に》げ通せるか捕《つか》まるかだ。どちらにしても生命が危ない」

「私の命は、あなたに預けます。夫婦《ふうふ》は一心同体だから」

「時政殿《どの》や政子の田畑と館を守るのも、婿《むこ》の役割である」

「ありがとうございます」

「京では平家への不満が鬱積《うっせき》しているようだ」

「『驕《おご》る平氏は久しからず』かもしれないじゃん」

「ああ、そうだ」

「『石橋《いしばし》を叩《たた》いて渡《わた》る』より、叩《たた》かないで走って渡《わた》ったほうがいいわ」

「叩《たた》いて躊躇《ちゅうちょ》しているうちに壊《こわ》れることもある」

「走っていて壊《こわ》れたら泳げばいいし。『虎穴《こけつ》に入らずんば虎子《こじ》を得ず』よ。今年の七夕《たなばた》では、白短冊《たんざく》に『夫が源氏再興できますように』と書いたの」

「ありがとう」

「十年前、七夕《たなばた》の願いは成就《じょうじゅ》したから、今回もきっと」

「何を祈願《きがん》したのだ」

「秘密。ところで兵力はどうなの」

「味方は北条家が頼《たよ》りで、すぐ集まるのは三十騎《き》ほどだ」

「どこから攻《せ》めるの」

「伊豆守目代《いずのかみもくだい》（代官）山木兼隆《やまぎかねたか》の館からだ」

「『兵は詭道《きどう》なり』というから、朝駆《あさが》けか夜討《ようう》ちね」

「ここで勝てば、相模《さがみ》や駿河《するが》に住む祖父と父の所縁《ゆかり》の武家、あるいは、この十年間に親交を深めた方々《かたがた》が立ち上がり三百騎《き》となろう。さらに坂東《ばんどう》の源氏が集結すれば三千騎《き》になる」

「わあ、すごいわ」

「木曽《きそ》（長野県）や甲斐《かい》（山梨県《やまなし》）の源氏が加勢すれば、その倍や三倍となり数では勝てる。坂東武者《ばんどうむしゃ》の一人ひとりは、公家化した平家の武士より強いはずだ」

「うん、ほんとうに、そうよ。坂東《ばんどう》の武家は、源氏と平家と藤原氏《ふじわら》でほぼ三分されると父から聞いたことがあるわ。藤原氏《ふじわら》は数千騎《き》、源氏に味方するか平家につくか、皆悩《みななや》むのでは。今の政治に対して不満は大きいようにも」

「いつが、いいのだろうか」

「三島神社の夏祭りの日はどう」

「八月十七日、何かあったかな」

「私たちが出会った日、三年前のこと」

「それは縁起《えんぎ》がいい。我々《われわれ》にとっては大安吉日《たいあんきちじつ》だ」

「『先手《せんて》は万手《まんて》』だわ。この日、兼隆《かねたか》の館の武士は祭りに出かけて、ほとんどいないはず。数で圧倒《あっとう》することが大事」

「ああ、そうだ」

「春に行家《ゆきいえ》さんから以仁王《もちひとおう》さんの平家追討の令旨《りょうじ》を受け取って、四か月ほどたつわ」

「京からの書状によると、五月に以仁王《もちひとおう》と源頼政《よりまさ》は平清盛《きよもり》に敗れ、死んだ。六月に清盛は福原《ふくはら》（神戸市《こうべ》）に遷都《せんと》し、天皇家や公家、僧侶《そうりょ》、庶民《しょみん》は怒《いか》っている。平家の横暴を止めなければならない」

「以仁王《もちひとおう》さんと頼政さんが、まだ生きていることにして、今まで親しくしてきた人との、総力を結集できるといいじゃん」

「その通りだ」

「一人ひとりと胸襟《きょうきん》を開いて、夢と時の流れ、風向き、雲行きについて、じっくり話をして、お願いすることがなによりも大切ね」

「ああ、そうしよう」

政子は頼朝の背中を押《お》す。夫の夢を支援《しえん》するのが妻の役割。妻子を守るのが夫の役目。

逆もある。良妻の後押《あとお》しのもと良人《おっと》は立ち上がる。政子二十三の夏。

この年の春、頼朝の叔父《おじ》源行家《ゆきいえ》が現れた。山伏《やまぶし》姿である。

「頼朝殿《どの》、法皇《ほうおう》の皇子である以仁王《もちひとおう》の平家追討の令旨《りょうじ》である」懐《ふところ》から書面を出す。

「ありがたき幸せ」白い水干《すいかん》姿に着替《きが》えていた頼朝は受け取る。

政子と時政は、その様子を廊下《ろうか》の向こうから見ている。

「これから木曽《きそ》の源義仲《よしなか》と甲斐《かい》の武田《たけだ》信義《のぶよし》らに、令旨《りょうじ》を伝えるため出立する」

「ご苦労である」

令旨《りょうじ》の内容は、平氏の暴挙と悪政を訴《うった》え、壬申《じんしん》の乱（六七二年）の古例を引き、以仁王《もちひとおう》自らを天武《てんむ》天皇になぞらえて、全国の源氏と藤原《ふじわら》氏の挙兵を呼びかけたものであった。

頼朝にとって義仲《よしなか》は従弟《いとこ》であり、信義《のぶよし》は遠い親戚《しんせき》である。以仁王《もちひとおう》は後白河法皇の第三皇子であり、兄が二条《にじょう》天皇、弟が高倉《たかくら》天皇、母方の伯父《おじ》の失脚《しっきゃく》があり不遇《ふぐう》だった。

源頼政《よりまさ》は、頼朝の七代前の満仲《みつなか》の子孫で遠い親類にあたり、八年ほど伊豆《いず》国の知行国主《ちぎょうこくしゅ》。保元・平治の乱では勝者に属し、清盛の信頼《しんらい》が厚く従三位《じゅさんみ》に昇《のぼ》り公卿《くぎょう》に列《れっ》した。しかし、清盛の専横に不満を持つに至る。

平氏の政治に対する公家や僧侶《そうりょ》、武士、民衆の不平不満、さらには旱《ひでり》などの天変地異による飢饉《ききん》が、民を不安に陥《おとしい》れた。末法《まっぽう》思想の流行もある。

（起《た》つべきか、起たざるべきか）それから数か月間、頼朝は煩悶《はんもん》する。ある意味では日和見《ひより》の日々《みひび》を過ごす。その尻《しり》を叩《たた》き鼓舞《こぶ》し勇気づけたのが政子であり、兵を貸したのが時政である。歴史の転換点《てんかん》の選択《せんたく》がなされた。

頼朝は真夏の夢を政子と語り合ってから、何日もかけ、これまでに狩猟《しゅりょう》や酒盛《さかも》りなどで友情を築いてきた武家一人ひとりを、館に呼び話しかける。

「貴殿《きでん》だけが頼《たよ》りだから秘密を漏《も》らすのだが。目代《もくだい》の山木《やまぎ》兼隆《かねたか》を討《う》ち、皆《みな》の所領を安堵《あんど》したい。以仁王《もちひとおう》の政権のもと、拙者《せっしゃ》は東国の支配権を確立し、敵対するものから、没収《ぼっしゅう》した所領や年貢《ねんぐ》などを、みんなに給付したい。その日は三島神社の祭日、準備を頼《たの》む」

当日、朝は大雨だったが昼からは晴れ真夏日となった。燕《つばめ》が巣を離《はな》れ飛んでいる。

「頼朝を棟梁《とうりょう》として立ててください。北条家のためにも」政子は時政にお願いする。

「分かった。婿殿《むこどの》に懸《か》けるしかない。結婚《けっこん》を許した時から、そう思い込《こ》んでいた」

（最初は結婚《けっこん》に反対だったが、認めた以上、世の流れに乗るしかないか、いや流れを変えるしかない。風に乗るか、風を吹《ふ》かせるかだ、いや潮に乗ることだ）と父は千思万考《せんしばんこう》する。

「頼朝殿《どの》は館にいてください。棟梁《とうりょう》は策を練り指揮をとることが仕事。吾輩《わがはい》が戦ってきます」夕刻に時政は言う。（北条家の力を見せる好機だ）と見極《みきわ》める。

「ありがとうございます。ご武運をお祈《いの》りいたします」と答える。

（腕《うで》には自信があり、本当は戦闘《せんとう》に行きたいが、ここは義理の父や兄弟に任せるか。血は騒《さわ》ぐが）頼朝は従う。

日が暮《く》れてから、父時政を先頭に、長男宗時《むねとき》、次男義時《よしとき》、安達盛長《あだちもりなが》、岡崎義実《おかざきよしざね》、工藤茂光《くどうもちみつ》、佐々木定綱《ささきさだつな》、土肥実平《とひさねひら》ら三十騎《き》は山木兼隆《かねたか》の館に向かう。頼朝と北条親子が日《ひ》ごろから親交を深めている友人たちである。

星空に大きな満月が出ている。道はそれなりに明るく乾《かわ》いており泥濘《ぬかるみ》もない。馬で一刻（三十分）ほど、やがて館に着き戦《いくさ》が始まる。

館には十人ほどの武士しかいない。四十人ほどは祭りに出かけていた。油断《ゆだん》があった。まず矢を射《い》る。刀による斬《き》り合いが始まる。数に勝る時政軍が、兼隆《かねたか》を一時《いっとき》（二時間）ほどで討《う》ち取った。軍というより集団と呼ぶくらいの人数ではあるが。

政子と頼朝は、自分の館で囲碁《いご》をしていた。夫が白石を握《にぎ》り、妻が黒石を一つ置く。白石を数えると八つあり、夫が先手黒番となる。東の空を見ながら、お互《たが》い気もそぞろである。序盤《じょばん》は妻が優勢であったが、中押《ちゅうお》しで夫が勝った。頼朝は自然な手が多い。

碁石《ごいし》を碁笥《ごけ》にしまっている時、勝利ののろしを見て、抱《だ》き合い歓喜《かんき》した。

「千歳《せんざい》、万歳《ばんざい》、万々歳《ばんばんざい》」初戦は勝利した。

（『天の時は地の利に如《し》かず、地の利は人の和に如《し》かず』だわ）政子は思う。

政子は頼朝の人遣《ひとづか》いに、学ぶことが多い。逆に夫も妻の一途《いちず》な情熱に習う。夫唱婦随《ふしょうふずい》か婦唱夫随《ふずい》か、夫婦《ふうふ》は相身互《あいみたが》い、破《わ》れ鍋《なべ》に綴《と》じ蓋《ぶた》だ。

石橋山敗戦《いしばしやまはいせん》

挙兵の翌日、ぐっすり眠《ねむ》った朝、遅《おそ》めの朝餉《あさげ》を食べながら話し合う。尾頭《おかしら》付きの鯛《たい》の塩焼き、若布《わかめ》と茄子《なす》の味噌《みそ》汁《しる》、白菜のお新香《しんこ》、玄米《げんまい》ご飯が並ぶ。真夏の陽射《ひざ》しだが、西風に少し涼《すず》しさを感じる。青空に雲雀《ひばり》が飛ぶ。紅白の百日紅《さるすべり》が勝利を祝うがごとく咲《さ》き誇《ほこ》っている。

「おめでとうございます」

「ありがとう。しかし、これからが大変だ」

「うん、ほんとうに」

「平家方である相模《さがみ》の大庭景親《おおばかげちか》や伊豆《いず》の伊東祐親《いとうすけちか》らとの戦いが、すぐ始まる」

「どのくらいの兵力なの」

「敵は三千騎《き》ほどだ。味方はまずは三百騎《き》だが、三浦義澄《みうらよしずみ》らが加われば数倍にはなる」

「では、伊豆《いず》から相模を抜《ぬ》け、三浦《みうら》へ向けて進むのでしょうか」

「ああ、途中《とちゅう》には父の縁《ゆかり》の地、鎌倉《かまくら》もある」

「たとえば鎌倉《かまくら》に拠点《きょてん》を置くのも一案ね」

「坂東《ばんどう》や東国を支配するには最適かもしれない。先祖や父が選んだ土地だから。海にも面し、東海道の要所でもある」

「私たちは、どうすればいい」

「落ち着くまで伊豆《いず》山権現《さんごんげん》にいて欲《ほ》しい。一段落したらきっと鎌倉《かまくら》から迎《むか》えを寄こすから」

「うん、分かりました。ご武運をお祈《いの》りいたします。でも、もしも負けたら『逃《に》ぐるが一の手』ですから。海を渡《わた》って安房《あわ》へ逃《に》げては」

「分かっている。その時は、その時だ」

「『命あっての物種《ものだね》、畑あっての芋種《いもだね》』だから」

「ああ、その通り」

「表通りだけでなく、裏道や回り道、逃《に》げ道も大事よ。人生、色んな路《みち》があるから」

「東海道を東に下るだけでなく、舟《ふね》で安房《あわ》へ行くことも考えている」

（最後の夜かも）と思い詰《つ》め、その夜はしっかりと、いつまでもいつまでも抱《いだ》き合う。

ほっほーごろすけほっほー、うーうーう、うっうっ、と梟《ふくろう》が鳴く。

次の日、政子は大姫《おおひめ》とともに伊豆山権現《いずさんごんげん》に向かう。妹波子《なみこ》と弟時房《ときふさ》も同行する。挙兵から六日後に石橋山《いしばしやま》（現在の小田原市南部、北条の館《やかた》から北東の方角へ箱根を越《こ》えて三十キロ）で合戦が始まる。数日前からの大雨で馬入《ばにゅう》（相模《さがみ》）川が増水し三浦《みうら》軍は合流が遅《おく》れた。頼朝軍三百騎《き》と平氏軍三千騎《き》、十分の一の兵力で素直《すなお》に戦っては勝ち目がない。弓矢で射《い》られるもの、数人の敵に囲まれ斬《き》られるものが相次ぎ、数時で決着がつく。

頼朝軍のほとんどは殺され、あるいは傷ついた。頼朝と土肥実平《とひさねひら》ら数人は逃《に》げて、山の洞穴《ほらあな》に隠《かく》れた。父時政《ときまさ》と弟義時《よしとき》は頼朝と別行動を取り、逃《に》げ延びた。鷲《わし》や鳶《とび》が飛び回る。

数日、落ち武者《むしゃ》狩《が》りが行なわれた。梶原景時《かじわらかげとき》は洞窟《どうくつ》にいた頼朝を見つける。

（頼朝の首をとるか、見逃《みのが》すか。ここが思案《しあん》のしどころ。平家は落ち目、潮の流れは源家有利に向かいつつある。ここで恩を売るのが正しい選択《せんたく》ではないか。いや自分のため、坂東《ばんどう》の武士のため、そして世の中のためになるような気がする）景時《かげとき》は思慮《しりょ》した。

「この岩穴には誰《だれ》もいない」とっさに大声を出す。

「あっちを探そう」従者を促《うなが》す。

景時《かげとき》は、もとは源氏の家人《けにん》であったが平治の乱以降は平氏に従っていた。頼朝の父義朝《よしとも》との親交もあった。この幸運が頼朝を救う。後に命の恩人である景時《かげとき》を、頼朝は重用《ちょうよう》することとなる。

『情《なさ》けに刃向《はむ》かう刃《やいば》なし』である。偶然《ぐうぜん》か必然《ひつぜん》かは分からないが、景時《かげとき》には先見の明があった。

会戦から五日後の夕刻、頼朝たちは真鶴岬《まなづるみさき》から小舟《こぶね》で相模湾《さがみわん》を渡《わた》り、房総《ぼうそう》半島の南端《なんたん》安房《わ》へ逃《に》げ、翌朝には上陸した。時政と義時《よしとき》の親子も別の舟《ふね》で着く。

このころ伊豆山《いずさん》では、四人が不安な日々《ひび》を過ごしている。

「お互《たが》い生きて会えますように」政子は両手を合わせて必死に祈《いの》る。大姫《おおひめ》も小さな手を合わせる。波子と時房《ときふさ》も合掌《がっしょう》する。

「昨日、夢を見たわ」姉は朝餉《あさげ》の時に話す。

「どんな」妹が聞く。

「お父さんが、森の中をさまよって、お腹を空《す》かしていたわ」

「その夢、獏《ばく》に食べてもらったら」

「獏《ばく》さん、夢食べて」「ばくさん、ゆめたべて」政子と時房《ときふさ》が合唱する。大姫《おおひめ》は何の事か分からないが、同じように声を出す。聞いた音の真似《まね》ができる。

「お父さんや頼朝と鎌倉《かまくら》で一緒《いっしょ》に暮《く》らしたいと、夢見ているの」政子は願う。

「夢は食べられないけど、私たちを元気にするわ」波子も合点《がてん》する。

悪夢を獏《ばく》に食ってもらうと、その夢は二度と見ない、あるいは現実のものとならない、との言い伝えがある。夢を食う獏《ばく》の話は平安時代に唐《とう》から伝わる。鬼や天狗《てんぐ》、河童《かっぱ》、幽霊《ゆうれい》、物《もの》の怪《け》の話も、このころからある。

頼朝からの使者が伊豆山《いずさん》に届く。

「頼朝殿《どの》、時政殿《どの》、義時殿《よしときどの》はご無事です。『しばらく隠《かく》れているように』とのことです」

戦死したかと一時《いちじ》は絶望の中で泣き崩《くず》れていたが、逃《に》げ果《おお》せたことを知りほっとする。

四人は抱《だ》き合って喜ぶ。

「よかった」政子。

「ほんとうに」波子。

「いかったあ」大姫《おおひめ》。

「でも、宗時兄《むねときにい》さんはどこにいるのかわからない」時房《ときふさ》。

「きっと、どこかで生きているわ」政子は願う。

交戦の日に宗時《むねとき》は敗死していた。行年《ぎょうねん》二十五。みんな運がいいわけにはいかない。巡《めぐ》り合わせの悪い兄弟もいる。生き永《なが》らえるのは時の運であるが、長生《ちょうせい》が成功確率を高める。

九月に政子は伊豆山《いずさん》から秋戸郷《あきとごう》（熱海）の隠《かく》れ家に移った。権現《ごんげん》に迷惑《めいわく》をかけたくなかった。秋戸郷には露天《ろてん》の温泉があり、毎日、四人で入浴できるのが、せめてもの慰《なぐさ》みである。野生の猿《さる》が時折《ときおり》、少し離《はな》れた湯船で、のんびりしているのを見かける。紅葉が始

まっていた。

三浦《みうら》軍も安房《あわ》に到着《とうちゃく》した。下総《しもふさ》の千葉常胤《つねたね》や上総《かずさ》の上総《かずさ》広常《ひろつね》の二大豪族《ごうぞく》も頼朝軍に与力《よりき》した。総勢数千騎《き》となる。

下総鷺沼《しもふさぎぬま》（千葉県習志野《ならしの》市鷺沼《さぎぬま》）の頼朝宿所に一人の僧《そう》が訪ねて来る。

「全成《ぜんせい》と申す」

「ああ、懐《なつ》かし。兄頼朝である」

兄は弟の手を取り、目が赤く潤《うる》み嬉《うれ》し涙《なみだ》を流す。鼻水も垂《た》れる。泣き虫で涙脆《なみだもろ》いところが魅力《みりょく》でもある。感情が人一倍豊かともいえる。

（やっと肉親、弟に会えた。母が異なり、共に遊んだことがないのは残念だが）

（この兄のためなら死んでもいい。全力で一生尽《つ》くしたい）涙《なみだ》ぐみながら感懐《かんかい》を抱《いだ》く。

平治の乱の後、全成は出家して京の醍醐寺《だいごじ》にいた。頼朝の挙兵を聞き、寺を抜《ぬ》け出し、東国に下った。母は九条院雑仕《ぞうし》（下級の女官）の常盤《ときわ》である。荒《あら》川や隅田《すみだ》川を渡《わた》ると武蔵《むさし》の土豪《どごう》も馳《は》せ参じた。平氏への不満が鬱積《うっせき》しており、多く強いものに靡《なび》くのは、命を懸《か》けて戦う武士の性分でもある。雪だるま式に頼朝軍は増えた。南関東は頼朝の父義朝《よしとも》のころに戻《もど》ったごとくだ。

頼朝が鎌倉《かまくら》に入ったのは神無月初旬《かんなづきしょじゅん》のこと。石橋山の敗戦から四十日余りであった。時勢と運が味方する。父義朝《よしとも》が相模《さがみ》を治《おさ》め、長男義平《よしひら》や次男朝長《ともなが》が育ったのが鎌倉《かまくら》であり、源氏との因縁《いんねん》は深い。

鎌倉御台所《かまくらみだいどころ》

頼朝の迎《むか》えが秋戸郷《あきとごう》に来た。翌日の朝、日の出とともに、政子と大姫《おおひめ》、波子《なみこ》、時房《ときふさ》たちは、相模湾《さがみわん》の浜辺《はまべ》近くの東海道を馬で進む。五十日ぶりの逢瀬《おうせ》に胸躍《おど》らせながら。馬入《ばにゅう》（相模《さがみ》）川を渡《わた》り、江《え》の島《しま》を過ぎ鎌倉《かまくら》にやっと着いた。十三里（五十キロ）の行程。

政子は大姫《おおひめ》を負《お》んぶし、波子は時房《ときふさ》を前に乗せ、馬で稲村路《いなむらみち》から鎌倉《かまくら》に入る。

十月十一日、夕陽《ゆうひ》が遥《はる》か遠くの白雪を頂いた富士山に沈《しず》む前のこと。水田の畦道《あぜみち》や野原

には、釣鐘《つりがね》状で上向きの紫《むらさき》色の竜胆《りんどう》が咲《さ》いている。真っ青に高く澄《す》み渡《わた》った空に清涼《せいりょう》な秋風が吹《ふ》き、白い鷗《かもめ》が羽ばたく。

「おめでとうございます」再会を喜ぶ。

「ありがとう。政子の言った通りになった」

「『桃李《とうり》もの言わざれども　下自《したおの》ずから蹊《けい》を成す』じゃん」

「それほどではないが」一応照れる。

「きっと平家に対する不満と源氏への期待、そして、あなたの誰《だれ》でも公平に扱《あつか》い、気配りし優《やさ》しい言葉をかける、愛溢《あふ》れる人柄《ひとがら》が坂東《ばんどう》の人の心をつかんだのね」

再会できた嬉《うれ》しさからか、褒《ほ》め讃《たた》える。

（妻は称賛《しょうさん》し過ぎ）とも感じるが、夫は楽しい気分になる。

「祖父や父の遺産《いさん》も、あるようにも」

「子どもや孫にも、素敵《すてき》な物を残せると、いいじゃん。孫はまだいないけど」

「ああ、何か子孫に残せればと念じる。街造りとともに、家族で住む新居を建てたい」

「楽しみだわ。鎌倉《かまくら》のいわれは」

「竈《かまど》に似た谷との説があるようだ」

「東西と北を山に囲まれ、南が由比《ゆい》ヶ浜《がはま》で相模湾《さがみわん》に面していて、たしかにかまどの形だわ」

「百数十年前、五代前の頼義《よりよし》が源氏の守り神である石清水八幡宮《いわしみずはちまんぐう》（京都府八幡市《やわた》）の分社を由比《ゆい》ヶ浜《がはま》に祭った。これが鶴岡八幡《つるがおかはちまん》の起こりだ。その後、鎌倉《かまくら》に館《やかた》を構えた先祖もいた。父義朝《よしとも》はここで育った。拙者《せっしゃ》が生まれるころは京にいたが」

「京に負けない、坂東《ばんどう》あるいは東国の都《みやこ》にしたいわ」

「ああ、そうだ」

「『創業《そうぎょう》は易《やす》く守成《しゅせい》は難《かた》し』というから、魅力《みりょく》ある都造りが大切だわ」

二人で都の図面を引く。

「鶴岡八幡《つるがおかはちまん》を北の山の斜面《しゃめん》に半里（二キロ）ほど移し、滑川沿《なめりがわぞ》いに道を由比《ゆい》ヶ浜《がはま》から南北に通したい」

「海から陸揚《あ》げした物資を運ぶのに便利ね。京の内裏《だいり》から南に延びる朱雀《すざく》（南方の守護神）

大路《おおじ》にならって、新しい宮廷《きゅうてい》の意味も込《こ》めて、若宮大路《わかみやおおじ》と名付けたら」

「ああ、そうしよう。館をここから八幡宮《はちまんぐう》の東側の大倉郷《おおくらごう》に移したい」

「うん、そうね。北条家や比企《ひき》家、三浦《みうら》家などの武家屋敷《やしき》もその周《まわ》りにできるといいじゃん。一つだけ、お願いがあるわ」

「なんだ」

「家族で入れる小さな湯船が欲《ほ》しいじゃん。ははは」秋戸《あきと》郷《ごう》の露天《ろてん》風呂《ぶろ》を思い出し、顔を赤らめながら、か細い声で照れ笑いしながらお願いした。

「ああ、でも大きな風呂《ふろ》になるようだが。ふふふ」朗笑しながら了承《りょうしょう》した。

「ありがとうございます」声が大きくなる。

「街には市《いち》や座《ざ》もできて取引が盛《さか》んになるだろう」

「『林深ければ鳥棲《す》み、水広ければ魚遊ぶ』から、立派《りっぱ》な都になるわ」

「そうだ」

「鎌倉殿《かまくらどの》と呼ばれているようね」

「政子は御台所《みだいどころ》だ。大姫《おおひめ》は姫御前《ひめごぜん》」

「うれしい。自由勝手なことが、できなくなるのは嫌《いや》だけど。はっはっはっ」

「今まで通りでいい。馬に乗るときや出歩くときは、少し気をつけてくれ。ふっふっふっ」

「鎌倉《かまくら》を詠《よ》んだ万葉集の歌を知っていますか」

「いや」

「『ま愛《かな》しみ　さ寝《ね》に我《わ》はゆく　鎌倉《かまくら》の　美奈《みな》の瀬川《せがわ》に　潮満つなむか』」

「いい恋歌《こいうた》だ」

空は真っ赤な夕焼けになり、海も紅《くれない》に染まって暮《く》れた。その夜は久し振《ぶ》りの互《たが》いの温かい肌《はだ》が恋《こい》しかった。十日余りの少し左側が欠けた薄《うす》黄色い月の光が、二人の白い肌《はだ》を照らしていた。秋風が涼《すず》しく、りんりんりんと鈴虫《すずむし》が、ころころころと蟋蟀《こおろぎ》が鳴いている。

次の日の昼下がり、頼朝は全成《ぜんせい》を政子に紹介《しょうかい》する。

「弟の全成である」

「六歳《さい》の時、父義朝《よしとも》を平治の乱で亡《な》くし、母常盤《ときわ》が三人の兄弟を連れて、子育てのために再婚《さいこん》しました。九つのころから母と別れ、京の醍醐寺《だいごじ》で修行《しゅぎょう》していました。兄が挙兵したと聞き、出家の身ではありましたが、居ても立ってもいられなくなり、兄に会いに、こちらに来ました」全成が頭をゆっくり下げる。

「ありがとうございます」政子もしっかりと、お辞儀《じぎ》をする。

「おいくつですか」

「兄とは六つ違《ちが》いの酉年《とり》です」

「私の四つ上、実の兄弟姉妹のように、よろしくお願いいたします」

「こちらこそ」

（僧姿《そう》が美しい。もしかすると妹波子と相性《あいしょう》がいいかも、五つ上で年恰好《としかっこう》も合うし）と感じる。

（東女《あずまおんな》は不美人が多いと聞いていたが、そうでもないな）全成は考え直す。

その翌日、秋の夜長に夫婦《ふうふ》は碁盤《ごばん》を囲んだ。久し振《ぶ》りだった。

十三夜月《じゅうさんやつき》のなか、鈴虫《すずむし》がりんりんりんりんりんと鳴く。昨夜より一段と音色《ねいろ》が大きい。

大姫《おおひめ》はすでに、すやすやと眠《ねむ》りについている。握《にぎ》って政子が黒石を持つ。右上の星に置いた。先手が序盤《じょばん》の布石から優勢であり、そのまま、しっかり寄《よ》せて勝った。

妻は喜び、夫は悔《くや》しい思いをする。勝利賞として愛妻の肩《かた》と腰《こし》を揉《も》む。いつの間にか睦《むつ》み合い眠《ねむ》りに就《つ》く。

富士川戦勝《ふじがわせんしょう》

さらにその翌日夕餉《ゆうげ》の時、二人は談じ合う。北西風に紫《むらさき》の竜胆《りんどう》は花を閉じている。黄色のほぼ真ん丸い小望月《こもちづき》（十四夜月）が出ている。

「長月末に、拙者《せっしゃ》を討《う》つ東征《とうせい》軍が京を出立した、との情報がある」

「もうすぐ天龍川《てんりゅうがわ》や富士川を渡《わた》るのかしら」

「平家軍は数万といわれているが、実際は数千だ。箱根の西、富士山の麓《ふもと》、富士川の辺《あた》りで戦うつもりだ。木曽《きそ》の源義仲《よしなか》や甲斐《かい》の武田信義《のぶよし》とともに争えば、数でも優《まさ》り勝てる」

「畿内《きない》や西国は旱《ひでり》で飢饉《ききん》のようね。平家軍の兵糧《ひょうろう》も不足しているとも聞くわ」

「ああ、そのようだ。平家は天にも見放された」

「勝った後は、どうするの」

「京まで一気に上《のぼ》るか、鎌倉《かまくら》に帰り坂東《ばんどう》を固めるか、どちらかだ」

「京に上《あが》るには兵糧《ひょうろう》が足らないし、食糧《しょくりょう》の調達も難しく、兵が飢《う》える可能性があるわ。都《みやこ》に居ると質素倹約《けんやく》もできないし、平家のように天皇さんや公家《くげ》さんに翻弄《ほんろう》されるのでは」

「平家と同じ二の舞《まい》とならないためにも、鎌倉《かまくら》で新しい政治を行なうのが正しい選択《せんたく》だ」

「政治に長《た》けた公卿《くぎょう》を呼んで、新しい組織による新時代を創ったら」

「ああ、そうしよう」

次の日に建設中の新居に入る。寝室《しんしつ》や風呂《ふろ》など一部が完成していた。

「新しい家は木の香《かお》りがいいじゃん。畳《たたみ》も青く障子《しょうじ》も真っ白で美麗《びれい》」

(いいじゃん、というのも少し控《ひか》えた方がいいかな、まだ若い乙女《おとめ》だけど御台所《みだいどころ》だから)

と思わないでもない。

「そうだ。ここでゆっくりしておくれ。明日は出発だから」

「大姫《おおひめ》と、無事のご帰還《きかん》を待っているわ」

「ああ、きっと帰ってくるよ」

「うん、指切《ゆびきり》してもらっていい」

「勿論《もちろん》」

頼朝は自分の大きな小指と大姫《おおひめ》の赤ちゃん指を結んで、政子と声を合わせ、

「指切拳万《げんまん》、嘘吐《うそつ》いたら針千本飲ます」と謡《うた》う。

「うう、あう、はあ、いい」大姫《おおひめ》も歌う。この成果はある。

三人で檜《ひのき》の大きな湯船に入る。互《たが》いに背中を流したり水かけしたりして遊ぶ。家族団欒《だんらん》のひと時だった。湯あがりに鏡に映る顔や姿を見つめ、幸せを目に焼き付け共寝《ともね》した。

十月十六日に頼朝軍は出立した。北条時政《ときまさ》・義時《よしとき》、三浦義澄《みうらよしずみ》、上総広常《かずさひろつね》、千葉常胤《つねたね》など約三千騎《き》。

「ご武運を」頼朝を送り出す。妻は大きな手を、娘《むすめ》は小さな指を振《ふ》る。

「ああ」小さく頷《うなず》く。夫に棟梁《とうりょう》の威厳《いげん》がついてきたのを、妻は誇《ほこ》らしく感じる。

（二か月ほどの間に、流人《るにん》が大将となった。勢いはすごい。死なないで、生きて帰ってき

てください）と思い願う。

途中《とちゅう》で武蔵《むさし》や相模《さがみ》など源氏所縁《ゆかり》の家人《けにん》の加勢、さらには甲斐《かい》の武田軍とも合流し、倍の勢力となる。源氏軍は六千騎《き》、平氏軍は四千騎《き》、富士川を挟《はさ》んで向かい合う。頼朝軍は平家軍を破る。

出立から九日後《ここのか》に生還《せいかん》してくる。

「勝利おめでとうございます」

「ありがとう。富士川の合戦で、平家は数万羽の水鳥《みずとり》が、ばたばたと飛び立つ音を夜襲《やしゅう》と勘違《かんちが》いし、戦わずして自滅《じめつ》し、京に逃《に》げ帰った」

「水鳥も源氏を応援《おうえん》したのですね」

「ああ、そうともいえる」

「黄瀬川《きせがわ》の宿で、弟義経《よしつね》と対面できた。優《すぐ》れた武将に育っている」

「血を分けた兄弟の加勢はうれしいですね」

「母は全成《ぜんせい》と同じ常盤御前《ときわごぜん》だ。平治の乱の時は生まれたばかりで、後に京の鞍馬寺《くらまでら》に預けられていた。その後、奥州平泉《おうしゅうひらいずみ》に下り藤原秀衡《ふじわらひでひら》の庇護《ひご》で育った。戦略と武芸に秀《ひい》でているようだ。心強い味方が増えた」

「これからは、どうなさるのですか？」

「義仲《よしなか》は北陸を京に上《のぼ》っている。東海道から都に上《あ》がることも考えたが、御家人《ごけにん》の反対意見が強く、兵糧《ひょうろう》が不足しておりやめた。まずは坂東《ばんどう》を平定して東国を治めたい」

「農民が飢《う》えることのない、幸せな国、世の中を創ってくださいね」

「ああ。坂東《ばんどう》は今年も豊作だ。安全で安心して、子どもを産み育てることのできる国にしたい」

「論功行賞は」

「相模国府《さがみこくふ》（神奈川県大磯《おおいそ》）で行なった。本領安堵《ほんりょうあんど》と新恩《しんおん》給付、そして介《すけ》（国司の次官）や庄司《しょうじ》（荘園《しょうえん》の領主である本所《ほんじょ》に代わって荘園《しょうえん》を管理する職）を任命した」

「朝廷《ちょうてい》や本所の任命権を代行したわけね」

「東国の頭首《とうしゅ》であり支配者は、拙者《せっしゃ》であることを世に示したことになる」

「天皇家の子孫であり源氏の嫡流《ちゃくりゅう》、貴種《きしゅ》だから、その権利があるわよね」

「その通りだ。以仁王《もちひとおう》の令旨《りょうじ》もある」

「ゆっくり過ごしましょうね」

「ああ、そうしたい」

その日は十日ぶりに大姫《おおひめ》と夫婦《ふうふ》で風呂《ふろ》に入る。

娘《むすめ》は少し大きくなったが、お互《たが》い少し痩《や》せたように感じた。湯かけをして遊び、背中を

流し合う。頼朝は水鉄砲《みずてっぽう》を大姫《おおひめ》に教え少し飛ぶようになる。三人で遠く飛ばす競争をすると最初は妻が一番だった。次は夫、三回目は乙女《おとめ》で大喜び。子どもの習熟は早い。（幼子《おさなご》の小さな指と手が可愛《かわい》い。生きて帰ってきてくれてありがとう。いつまでも長生きして欲《ほ》しい。秋戸《あきと》郷《ごう》のように温泉が出ると、毎日風呂《ふろ》に入れてもっといいじゃん）と念じる。

布団に川の字になって手をつないで眠《ねむ》る。大姫《おおひめ》が先に寝入《ねい》る。娘《むすめ》の手を放して夫婦《ふうふ》で結び愛し合う。鈴虫《すずむし》がいつもよりゆっくり、りーんりーんりーんと鳴いている。求愛の鳴き声のようだ。月は出ていない。（しあわせ）夫の大きな鼾《いびき》と娘《むすめ》の静かな寝《ね》息《いき》を聞きながら涙《なみだ》ぐむ。

（波子には苦労を掛《か》けたわ。早く結婚《けっこん》して幸福な家庭を、つくってもらわなくては。明日、話してみよう）と思いつく。

翌朝一番、政子は頼朝にお願いする。

「話があるの」

「ああ、なんだ」

「全成さんと妹の波子《なみこ》を結婚《けっこん》させたいのですが」

「大賛成だ。拙者《せっしゃ》もそう観《かん》じていた」

（源氏と北条家の絆《きずな》は一層強くなる）と頼朝は深謀遠慮《しんぼうえんりょ》だ。

「ありがとう。さっそく全成さんに話して。私は波子に話すから」

「ああ、いいよ」

一時《いっとき》（二時間）ほどした朝のうちに妹に話す。

「全成さんはどう」

「どうって」

「嫁《よめ》入り相手として。はっはは」笑いかける。

「まあ、いいわ。へっへへ」

波子は、あっさりと相好《そうごう》を崩《くず》す。この話を実は待っていた。

（姉のように夜這《よば》いをしたり、押掛《おしか》け女房《にょうぼう》になる勇気を持ちたいけど無理だわ）と思う。

同じころ、頼朝は全成に話をしている。

「政子の妹波子と連れ添《そ》って欲《ほ》しい」

「分かりました。悦《よろこ》んで」

とんとん拍子に話はまとまり一か月後に嫁《よめ》入りする。二人は擦《す》れ違《ちが》えば、会釈《えしゃく》する程度の仲だったが、双方《そうほう》とも意識はしていた。十代のように燃えたつ恋《こい》をする年は過ぎている。

「よろしくお願い申し上げます」

「こちらこそ。よろしく頼《たの》む」

波子は初めての夜だった。実は全成には、何人かの愛妾《あいしょう》と子どもが既《すで》にいた。源氏の男は愛豊かというか、手が早い。

（男は仕方がない動物）と波子は政子ほど焼き餅《もち》をやかない。いや諦《あきら》めが早いのか、情が薄《うす》いのか。恋愛結婚《れんあいけっこん》とお見合いとの相違《そうい》か。外に出る言動だけでは内面は推《お》し量《はか》れない。悋気《りんき》を表わすことはない。

一人寝《ひとりね》より添《そ》い寝《ね》の温かい肌《はだ》合わせが気持ちいい。波子二十二、全成二十七。

全成は武蔵《むさし》国長尾寺《ながおじ》（川崎市多摩《たまく》区の妙楽寺《みょうらくじ》）を頼朝から与えられる。ただ夫婦《ふうふ》は鎌倉《かまくら》に居を構えた。波子はいつも政子の近くに住んでいて、話し相手となる。仲良し姉妹だ。

清盛没《きよもりぼつ》

新居での夕餉《ゆうげ》の時、平清盛《たいらのきよもり》が死んだとの飛脚《ひきゃく》があった。

夕飯は由比ヶ浜《ゆいがはま》で捕《と》れた鯵《あじ》の塩焼き、卵焼き、白菜と胡瓜《きゅうり》のお新香《しんこ》、牛蒡《ごぼう》の味噌汁《みそしる》と玄《げん》米《まい》ご飯。一汁三菜《いちじゅうさんさい》と少し豪華《ごうか》に。魚の骨を除き、身を小さくすれば、大姫《おおひめ》は食べる。

「清盛が病《やまい》で死んだ。享年《きょうねん》六十三だ」

「それなりに長寿《ちょうじゅ》ね」

「ああ、三十ほど年上だ。私も還暦《かんれき》までは生きたいものだが」

「あと二十数年で、あなたは六十路《むそじ》、本卦還《ほんけがえ》りより長く、できれば古希《こき》まで、さらに、もっともっと長生きして喜寿《きじゅ》や米寿《べいじゅ》、白寿《はくじゅ》までも。四十路《よそじ》や五十路《いそじ》で後家《ごけ》はいやですよ」

「やりたいことは富士山ほど沢山《たくさん》あるから。子どもも、もっと仰山《ぎょうさんほ》欲しいし」

「戦場や都へはあまり行かないで。この新居にいて朝餉《あさげ》や夕餉《ゆうげ》は一緒《いっしょ》に食べてくださいね」

「政子に風呂《ふろ》で背中を流して欲《ほ》しいし。是《ぜ》が非《ひ》でもそうしよう」

「清盛さんは、どんな人だったの」

「清盛の父忠盛《ただもり》は白河法皇《しらかわほうおう》に仕え、実務に優《すぐ》れ出世した。母は白河院の女房《にょうぼう》であり、清盛の本当の父親は白河院との説もある。清盛は若いころは気配り上手《じょうず》で、温厚な性格、情け深い人だったと聞く。拙者《せっしゃ》も、それで殺されずに済《す》んだ。しかし、年老いて権力を掌握《しょうあく》してからは、傲慢《ごうまん》になり気も短く頑固《がんこ》になった」

「性格のいい人も、年をとり権勢を誇《ほこ》ると、いつの間にか石頭《いしあたま》で自分勝手となり、強情《ごうじょう》を張り偏屈《へんくつ》になることがあるのね」

「悲しい性《さが》だ。気を付けねば。ただ八方美人では政治にならないことがある」

「みんなを幸福にすることが政《まつりごと》だけど」

「生きて活躍《かつやく》してくれる人も、死んでもらわなければならない人も、どうしてもでてくる」

「『善悪《ぜんあく》は水波《すいは》の如《ごと》し』だから、悪人も善人も紙一重《かみひとえ》のようにも。命がすべてに優先するわ。戦《いくさ》のない世が早く来るといいじゃん」

「ああ」

（そんなに世の中は甘《あま》くない。悪いやつには死んでもらうしかない）と思慮《しりょ》する。

「追い風の人と向かい風の人がいるだけで、風向きはすぐ変わるわ」

「ああ、そうだ」

「追い風の人は真《ま》っ直《す》ぐ進み、善《よ》い人に見え、向かい風の人はあがき苦しみ、もたもたと曲がりくねって進み、悪い人に見えるだけかも」

（確かに、順風と逆風、そして無風の時もある。向かい風や風がない時は静かに追い風を待つのも大事か。いや向こう風でも舵《かじ》を上手《うま》く切ればなんとかなることも）と遠謀深慮《えんぼうしんりょ》を巡《めぐ》らす。

「清盛さんは財力と武力で天皇家を助け、白河院《しらかわいん》さんの後の鳥羽院《とばいん》さんや後白河院《ごしらかわいん》さんの寵遇《ちょうぐう》を受け出世したのね」

「清盛は平治《へいじ》の乱で父義朝《よしとも》を破った。この時、四十一。その後どんどん出世して、四十九で太政大臣《だじょうだいじん》になる。このころが人生の頂きだった」

「頂上に登ると後は下り坂。人に寿命《じゅみょう》があるように、家にも栄枯《えいこ》盛衰《せいすい》があるわ。平家の時《とき》世《よ》は、もうすぐ終わり」

「ああ」

「『天に三日の晴れなし』だから」

「その通りだ。清盛は宋《そう》との交易で巨利を得た。宋銭《そうせん》を輸入し貨幣《かへい》取引を増やし、世の中を便利に豊かにした」

「うん、そうね。商業は街《まち》や国を豊かにするわ。三島もそうだし、鎌倉《かまくら》もそうなるわ」

「新しい武家社会を創り、福原に遷都《せんと》したが、天皇、公家、僧侶《そうりょ》、京の庶民《しょみん》の反対で頓挫《とんざ》した。公家社会は数百年続き病んでいるが、社会の変革にはそれなりに力がいる」

「力は武力や財力だけではないわ。平家を滅《ほろ》ぼすは平家。急ぎ過ぎたのか、栄華《えいが》に溺《おぼ》れ、人が育たなかったのかもしれない」

「源氏の新しい社会を創りたい」

「平氏は西国で海戦に強いが、源氏は東国で弓馬《きゅうば》戦が強いわ。まずは東国をしっかり固めて、西国に向かうのが大事よ」

「ああ、そうだ」

「天皇さんや摂関家《せっかんけ》は官位と勅令《ちょくれい》で人を動かすわ。常に強いものに付き生き残るのね」

「生き抜《ぬ》くことが何よりも優先。天皇家が千年続いている秘密だ。錦《にしき》の御旗《みはた》が日本を治めるのには肝要《かんよう》。武力や財力だけでは勝てない」

「人を育て武と財を蓄《たくわ》えた家に、錦《にしき》の御旗《みはた》が回ってきて世の中を治めるのね。藤原摂関家《ふじわらせっかんけ》や平家が、そうであったように」

「次は源氏の代《よ》にしたい」

「うん。きっとそうしてください。都には上がらず、鎌倉《かまくら》から新しい世を創るといいわ」

「その通りだ。畿内《きない》や西国は大旱魃《かんばつ》で大飢饉《ききん》だ。京に住む人々《ひとびと》の四人に一人は飢餓《きが》で死んだと聞く。数万人に達する」

「優《やさ》しい人から亡《な》くなったと聞くわ。子どもに食べさせて親は死んだとか。弟や妹に食べ物を渡《わた》して兄や姉が死んだとも。食べる物がないのは、つらく悲しいことね」

「義仲《よしなか》は大軍を率いて京に入ったが、兵糧《ひょうろう》がなく庶民《しょみん》から略奪《りゃくだつ》をするものが多く、人心が離《はな》れている」

「人の心は移ろいやすいものね。季節や天気、風向き、潮の流れと同じように」

夕餉《ゆうげ》が終わり頼朝は風呂《ふろ》に入った。このころは週に一度ほど入る。ささやかな楽しみと贅沢《ぜいたく》となり回数が増えている。後片付けが終わった政子は声をかける。

「背中を流しましょうか」

「ああ、頼《たの》む」黄色い浴衣《ゆかた》に赤いたすきをかけ背中を流す。

「清盛さんには、子どもは何人いるの」

「八男八女だ。長男は重盛《しげもり》だが、父親より二年早く病死した。享年《きょうねん》四十一。重盛を産んだ正室《せいしつ》は公家高階《たかしなの》基章《もとあき》の娘《むすめ》だった。長男と次男を産んで若くして死んだため、継室《けいしつ》は公家平《たいらの》時信《ときのぶ》の娘時子《むすめときこ》。側室《そくしつ》が何人かいた」

「子どもに先に死なれるのは、親にとっては一番悲しいことね」

「清盛は長男の跡取《あとと》りを喪《うしな》って、気力と体力が急に衰《おとろ》えた。還暦《かんれき》も過ぎていたことだし。

『秋の入り日と年寄りは、だんだん落目《おちめ》が早くなる』のは仕方がない」

「あなたは三十代の働き盛《ざか》りね」

「ああ、そうだ。春爛漫《はるらんまん》の男盛《おとこざか》りでもある」

「まあ」

夜が共に待ち遠しい。湯から上がり同じ褥《しとね》に入り抱《いだ》き温め合う。大姫《おおひめ》は寝入《ねい》っていた。

「関白《かんぱく》と太政《だじょう》大臣、征夷《せいい》大将軍《たいしょうぐん》、どちらがいいと思う」頼朝は聞く。

「藤原《ふじわら》氏は関白、清盛さんは太政大臣、武家の棟梁《とうりょう》としての征夷《せいい》大将軍がいいのでは」

「たしかに」

「京に行くより、鎌倉《かまくら》に天皇を迎《むか》えたら」

「まさに、その案もある。藤原《ふじわら》京、平城京、平安京、福原京の次は鎌倉《かまくら》京か。しかし、法皇には余り近寄らない方がいいように思う」

「確かに、鎌倉《かまくら》に連れてくるのは大騒動《そうどう》になるわ。距離《きょり》を保《たも》った方が、うまくゆくかもしれない。平家は結局、天皇に近づき過ぎたようね」

「そうだ」

「『賢人《けんじん》は危《あや》うきを見ず』だから」

「京には『魑魅魍魎《ちみもうりょう》』が跋扈《ばっこ》していると聞く」

「私は長生きするから、あなたもいつまでもいつまでもずっと生きていてね」

「ああ。しかし、いつかは死ぬのが人の性《さが》」

「もし私が死んだら、七回忌《き》を過ぎてから後添《のちぞ》えをとるのは仕方がないけど。あなたより先立つことは、きっとないから」

「是非《ぜひ》、そうしておくれ」

(嬶《かかあ》の七周忌《き》までとは少し長いとも)淫乱《いんらん》の宿六《やどろく》は思ったが、(死んだ先のことは分からないのだから)と素直《すなお》に従う。

「男の子も欲《ほ》しいわ」

「嫡子《ちゃくし》が欲《ほ》しい」

子どもができるのを祈《いの》りながら合歓《ごうかん》する。春の宵《よい》は心地よい風が吹《ふ》いて、白梅や紅梅が新居の庭に散る。いずれ青梅が成る。猫《ねこ》も愛の交歓《こうかん》か番《つが》い、にゅあにゃあにゃあと騒《さわ》ぐ。

後に親鸞《しんらん》は『善人《ぜんにん》なおもて往生《おうじょう》を遂《と》ぐ、況《いわ》んや悪人《あくにん》をや』と説《と》く。

義経馬引《よしつねうまひき》

黄瀬川《きせがわ》の宿での兄弟初対面の後、義経《よしつね》は鎌倉《かまくら》に住み武芸に励《はげ》む。弓馬《きゅうば》の術は一層熟達する。十数日後、爽《さわ》やかな秋風に燕《つばめ》が飛び、黄色い菊《きく》が咲《さ》いている小春日和《こはるびより》、政子と義経《よしつね》は初めて会う。

「義経《よしつね》です」礼儀《れいぎ》正しく、頭を下げて挨拶《あいさつ》する。

「政子です」微笑《ほほえ》みながら深く、お辞儀《じぎ》を返す。

「おいくつに、なられたのでしょうか」

「二十一です。兄頼朝とは一周《まわ》り下。兄貴と同じ卯年《うどし》。九男の末っ子です」

「私は二十三、丑年《うし》。実の姉と思って、なんでも言ってくださいね」

「ありがとうございます」

(幼いころ苦労し、ひもじかったのか、頼朝よりも小柄《こがら》だ。兄に似て目も口も耳も大きく、鼻も高く美男だ。少し反《そ》っ歯《ぱ》だが）と感じたが口には出さない。

（大柄《おおがら》な姉貴だな、口が大きく少し色黒だが、まあまあの美人だ。兄貴の女趣味《しゅみ》も、それなりだな）弟は思う。

「ご苦労が多かったようですね」

「父は義朝《よしとも》、母は常盤《ときわ》です。平治の乱で父は死んだ。母は子ども三人を育てるために再婚《さいこん》しました。私が一つの時」

「そうですか。お母さんもご辛労《しんろう》ばかりですね」

「六つで出家のために京の鞍馬寺《くらまでら》に預けられました。兄二人は仏門に入ったが、私は父の仇《かたき》をとりたいと、隠《かく》れて武芸の鍛錬《たんれん》をしていました。十五の時、奥州《おうしゅう》に脱走《だっそう》し、平泉の藤《ふじ》原秀衡殿《わらひでひらどの》に育ててもらった。母は生きているようですが、消息は分かりません」

「私の母は男三人と女二人を産んだけど、五年前に亡《な》くなりました。兄は戦《いくさ》で死んでしまいましたが、妹と弟二人は元気です。私が長女で今は一番年長。父時政は再婚《さいこん》しています。頼朝とは三年前に出会い連れ添《そ》いました。お嫁《よめ》さんは？」

「まだ一人身です」

「素敵《すてき》な人が見つかるといいですね」

「よろしくお願いいたします」

「奥州《おうしゅう》の藤原《ふじわら》さんのところへ行ったのは、どうしてでしょうか」

「四代前、すなわち、爺《じい》さんの爺《じい》さん、源義家《よしいえ》は陸奥守《むつのかみ》をしていました。百年ほど前に戦《いくさ》（後三年合戦）があり、藤原清衡殿《ふじわらきよひらどの》を義家が助け勝利しました。そのお陰《かげ》で藤原《ふじわら》氏は創業できたと聞いています。その子、基衡殿《もとひらどの》さらに孫の秀衡殿《ひでひらどの》と栄華《えいが》を極《きわ》めています。その縁《えん》を知り、奥州《おうしゅう》平泉へ下ったのです」

「ではなぜ、平泉を出たのですか」

「秀衡殿《ひでひらどの》には男の子が何人もいます。私を後継《こうけい》者と考えてくれたようですが、それでは、御子息《ごしそく》たちに申し訳ない。いずれは京に帰り、父の仇《あだ》討ちをしたいと思案していました。兄の挙兵を聞き、居ても立ってもいられない気持ちになりました。兄弟が力を合わせて、平家を倒《たお》したいと」

（義経《よしつね》さんは全成《ぜんせい》さんと同じ思考と同じ言葉、兄弟は顔や体形だけでなく、気が短く血の気《け》が多いところもよく似ていること。お母さんの影響《えいきょう》かしら。頼朝は我慢《がまん》強く辛抱《しんぼう》と深謀《しんぼう》が得意だけど。母親が異なるせいかしら）と感じる。

「早く平和な時代が来るといいわね。京では蹴鞠《けまり》が盛《さか》んと聞きますが」

「鞍馬山《くらまやま》では、時々鞠《まり》を蹴《け》りましたが、平泉では、する機会はあまりなかったです」

「そのうち、鞠《まり》を蹴《け》って遊びたいですね。碁《ご》は？」

「少し嗜《たしな》みます」

「そうですか。機会があれば一局お手合わせ、お願いします」

「是非《ぜひ》に」

その一か月後、晩秋の夕間暮《ゆうまぐ》れに政子と義経《よしつね》は囲碁《いご》をした。義経《よしつね》が黒石で先番、攻《せ》め過ぎて守りが疎《おろそ》かになる。政子は急所を押《お》さえ、黒を弱い石とし、さらに目をつぶし、大石を取る。

「参りました」潔《いさぎよ》く言った。

「一手違《ちが》いで残念でした」慰《なぐさ》める。

「また教えてください」

「うん、そのうちにまた、お願いいたします。もう一局、楽しみにしているわ」

(可愛《かわい》いことを言い性格がいい。若さからか読みが自分本位で甘《あま》く読み落としがあるけど)

碁《ご》には性格が出るという。義経《よしつね》は攻《せ》めが強い。頼朝は守りが上手《うま》い。政子は攻《せ》めと守りのバランスがよい。攻守《こうしゅ》に効く一石二鳥《いっせきにちょう》の手を多く打った方が勝つ。

「孫子《そんし》を習っていると聞きますが」

「はい、平家を討《う》ちに京へ上《のぼ》る日が、もうすぐだと洞察《どうさつ》しています。その時のために」

「我《わ》が家に伝わる貞観政要《じょうがんせいよう》です。よろしければ読んでいただければと思います」

「ありがとうございます」

「戦時には孫子《そんし》、平和な平時には、この本が役に立つわ。きっと」

再会から九か月後の夏に、鶴岡八幡宮《つるがおかはちまんぐう》の宝殿上棟式《ほうでんじょうとうしき》があった。

その二日前の夜、頼朝は政子に相談した。星が笑っているように煌《きら》めいている。

「明後日《あさって》の上棟式《じょうとうしき》で、大工に馬を贈《おく》る所存である」

「うん、いいね」

「その引手《ひきて》に、旗揚《はたあ》げ以来お世話になった武将とともに、義経《よしつね》を加えようと考えている」

「弟さんは喜ぶかどうか。御家人《ごけにん》と同列の扱《あつか》いに」

「義経《よしつね》のお披露目《ひろめ》でもある。嫡男《ちゃくなん》と末弟《まってい》との序列を、はっきりしておかないと、家が乱れることとなる」

「『兄弟は左右の手の如《ごと》し』だから、兄弟と御家人《ごけにん》とは異なるのでは？」

「そうかもしれないが、ここは弟としての役割を認識して欲《ほ》しい」

「うん、そうね。全成さんは？」

「全成は僧《そう》だから、馬の引手にはなれない」

「そうなんだ」

頼朝としては、母の身分の低い異母弟である義経《よしつね》を、何の戦功もない義経を、富士川の合戦で勝利した御家人《ごけにん》と同列に扱《あつか》うことで、晴れ舞台《ぶたい》を用意したつもりでもあった。

（兄弟に仲違《なかたが》いのしこりが残らないようしなければ）と考え込《こ》む。

翌朝、政子は義経《よしつね》に会いに出かける。

「明日の上棟式《じょうとうしき》で、頼朝が大工に馬を渡《わた》します。その引手の一人に義経《よしつね》さんになってもらいたいと思っているようです」

「馬を引くのは家来《けらい》の役割で、鎌倉殿《かまくらどの》の弟では変ではないか」

「頼朝は義経《よしつね》さんの晴れ姿を、御家人《ごけにん》に見せたいとの思いのようです。『兄弟《けいてい》は手足《しゅそく》なり』といいますから、よろしくお願い申し上げます」

「分かりました」

（あまり気乗りはしないが、姉さんには逆《さか》らえないし、兄弟牆《けいていかき》にせめぐわけにもいかないか）と察する。

当日、風はなく灼熱地獄《しゃくねつじごく》のように、ぐらぐらする熱い陽射《ひざ》しのもと、頼朝は義経《よしつね》に命令する。白い朝顔が咲《さ》いている。

「義経《よしつね》、馬を引け」

「はい」大きな声で返事して素直《すなお》に従う。

主だった御家人《ごけにん》も馬を連れ、先頭に義経《よしつね》がいた。

（いい弟だ。拙者《せっしゃ》の気持ちがよく分かっている）と喜んだ。

（ほっとした）のは政子だった。

（兄弟、仲が良いのが一番）と思い巡《めぐ》らす。兄弟喧嘩《げんか》を政子が未然に防ぐ。

頼《より》家《いえ》嫡出《ちゃくしゅつ》

「体の具合はどうだい」頼朝は心配して政子に聞く。

「吐《は》き気《け》がするし、少し熱があり関節も痛いわ」

「風邪《かぜ》なのだろうか」

「『風邪《かぜ》は百病の本《もと》』というけど。咳《せき》や鼻水はあまり出ないから別の病気だと思うわ」

「まずは、しっかり寝《ね》ることだ。大姫《おおひめ》の世話や家事は下女に任せて」

「よろしくお願いします」

政子は体調を崩《くず》す。晴天の日が続き、深紅《しんく》の寒椿《かんつばき》が咲《さ》いていた。風のない暖かい小春日和《こはるびより》の日もあるが、木枯《こが》らしが吹《ふ》き捲《まく》る寒い日もある。寒暖の差が大きい季節だ。青空に白い雲が流れる日と灰色あるいは黒い雲が留《とど》まる日、青白い波の静かな日と藍色《あいいろ》の波が高い日がある。

「鶴岡八幡《つるがおかはちまん》に祈禱《きとう》を、お願いしようと考えている」

「大袈裟《おおげさ》にしなくていいわ。きっと数日、横になっていたら治るから」

「京では疫病《えきびょう》が流行《はや》っているとも聞く。早く元気になっておくれ」

「うん」

「食べたいものはあるかい」

「蜜柑《みかん》を食べたいな」

「伊豆《いず》から取り寄せよう」

「『医食同源』だから、食べて治すしかないの」

「ああ。伊豆《いず》より少し寒いのが、よくないのか」

「うん、そうね。少し重《かさ》ね着をしなくてはいけないわ。家や部屋が広いので寒いし、厠《かわや》は遠いし。自由に街を歩いたり、馬で出かけたりできないのが、やや窮屈《きゅうくつ》」

「御台所《みだいどころ》だから仕方がないか。でも、お忍《しの》びで出かけてもいいのでは」

「例《たと》えば富士山を見るには高台まで坂道を上るか、海岸まで行く必要があり、あまり見ることができないのが、目や心、体によくないのかも」

「そうだ、北条の館《やかた》では、いつも夕陽《ゆうひ》が沈《しず》む西に富士山が見えていた」

「あなたと富士山を見ると二十歳《はたち》のころを思い出し心が落ち着くわ。手をつないで浜辺《はまべ》を散歩したり、馬を並べて走ったりする機会がないのが淋《さび》しいし」

「申し訳ない。暖かくなったら大姫《おおひめ》と砂浜《すなはま》で遊ぼう」

「うん、楽しみにしているわ」

食欲がなくなり吐《は》き気がし、実際戻《もど》すこともある。微熱《びねつ》もある。臥《ふ》せる日が増える。家事もままならない日が続く。頼朝は病気回復を願って、鶴岡八幡宮《つるがおかはちまんぐう》に祈禱《きとう》をお願いする。

年が明けて元旦《がんたん》も、まだ床《とこ》に就《つ》いたままだった。御節《おせち》を自分で料理することができない。初日の出を由比ヶ浜《ゆいがはま》で見ることもない。

「あけましておめでとうございます」

「あけましておめでとう。具合はどうだい」

「少しはいいけど」

「ゆっくり寝《ね》ていていいよ」

「ありがとう」

「御節《おせち》は口に合う」

「ああ、政子の方が薄口《うすくち》で口に合うけど」妻を立てる夫。

「来年は、きっと私が作るから」

「楽しみにしているよ」

二か月ほど病《や》んで、節分《せつぶん》のころやっと回復した。月のものが止まり、子どもができた。

（つわりが重かったのか。大姫《おおひめ》の時はもっと楽だったのに。男の子なのかもしれない。今度は息子《むすこ》がいいじゃん）と夢見る。

（男子、嫡子《ちゃくし》が欲《ほ》しい）頼朝は口には出さないが同じ望《のぞ》みを描《えが》く。

（嫡男《ちゃくなん》がいいな）時政も同じ思いを抱《いだ》く。

頼朝は政務が忙《いそが》しいのか政子の側《そば》にいることは減る。風呂《ふろ》で妻が夫の背中を流すこともない。夫婦《ふうふ》の会話が減りつつあった。

結婚《けっこん》五年目に入り子育てもあり、旦那《だんな》の世話や愛の交歓《こうかん》より子どもの養育を優先する。

子どもが腹にいて房事《ぼうじ》を慎《つつし》むようになる。いつの間にか枕《まくら》を重ねて情けを交《か》わすこともなくなる。

新婚《しんこん》生活も終わり、あとは旧婚《きゅうこん》生活。動物から植物のような関係となる。お互《たが》いを空気のように思う。存在は感じないが、実在しなければ生きてはいけないのかもしれない。

春麗《うら》らに辛夷《こぶし》が満開、四十雀《しじゅうがら》が停《と》まり、つーぴつーぴと鳴く。朝餉《あさげ》の時、

「少し、お腹《なか》が大きくなった」

「うん、そうかも。ちょいちょい、お腹を蹴《け》るようになったわ」

「きっと蹴鞠《けまり》が上手《うま》い子ができる」

「武家の棟梁《とうりょう》は武芸だけでなく、和歌や蹴鞠《けまり》、碁《ご》、琵琶《びわ》、踊《おど》りなど文芸もできるといいわ」

「拙者《せっしゃ》は弓馬《きゅうば》と囲碁《いご》、少しの和歌だけだけど」

「読経《どきょう》と読書も好きでは。私も。でも、お経《きょう》を読むのは苦手《にがて》。子どもたちにはいろんな芸を学んで欲《ほ》しい。天皇家のように」

「そうだ。ところで街造りも進んでいる」

「海まで馬や輿《こし》で行けるように、若宮大路《わかみやおおじ》を広くて平らで泥濘《ぬかるみ》の少ない道にして欲《ほ》しいわ」

「ああ、そうしよう。安産祈願《きがん》も兼《か》ねて」

「ありがとう。組織づくりは」

「侍所《さむらいどころ》を設けた。拙者《せっしゃ》と主従関係を結んだ御家人《ごけにん》を支援《しえん》し、統制する組織だ」

「長官は」

「別当《べっとう》と呼び、三浦《みうら》一族の和田義盛《よしもり》を任じた。義盛は武芸に秀《ひい》で正直者で、誰《だれ》からも信頼《しんらい》されている」

「家庭で家事をするように、一般《いっぱん》の政務や財政を行なう組織が必要ね」

「いずれは朝廷《ちょうてい》の官吏《かんり》を招くつもりだ」

「政務に明るい大江家《おおえけ》の人がいいようにも」

「大江広元《おおえのひろもと》を招聘《しょうへい》したい。一つ年下だが、頼《たよ》りになりそうだ」

「裁判をするところも。流人《るにん》時代に月に三度、京の情報を送ってくれた三善康信《みよしのやすのぶ》さんはどうかしら。康信さんの手紙をいつも読ませてもらったけど、私はとても勉強になったわ」

「そうだ。裁判には、いい情報が一番大切だ」

「組織と人、両方が大事。夫婦《ふうふ》は両者が助け合うように」

「ああ、その通りだ。組織は人をつくり、人は組織を強く大きくする」

「一たす一が二となり、三にもなるわ」

「久し振《ぶ》りに碁《ご》をしないか」頼朝が誘《さそ》う。

「うん、いいわよ」と応じる。

握《にぎ》って頼朝が先番となる。黒石を右上の小目《こもく》に打つ。白石は左下の星だった。布石は白石が優《まさ》っていた。地に辛《つら》い白と黒の厚みの戦いとなる。頼朝は終盤《しゅうばん》に急所の妙着《みょうちゃく》があり、三目差で勝った。

妻は夫の肩《かた》を軽く叩《たた》き、足の裏を踏《ふ》んだ。夫も返礼に妻の肩《かた》と腰《こし》を揉《も》む。

梅雨《つゆ》が明け、青空に熱い南風が吹《ふ》き、海猫《うみねこ》の大群がにゃおにゃおと舞《ま》う。青白と黄の紫陽花《あじさい》が咲《さ》き初《そ》めている庭を見ながら語らう。

「男の子だったら、乳母《うば》はどうする」

「できれば大姫《おおひめ》と同じように、私の乳で育てたいわ」

「源家の嫡男《ちゃくなん》だから、そうはいかないかもしれない」

「うん、そうね。有力な御家人《ごけにん》としては梶原《かじわら》さんか三浦《みうら》さんかな」

「拙者《せっしゃ》の乳母《うば》の比企尼《ひきのあま》の一族はどうだろうか」

「流人《るにん》生活の時、お世話になったし、その恩返しにもなるわ」

「ありがとう。北条家も大切にするから」

「ぜひ、実家もよろしく頼《たの》みますよ」

「ああ、無論《むろん》だ。二年前の挙兵以来、父時政と弟義時《よしとき》には、お世話になり放しだし」

真夏の暑い日に男の子が生まれた。若宮大路《わかみやおおじ》の東の比企《ひき》家の庭には、赤紅色《あかべにいろ》の百日紅《さるすべり》が咲《さ》いていた。

「ぎゃあお、ぎゃあお、ぎゃあお」猫《ねこ》というより虎《とら》のような大きな声が響《ひび》き渡《わた》る。

頼朝が幕府の館《やかた》から汗《あせ》をかきながら、すぐに駆《か》け付けた。

「ありがとう。嫡男《ちゃくなん》だ。よくやった」

「寅年《とらどし》ね。虎《とら》の子のように元気に育つわ、きっと」

「大姫《おおひめ》は戌年《いぬどし》、孫をきっと沢山《たくさん》産んでくれる」

「まだ四つ、気が早過ぎるわよ」

「御免《ごめん》。乳母《うば》は前から話していたように、比《ひ》企《き》家にお願いしたい」

「うん、いいわ」少し不安や不満もあったが、詮《せん》なく承知する。

比《ひ》企尼《きのあま》の次女河越重頼《かわごえしげより》室が御曹司《おんぞうし》（後の頼家《よりいえ》）の乳母《うば》に選ばれた。養子の比企能員《ひきよしかず》が傅《めのと》、養育係となる。

「しっかり育ててくださいね」政子は頼《たの》む。

「はい」重頼《しげより》室は答える。

（本当は自分の乳で育てたいのに、主人が流人《るにん》のままなら、他人が入ることのない、平凡《へいぼん》な家族だったのに。出世するのも考えものね）と思う。

政子の産後の肥《ひ》立《だ》ちは良くなく臥《ふ》せがちであった。実母の乳の出は十分でない。赤子は重頼《しげより》室の乳を好んで求めた。政子は乳を飲ませるために夜中に起きることもなく、体は楽だったが淋《さび》しい日々《ひび》を過ごした。政子二十五。

亀前《かめのまえ》嫉妬《しっと》

頼家が生まれて三か月がたったある日のこと。青空のなか黄色い嘴《くちばし》と白い翼《つばさ》の鴎《かもめ》がにゃーうにゃーうと鳴きながら舞《ま》い、冷たい北風が吹《ふ》き、庭に桃《もも》色の菊《きく》が咲《さ》き揃《そろ》っている。

「政子はん、頼朝はんが浮気《うわき》したはる、ちゅう噂《うわさ》を知っておすか」牧方《まきのかた》は小声で話す。

「まさか」動揺《どうよう》し心臓の鼓動《こどう》が高まり、顔が桜色になる。

「それが、ほんまにそのようよ」

「誰《だれ》なの」

「亀前《かめのまえ》はん」

「嘘《うそ》でしょう」

「飯島《いいじま》（鎌倉《かまくら》の東、逗子《ずし》市小坪《こつぼ》の西）に住んでいて、ちょいちょい会っとるようよ」

「いい加減なこと言わないで」顔をさらに赤い林檎《りんご》のようにして怒《おこ》る。

「わてで確かめてみたら」

「うん」

（なんて意地悪な継母《ままはは》なのか）と感じたが、そこまでは言えない。

牧方《まきのかた》は同じ年であり、できるだけお互《たが》い会わないようにしてきた。悪意があったのか、口が軽いだけなのか。その両方か。

政子が妊娠《にんしん》しているころ頼朝は漁色《ぎょしょく》をしている。大姫《おおひめ》が生まれる時と同じ女性だ。妻との約束を二度とも破る。前回はばれなかったので、味を占《し》めたのかもしれない。

下女に言い含め調べに行かせる。御所《ごしょ》から東南の方角へ歩いて小一時間ほどの距離《きょり》だ。

「どうも風評《ふうひょう》は本当のようです」との報告がある。

「亀前《かめのまえ》はどんな人」

「遠くから見ただけで、よく分かりませんでした」

「街《まち》での評判は」

「小柄《こがら》で、ふくよかで目鼻口が小さく、柔和《にゅうわ》な京風の美人とか」

「もういいわ」

（自分とは、顔、体形、性格もずいぶん異なる人を夫が寵愛《ちょうあい》している）と感じ角《つの》を生やし、怒《いか》り心頭に発した。鏡を見つめ目を細め、口をすぼめた。鼻は動かないのでつまんでみる。

（目鼻口の大きい）のが気になる。

（でも、それなりに美人よ。負けていないじゃん）と思い込《こ》む。

（どうしようか）苦悶《くもん》する。

（目を瞑《つぶ》るか夫婦《ふうふ》喧嘩《げんか》をするか、はたまた亀前《かめのまえ》を鎌倉《かまくら》から叩《たた》き出すか）何日か苦悩《くのう》する。

とどの詰《つ》まり夫に言わないで追い出すことに決めた。後先《あとさき》のことは考えられない。

牧方《まきのかた》の兄牧宗親《まきむねちか》に頼《たの》み、亀前《かめのまえ》の住む飯島の伏見《ふしみ》広綱《ひろつな》の館を打ち壊《こわ》させる。女は広綱《ひろつな》に連れられ命からがら鐙摺《あぶずり》（葉山、逗子《ずし》の南東）に逃亡《とうぼう》した。広綱《ひろつな》は頼朝の右筆《ゆうひつ》である。

政子は頼朝には何も言えない。夫は注進を聞き腹が立つが、妻には何も言わない。夫婦《ふうふ》

間の冷たい戦争である。

政子は妹波子《なみこ》と淫乱《いんらん》について相談する。

「亭主《ていしゅ》の鼻の下が長いのには手を焼くわ」両手を握《にぎ》り締《し》め上げる。

「天皇や公家に憧《あこが》れ、京風の女に色目を使う助平《すけべい》な旦那《だんな》は困ったものね」

「武家は質素倹約《けんやく》、質実剛健《ごうけん》が取り柄《え》なのに」

「『悋気《りんき》嫉妬《しっと》は女の役』だから。もっと怒《おこ》っていいのよ」

「うん、ほんとうに、そうね」とは言ったが、これ以上の揉《も》め事は嫌《いや》な気がした。

二日後、頼朝は鐙摺《あぶずり》の宅に隠《かく》れている亀《かめ》前《のまえ》を訪ね、手を握《にぎ》り抱《だ》きしめ優《やさ》しく諭《さと》す。

「きっと、いいようにするから安心しておいで」

「へえ」小さく頷《うなず》き寄り添《そ》う。

鎌倉殿《かまくらどの》は宗親を呼び寄せ叱責《しっせき》する。

「何をした亀前《かめのまえ》に」ただ顔を地面に擦《こす》り付けて言葉なく謝る。

（少しやり過ぎたかな、しかし、悪いのは好色な義理の甥《おい》）との所懐《しょかい》もあった。

「御台所《みだいどころ》の事を重んじるのは大変神妙《しんみょう》である。その命に従うとしてもどうして事前に内々《うちうち》に知らせなかったか。すぐに恥辱《ちじょく》を与《あた》えるのは考えるところがはなはだ奇怪《きかい》である」

頼朝は宗親の髻《もとどり》を切る。

「はは」男泣きしながら逃走《とうそう》した。

（こんな馬鹿《ばか》な）と思うが、相手は武家の棟梁《とうりょう》、ある意味では上司である。

（下手《へた》をすると命が危ない）と感じた。

時政《ときまさ》はこれを知り、怒《おこ》って伊豆《いず》の故郷へ向かう。

（とんだとばっちりで、自分に何かしらのお咎《とが》めがあってはならない）と思ったか、（やってられない）と癇癪《かんしゃく》を起こしたか。若妻に連れられてか。

義時《よしとき》は痴話《ちわ》喧嘩《げんか》には関わりたくなかった。知らないふりをして静観していた。

（反抗《はんこう》されては困《こま》る）頼朝は思い、義理の弟を呼ぶ。

「宗親が奇怪《きかい》な行動をとったので処罰《しょばつ》した。舅《しゅうと》が不満を抱《いだ》いて下国したのは、まったく我《わ》が意に適《かな》わない。貴殿《きでん》が拙者《せっしゃ》の思いを察して、その下向に従わなかったのは特に感心する。きっと子孫の護《まも》りとなろう」と褒《ほ》める。

「畏《かしこ》まりました」義時《よしとき》は慇懃《いんぎん》に申し上げて退出する。

（女誑《おんなたら》しの義理の兄にも、悋気《りんき》の強い姉も、短気な父にも困ったものだ）との所思《しょし》だった。

怒《いか》りの治まらない妻は夫を説き伏《ふ》せる。

「女と伏見広綱《ふしみひろつな》を遠くへやって。顔を見たくないわ」

「分かった」

「これからは浮気《うわき》厳禁よ」

「ああ。でも源氏物語も読んでおくれ」

（仕方がないか。男と女は異なるということが、妻には分からないようだ。しかし、いやだとはいえない）心から反省している訳ではない。

（なにをばかなことを。源氏物語の光源氏と夫は全然違《ちが》うでしょう）腹の虫が承知しない。

頼朝は広綱《ひろつな》を遠江国《とおとうみ》（静岡県の西部）に配流した。広綱《ひろつな》はとんでもない巻き添《ぞ》えであったが、御台所《みだいどころ》から遠ざかり、夫婦《ふうふ》の諍《いさか》いからは逃《に》げ出すことができた。

亀前《かめのまえ》は小坪《こつぼ》に移り、頼朝は寵愛《ちょうあい》を深めた。恐妻《きょうさい》の目を盗《ぬす》んでだが。

政子も少し寛容《かんよう》になったのか、諦《あきら》めたのか。自分以外に傷付く人が増えるのが、いやだったのか。このことでは口舌《くぜつ》しなくなる。それをいいことに、亀前《かめのまえ》との情事を、こっそりと続けている。子どもはできなかったが。他の女にも手を出す。

大姫失恋《おおひめしつれん》

源義仲《みなもとのよしなか》は信濃《しなの》（長野県）で挙兵した。頼朝の山木兼隆《やまぎかねたか》攻めから遅《おく》れること一か月。義《よし》仲《なか》は頼朝の従弟《いとこ》であり七つ年下である。北陸道で反平氏の豪族《ごうぞく》を集結した。二年半後の春、義仲《よしなか》は頼朝の許《もと》に長男義高《よしたか》を送る。大姫《おおひめ》との結納《ゆいのう》により両者は大同団結を目指す。

春風駘蕩《たいとう》のなか紅白の梅が満開だ。ほーほけきょほーほけききょ、けきょけきょけきょ、と鶯《うぐいす》も囀《さえず》る。

「よろしく頼《たの》む」義高《よしたか》は大姫《おおひめ》に挨拶《あいさつ》する。

「こっちこそ」二人はまだ幼《おさな》く、すぐに遊び仲間となる。

「あの花を摘《つ》んできて」「よし」

「花輪《はなわ》にして」「よし」

春は真紅《しんく》の躑躅《つつじ》、夏は紫《むらさき》の紫陽花《あじさい》、秋は黄色い菊《きく》、冬は桃《もも》色椿《つばき》の花環《はなわ》ができる。

「あの毬栗《いがぐり》を」「よし」木に登って採《と》る。団栗《どんぐり》も拾う。

「あの蝶《ちょう》を採《と》って」「よし」紋白蝶《もんしろちょう》、紋黄蝶《もんきちょう》、揚羽蝶《あげはちょう》などを捕《と》る。

「あの蛍《ほたる》を」「よし」源氏蛍《ほたる》と平家蛍《ほたる》を籠《かご》に入れて明かりを競わせる。

「あの蟬《せみ》を」「よし」みんみん蟬《ぜみ》、あぶら蟬《ぜみ》を捕《つか》まえる。

「あの蜻蛉《とんぼ》を」「よし」赤蜻蛉《あかとんぼ》、糸蜻蛉《いととんぼ》、鬼蜻蜓《おにやんま》など捕獲《ほかく》する。

「蛇《へび》をつかまえて」「よし」白蛇《はくじゃ》に、するりと逃《に》げられた。二人で追いかけている時、白銀と黄金の蛇《へび》の抜《ぬ》け殻《がら》を見つけた。それぞれ半紙に包み大事にとっておく。

「あの魚を釣《つ》って」「よし」鯉《こい》や鮒《ふな》を釣《つ》る。大倉御所《ごしょ》の池や滑川《なめりがわ》でのこと。

「あの蛙《かえる》を」「よし」雨蛙《あまがえる》やひき蛙《がえる》がいる。

「池の水面《みなも》に一緒《いっしょ》に映ろう」「よし」いつまでも眺《なが》めている。

「かっぱに会いたい」「よし」でも見つからない。「そのうちに、いつか」

「火の玉を見たい」「よし」見つかるはずもない。「ごめん」

「浮雲《うきぐも》をつかんで」「よし」簡単ではない。「できなくてごめんね」

「雲に乗りたい」「よし」少しして「ごめん、ごめんね」

「虹《にじ》を渡《わた》りたい」「よし」さらに簡単にはいかない。「申し訳ない」

「じゃあ、あの鳥を捕《つか》まえて」「よし」とは答えたが、鳶《とび》や鷗《かもめ》、鴛《おしどり》は捕《つか》まらない。

「貝殻《かいがら》を共に集めましょう」「よし」由《ゆ》比《い》ヶ《が》浜《はま》にもよく出かけた。片手に一杯《いっぱい》集める。

「あの蟹《かに》が欲《ほ》しい」「よし」蟹《かに》の甲羅《こうら》を摑《つか》んで渡《わた》す。

「この本読んで」「よし」竹取《たけとり》物語や伊勢《いせ》物語、土佐《とさ》日記、枕草子《まくらのそうし》などを何回も読んで聞かせる。御所《ごしょ》内でのこと。

「双六《すごろく》しようよ」「よし」勝ったり負けたり、いい勝負だ。

「鞠《まり》を蹴《け》りましょう」「よし」転がる距離《きょり》が日に日にどんどん長くなり、落とさないで何回も蹴《け》ることもできる。

「この字はなんて読むの」義高《よしたか》と名前を書いてある書物をみて尋《たず》ねた。

「よしたかだよ」

「『よし』って、いつもいうのは、名前のせいなの」

「そうだよ」

一人で寂《さみ》しくて遊び友達が欲《ほ》しかった大姫《おおひめ》は大喜び。弟頼家《よりいえ》は、比企《ひき》家の乳母《うば》の許《もと》におり、まだ一つで遊び相手にはならない。義高《よしたか》は妹のいうことを、できるだけ叶《かな》える兄のように振《ふ》る舞《ま》った。大姫《おおひめ》五、義高《よしたか》は五つ年上であり、我儘《わがまま》を許す。

朝起きてから夜寝《ね》るまで共に過ごす。眠《ねむ》るところは普段《ふだん》は別であるが。同じ布団《ふとん》で手をつないで昼寝《ひるね》することもある。

義高《よしたか》は母親から、「大姫《おおひめ》さんは未来のお嫁《よめ》さんだから、大切にお世話をするように」と言われていた。

父親の義仲《よしなか》からは、「大姫《おおひめ》を可愛《かわい》がるように」と。

両親との約束を健気《けなげ》に守る。

頼朝にとって義高《よしたか》は人質《ひとじち》である。義仲《よしなか》は木曽《きそ》から北陸道を京都に攻《せ》め上がるのに、背後の憂《うれ》いをなくしたかった。

この年の初めに、政子と頼朝は夕餉《ゆうげ》を食べながら語らう。鯉《こい》の洗《あら》いと熱い若布《わかめ》の味噌汁《みそしる》がある。強い北風のなか、庭には赤と白の山茶花《さざんか》が咲《さ》いている。

「木曽《きそ》義仲《よしなか》の長男、義高《よしたか》を大姫《おおひめ》の許婚《いいなずけ》として迎《むか》えたい」

「人質《ひとじち》なの」

「そうともいえる。従兄弟《いとこ》が力を合わせて平家を倒《たお》すことが必要だ」

「子どもを政治や軍略の道具に使うのは反対よ」

「天皇家、藤原摂関家《ふじわらせっかんけ》、平家などにみるように、天下を治めるものは子どもにも雄飛《ゆうひ》してもらうこととなる。政治には血の濃《こ》さが必要となる。血に勝《まさ》る絆《きずな》はない」

「そうはいっても、まだ五つ」

「ああ、だから、遊び友達でいいのだ」

「そうかしら」

政子は渋々《しぶしぶ》承諾《しょうだく》した。しかし、このことは一生後悔《こうかい》することになる。

春に平氏は再び平維盛《たいらのこれもり》を大将とした軍勢を北陸に派遣《はけん》した。加賀《かが》（石川県）と越中《えっちゅう》（富山県）の国境《くにさかい》、礪波山《となみやま》の倶利伽羅峠《くりからとうげ》で義仲《よしなか》軍と戦い撃破《げきは》された。義仲《よしなか》はそのまま敗走する平氏軍を追い京都に攻《せ》め上《のぼ》り、夏に平家一門を京から追い落とした。

この秋、夫婦《ふうふ》は夕餉《ゆうげ》の時に政談する。久方振《ぶ》りに南風が吹《ふ》き黄色い菊《きく》が鮮麗《せんれい》だ。

「義仲《よしなか》が平家を都から追い出した。畿内《きない》や西国は飢饉《ききん》なので京は食糧《しょくりょう》が不足している。兵《ひょう》糧《ろう》が尽《つ》きた義仲《よしなか》軍の強奪《ごうだつ》や暴行も多く、法皇や公卿《くぎょう》、万民《ばんみん》の反感をかっている」

「ひもじいと人間は動物に戻《もど》るしかないのね」

「腹が空くのは耐《た》えられないことだ。犬や猫《ねこ》さらには人間の肉さえ食っている」

「まあ、悲惨《ひさん》だわね」

「法皇から勅勘《ちょっかん》を解除され、従五位下《じゅごいのげ》の位に復帰した。そして上京を促《うなが》された」

「よかった。朝敵《ちょうてき》ではなくなったのね」

「『東海・東山両道の国衙《こくが》領・荘園《しょうえん》の年貢《ねんぐ》は国司《こくし》・本所《ほんじょ》のもとに進上せよ。もしこれに従わぬ者あれば、頼朝に連絡《れんらく》して命令を実行させよ』との宣旨《せんじ》を公布してもらった」

「土地問題の解決を一手に引き受けたわけね。錦《にしき》の御旗《みはた》。以仁王《もちひとおう》の令旨《りょうじ》より効力あるわ」

「そうだ。東海道と東山道では、拙者《せっしゃ》が実質的な支配者となったわけだ」

「残るは義仲《よしなか》さんの北陸道と平家の西国、そして藤原秀衡《ふじわらひでひら》さんの奥州《おうしゅう》ね」

「そこで、弟の範頼《のりより》と義経《よしつね》を大将として、軍を京へ派遣《はけん》したい」

「これからは、あなたが世の中を治めるのね」

（義仲《よしなか》さんと戦うと、大姫《おおひめ》と義高《よしたか》さんとの許婚《いいなずけ》関係はどうなるのだろうか）政子は不安だ。

「義仲《よしなか》と平家を破ることができればだが」

「義仲《よしなか》さんとは仲良くして欲《ほ》しいわ。助け合って平家を討《う》つことが、できるといいのに」

「ああ、でもそれは、できない相談のようだ」

「どうして」

「『両雄倶《りょうゆうとも》には立たず』だ」

「そうかな」

「ああ」

（従兄弟《いとこ》同士なのに、どうして内輪揉《うちわも》めするの。いい案がないかしら、なんて言っていいか分からないけど）政子は仕方なく話を変える。

「人はお腹《なか》が空いていると力が出ないし、武士は東の方が西より何倍も強いというから、平家にきっと勝てるわ。いい馬もいるし、日々《ひび》の鍛練《たんれん》で弓が上手《うま》いから」

「そうだといいんだが」

「幸い坂東《ばんどう》は豊作だから、兵糧《ひょうろう》をたくさん持たせてあげるといいじゃん」

「ああ、そうする」

「軍の規律を守って都の人に好かれないと、結局はうまくいかないように思う。『水は舟《ふね》を載《の》せ亦舟《またふね》を覆《くつがえ》す』というわ」

「その通りだ。人心を摑《つか》むことが大事だ」

義仲《よしなか》は翌年一月に、近江《おうみ》国（滋賀《しが》県）粟津《あわづ》で戦死した。頼朝の命で、範頼《のりより》と義経《よしつね》は軍の規律を徹底《てってい》し、都の平安を保った。

その報が鎌倉《かまくら》に届いた。朝餉《あさげ》で蜜柑《みかん》を食べていた。強い西風が吹《ふ》き付け、庭には浅紅《あさべに》の寒椿《かんつばき》が咲《さ》き、数輪落下している。

「義仲《よしなか》が死んだ。三十だった」

「若いのに」

「若くて無鉄砲《むてっぽう》だったのかもしれない」

「軍の勢いだけでは、一時は勝てても長続きしないのね」

「ああ、世の中を変えるには武力だけでなく、政治力も必要だし、時間がかかる」

「うん。あなたの深謀遠慮《しんぼうえんりょ》が飢《う》えることのない平和な世の中を創ってゆくのね」

「そうありたいが、平家との戦いがまだある」

政子は大姫《おおひめ》の許婚《いいなずけ》で義仲《よしなか》の息子《むすこ》、義高《よしたか》の命が心配だった。頼朝にお願いする。

「義高《よしたか》さんを殺さないで。お寺にいれるか、どこかの島に流したら」

「平清盛《たいらのきよもり》と拙者《せっしゃ》とのような同じ道を歩み、拙者《せっしゃ》や子どもたちが仇討《あだう》ちされるかもしれない。清盛と同じ轍《てつ》を踏《ふ》みたくない」

「木曽《きそ》の親族はそれほどいないから、その心配はないのでは？」

「世の中どう転ぶか分からない。子孫のために後顧《こうこ》の憂《うれ》いを断《た》ちたい」

「大姫《おおひめ》がどんなに悲しむか」

「まだ六つだ。すぐ忘れるさ」

「そうかしら。『三つ子の魂《たましい》百まで』とも」

「きっと、もっといい縁談《えんだん》があるよ」また夫に押《お》し切られそうになる。

(子どもを産んだことのない夫には、子どもの命の尊さが分からない)のが悔《くや》しかった。

春に緋《あか》い木瓜《ぼけ》の散るころに、政子は義高《よしたか》に言い含《ふく》める。

「命を狙《ねら》われているから逃《に》げておくれ」

「どこに」

「木曽《きそ》の縁者《えんじゃ》の許《もと》に、きっと届けるから」

「父や母は」

「残念ながら、この世にはいない」

「どうして」

「いろんなことがあって。決して頼朝や私、そして大姫《おおひめ》を恨《うら》んではいけませんよ」

「はい」

政子は義高《よしたか》を女装させて逃《に》がした。しかし頼朝に気付かれ追手が向かう。数日後、武蔵《むさしの》国入間川《くにいるまがわ》（埼玉県を流れる荒川《あらかわ》の支流）の河原《かわら》で義高《よしたか》は殺された。行年十一。

義高《よしたか》が死んだとの報を政子は隠《かく》した。しかし、いずれ大姫《おおひめ》の知るところとなる。初恋《はつこい》は壊《こわ》れた。

「わあん、わあん、わあん、わあん」涙《なみだ》が枯《か》れるほど何日も幾日も泣きじゃくる。

その後は、ぼんやりと庭の草木や空の鳥、雲、月、星を見ている日が続く。川面《かわも》や池面《いけも》を見つめ、隣《となり》に義高《よしたか》が現れるのを待つこともある。食は細くなり痩《や》せてゆき臥《ふ》せがちとなる。

（このまま死んでしまうのでは）母は心配だった。いずれ恐怖《きょうふ》になる。

数か月が過ぎ、少しずつではあるが食欲は出てきた。しかし昔のように笑うことはない。幼い子どもにとって、兄のように慕《した》っていた婚約者《こんやく》を失う心の傷は大きい。愁嘆《しゅうたん》は心と体を壊《こわ》してしまう。

政子は大姫《おおひめ》の哀傷《あいしょう》を癒《いや》すために、浜遊《はまあそ》びや舟遊《ふなあそ》び、琵琶《びわ》の合奏、蹴鞠《けまり》、神社仏閣巡《めぐ》りなど様々《さまざま》な工夫を凝《こ》らす。神や仏にもひたすら祈《いの》る。昔、石橋山合戦の後、頼朝の安全を伊豆山権現《ずさんごんげん》や秋戸郷《あきとごう》で祈願《きがん》したように。

母は娘《むすめ》のために犬を飼うことにする。

「犬に餌《えさ》をあげたり、散歩に連れていったりしてね」

「はい」

「名前はどうする？」

「よしでどう」

「うん、いいわね」政子は躊躇《ちゅうちょ》したが、（まあいいか）と相槌《あいづち》を打つ。

「よし、よし」と呼んで少し明るくなる。

「わんわん」と小犬は答える。

「返事はひとつ」と何度言っても返事は二つだった。

（「よし」と本当は答えて欲《ほ》しい）と願うが、叶《かな》うはずもない。

よしを浜辺《はまべ》に連れて行き、並んで走ったり、棒を投げて取って来させたり、水を掛《か》け合ったり、泳がせたりした。貝殻《かいがら》を集め、砂を掘《ほ》った。

よしに、お結びを食わせようとした時、鳶《とんび》が急降下して来てさらっていく。

「きゃあ」と叫《さけ》び声をあげ、「ぎゃんぎゃん」よしは吠《ほ》える。
（鳶《とんび》を懲《こ》らしめたい）と思うが、空高く滑空《かっくう》する鳥には何にもできない腹立ちを感じる。

連れ合って丘《おか》を散歩し花を集めたりもした。数か月、楽しく遊んでいた。娘《むすめ》に笑い顔が戻《もど》り、母はひと安心だった。

ある日、小犬よしが風呂《ふろ》の竈《かまど》で暖をとっていたのに下女が気付かず、薪《まき》をくべた。よしは全身に火傷《やけど》をして、数日後に死んでしまった。

政子が肛門《こうもん》の周りの便を拭《ふ》き取り、桃《もも》色の山茶花《さざんか》の木の根元に埋《う》めて小さな石を置いた。
また笑わなくなる。二つ目の恋《こい》も壊《こわ》れた。
犬や猫《ねこ》を飼うことは、それからはない。
鎌倉殿《かまくらどの》は次の手を構想していた。大姫《おおひめ》を内《だい》

裏《り》（皇居）にあげ、天皇に嫁《とつ》がせ男子を儲《もう》け、その子を天皇とし、自分が外祖父《がいそふ》になることを。清盛や藤原摂関家《ふじわらせっかんけ》と同じ道を歩むことを、ぼんやりとだが夢見るようになった。御台所《みだいどころ》には黙《だま》っていたが。

月並みな結婚《けっこん》をしたつもりなのに、いつの間にか、政治の世界に入っていかざるを得ない、凡庸《ぼんよう》でない生活になる自分が悲しくなった。どこで取捨選択《せんたく》を誤ったのか。（娘《むすめ》に申し訳ないことをした。普通《ふつう》の幸福をつかむ子でいて欲《ほ》しかったのに）と思い遣《や》る。

乙姫出産《おとひめしゅっさん》

次女が生まれた。秋の茜《あかね》色の夕陽《ゆうひ》が眠《ねむ》る山に沈《しず》むころ、西風に銀色の芒《すすき》の穂《ほ》がなびき、赤蜻蛉《あかとんぼ》が飛んでいる。頼朝は男の子を期待していたが、政子は女の子で喜んだ。（今度は私の乳で育てられる。大姫《おおひめ》とも一緒《いっしょ》にいて仲良くしてもらえる。乳母《うば》はもうこりごり）と思う。

三人目であり、つわりも軽く、お産も少し楽だった。苦しい思いをするのは同じだが、経験や慣れもあり、先が読める。

「政子ありがとう」

「こちらこそ、ありがとうございます。名前は」

「乙姫《おとひめ》でどうか」

「姫《ひめ》の字が好きなのは、京女や貴族に憧《あこが》れているせいなの。乙子《おとこ》の方が、東女《あずまおんな》には自然のように思うけど」

「そうではないが、立派《りっぱ》なお姫《ひめ》様になって欲《ほ》しいだけ」

「うん、いいじゃん。浦島太郎《うらしまたろう》さんが見つかるといいわね」

（もう少し反論したい）と思い直すが従う。

「そうだ」

「三人の子持ちになれたわ」

「一姫《ひめ》二太郎《たろう》でも一太郎《たろう》二姫《ひめ》でも嬉《うれ》しい限りだ。子どもは多いほど幸せが増える。父も子も沢山《だくさん》だった。兄弟姉妹は多いほどいい」

「でも浮気《うわき》はしないでね」

「ああ」

いつものように色好《よ》い返事はしたが、すでに漁色《ぎょしょく》をしていた。

（白日《はくじつ》の下《もと》に晒《さら》されされないように）旦那《だんな》はただ祈《いの》るばかりだ。

しかし、秘密は露顕《ろけん》した。噂《うわさ》はすぐ広まる。

「どうして」

「御免《ごめん》」

「ごめんしない」

「申し訳ない」

「これからは絶対しないで」

「ああ」

(もっともっと言いたいことが、たくさんあるのに)でもやめた。

(意見や想念の相違《そうい》を言っても始まらない。黙《だま》っていた方がいいときもある)と思う。

怒《おこ》った妻は夫と枕《まくら》を共にしない。政子二十八。二十代前半のように、亭主《ていしゅ》の肌《はだ》がいつも恋《こい》しいことは、なくなっていた。三年ほどして、やっと体を許した。

頼朝も昼間の政務が忙《いそが》しく、夜には疲《つか》れ果てていることが増えた。中年になり青年時代の突《つ》き上げるような性的な欲望は薄《うす》らいでゆく。実際これが最後の浮気《うわき》だった。

乙姫《おとひめ》はすくすくと育つ。政子の乳をよく吸う。母として至福の時を過ごした。ちゅうちゅうと豊かな乳房《ちぶさ》を吸う姿を、大姫《おおひめ》と頼家が羨《うらや》ましそうに見ていることもある。

「ぎゃあぎゃあぎゃ」と乙姫《おとひめ》が突然《とつぜん》、泣き出した。

母親にいつも抱《だ》かれている妹に、頼家が妬《や》いて誰《だれ》も見ていない時に赤子の頭を叩《たた》いた。

母はそれほど怒《おこ》らないが「めっ」とは言う。何回かある。

数日後、波子《なみこ》が訪ねてきた。頼朝の異母弟の阿野全成《あのぜんせい》と結婚《けっこん》して阿波局《あわのつぼね》と呼ばれていた。

「姉妹が仲良く育つといいわ。私たちみたいに」政子が言う。

「そうね。私たちは一つ違《ちが》いの年子だから、小さいころ、よく鏡や着物、食べ物を取り合って喧嘩《けんか》をしたみたい。へへへ」波子は笑いながら答える。

「だから大きくなって、角《つの》を突《つ》き合わせることもないわ。幼いころに衝突《しょうとつ》し尽《つ》くしたのかしら。ははは」

「そうだね、きっと」

「私の方が泣き虫だった。お姉さんに、よく泣かされたわ」

「そうかな。『泣く子は育つ』というから、大きいのは、あなた」

「きっと、大姫《おおひめ》より乙姫《おとひめ》が大きくなるわ」

「二人は七つ違《ちが》い。姉妹喧嘩《けんか》をするには、少し年が離《はな》れているようね」

「そうね。共に長く生きて、一生、仲良くしてくれればありがたいわ。二十歳《はたち》を過ぎれば年の差はないようなもの」妹はそう思いたい。

(私が年上)と姉は思い詰《つ》めているが。

「いつまでも死にたくないけど」

「お姉さんが早く生まれたのだから、死ぬのも先よ」

「うん、そうね。ところで頼朝がまた浮気《うわき》をしたわ」

「どうしようもない人ね」

「源氏の男は、みんな多淫性《たいんしょう》みたい。お爺《じい》さんもお父さんも」

「天皇家、藤原《ふじわら》家、平家も、男は、きっと皆《みな》そう。数百年、数十代も遡《さかのぼ》れば、みんな、つながっているようだから」

「男と女は、愛の考え方が異なるのかしら」

「そうかもね」

「男は多くの女を愛し、女は一人の男を愛するのが、楽しいと考えるのかしら」

「男の勝手よね」

「猿《さる》の棟梁《とうりょう》は助平《すけべい》で、妻が何人もいるようよ」

「雌猿《めすざる》は発情期には、いろんな雄《おす》と交尾《こうび》すると聞くけど」

「人間と猿《さる》とは大違《ちが》いだから」

「ほんとうね。懲《こ》らしめてやったら」

「うん」

「動物は食べて寝《ね》て、子どもを育て、命をつなぐのが仕事だから」

「そうね。でも人もつまるところそうかも」

たわいもない姉妹の話が弾《はず》む。

生後百日目に、お食い初《ぞ》めをした。下の前の乳歯《にゅうし》が生え始める時期だ。

「一生涯《いっしょうがい》、食べることに困らないように」政子は願いを込《こ》めて言う。

「食いはぐれることのないように」頼朝も子どもたちも、それぞれ大きな声で叫《さけ》ぶ。

乙姫《おとひめ》に食事をする真似《まね》をさせる。祝い膳《ぜん》は、尾頭付《おかしらつ》きの鯛《たい》、赤飯《せきはん》、焚《た》き物、香《こう》の物、吸《す》い物、歯固《はがた》め石など。

身長は三寸《ずん》（十センチ）ほど伸《の》び二尺《しゃく》（六十センチ）に、体重も一貫《かん》（四キロ）ほど増え二貫《かん》に。赤ん坊《ぼう》の成長は速い。泣いたり、喜んだり、怒《おこ》ったり、驚《おどろ》いたり、感情が豊かだ。

自分で座《すわ》れ、物に掴《つか》まって立てるようになる。寝《ね》返りもでき、這《は》い這《は》いし、よちよち歩きも、もうすぐのようだ。

翌年の誕生日には一升餅《いっしょうもち》を背負わせた。丸い餅《もち》を風呂敷《ふろしき》に包み、背中に載《の》せ、首に括《くく》る。よたよたと歩いて尻餅《しりもち》をつき、「わあんわあん」と泣き出す。政子は起こしてやりながら抱《だ》きしめる。すぐ泣きやんだが、涙《なみだ》が頰《ほお》を流れた。

（一生丸く長生きするように）と願う。

身長は二尺三寸（七十センチ）、体重は二・五貫《かん》（十キロ）に育つ。妹はしっかり歩くようになると、姉や兄を追いかけるようになる。しかし追い付くことはない。

さらに次の年の秋、乙姫《おとひめ》の七五三の三つのお祝いをした。母は次女に紅《べに》色の着物を着せる。身長は二尺六寸（八十センチ）、体重は三貫《かん》（十二キロ）、どんどん大きくなる。

乙姫《おとひめ》を碁盤《ごばん》の上に立たせ、「えい」掛《か》け声をかけ飛び降りさせる。

「どうして」頼家が聞く。

「碁盤《ごばん》は天下を表しているの。その上に立つことで、天地を治める、心身とも立派《りっぱ》な大人《おとな》に育ち、自立して人生を歩むことを願うの」

紫《むらさき》色の女房装束《にょうぼうしょうぞく》の政子は、ゆっくりしっかりと説明した。藍《あい》色の羽織袴《はおりはかま》の頼家は、よくは分からなかったが真似《まね》をした。桃《もも》色の振袖《ふりそで》の大姫《おおひめ》は、横で見ているだけだった。母は長女に同じようにさせなかったことを後で臍《ほぞ》を噛《か》むことになる。

頼朝は白い絹《きぬ》の狩衣《かりぎぬ》をまとい、上機嫌《じょうきげん》で眺《なが》めている。頼朝は乙姫《おとひめ》を肩車《かたぐるま》した。次女は大喜び。長男長女は重くて無理だ。

大姫《おおひめ》と政子は一つしかない鏡を取り合うことがある。母親は譲《ゆず》って端《はし》の方を使う。

政子は乙姫《おとひめ》が五つの時に五目並《ごもくなら》べを教えた。三人の子どもが競うようになる。じゃんけんで勝った二人が戦う。勝ち抜《ぬ》き戦である。やはり一番強いのは大姫《おおひめ》、次は頼家、乙姫《おとひめ》が一番弱い。母も参戦する。子どもたちに時には負ける。もちろん、八百長《やおちょう》で手を抜《ぬ》いてい

るのだが。本気でやれば頼朝より強い。囲碁《いご》もそうだが。

　家族で相撲《すもう》を取る。これも年には勝てない。さすがに夫婦《ふうふ》ではしない。両者は行司《ぎょうじ》となる。指相撲《ゆびずもう》や腕相撲《うでずもう》、足相撲《あしずもう》も教えた。これはみんなですることもある。五人での争い。

　いつの間にか三人は蹴鞠《けまり》を覚えた。年の数だけ落とさないで、鞠《まり》を蹴《け》れるようになる。政子と頼朝は数回しかできないが。五人で競争すると大姫《おおひめ》が一番、頼家が二番。

　五年後には、頼家が一番になる。悔《くや》しくて陰《かげ》で猛《もう》練習したようだ。頼家は比企《ひき》家にいることが多く、家族五人が揃《そろ》うことはめったにない。全員集合のときが政子にとっては至福な時間である。

　乙姫《おとひめ》を身籠《みご》もった時、頼朝はまた浮気《うわき》をしていた。大倉御所《ごしょ》の侍女《じじょ》に手を出し懐妊《かいにん》させた。妻に胎児《たいじ》がいるころ、夫は淫蕩《いんとう》にふける習性がある。大姫《おおひめ》の時も頼家のころも。

乙姫《おとひめ》が生まれた翌年の春に、妾《めかけ》の大進局《だいしんのつぼね》に男の子が誕生した。後の貞暁《じょうぎょう》である。大進局は頼朝の従兄弟《いとこ》、常陸入道念西《ひたちにゅうどうねんさい》の娘《むすめ》。

鎌倉《かまくら》の西、歩いて一時間ほどの深沢《ふかさわ》で、正妻に遠慮《えんりょ》して人目を避《さ》けて育てられた。六つで京に上り、仁和寺《にんなじ》に入り出家した。出立の日に、頼朝は密《ひそ》かに息子《むすこ》を訪ね太刀《たち》を与《あた》えた。

その後、高野山で修行《しゅぎょう》し、俗界《ぞっかい》から遠ざかる。子どもはいない。政子は源氏一族の菩提《ぼだい》を弔《とむら》わせるべく貞暁《じょうぎょう》を援助《えんじょ》した。後に頼朝、実朝、政子を供養《くよう》する。四十五で病死した。自殺したとの説もある。

義経絶縁《よしつねぜつえん》

平家が滅《ほろ》んだ、との飛脚《ひきゃく》がある。

日没時《にちぼつ》、政子と頼朝は暖かい春風に桜吹雪《さくらふぶき》となる庭を見ながら話し込《こ》む。

「長門国《ながと》（山口県）壇《だん》の浦《うら》の海戦で平家を破り、安徳《あんとく》天皇とともに主だった武将や女房《にょうぼう》は海に沈《しず》んだ、との報告があった」

「そうなんだ。平家の桜が散って、やっと平和な世の中になるわね」

「ああ、まだ奥州《おうしゅう》での火種は残っているが」

「弟さんたちが大活躍《かつやく》ね」

「とりわけ義経《よしつね》は奇襲《きしゅう》が上手《うま》い」

「五年ほど前の挙兵の時、山木《やまぎ》兼隆《かねたか》さんを夜《よ》討《う》ちしたことを、思い出すわ」

「あの時は三十騎《き》ほどだったが、今は数千騎《き》いや数万と百倍以上の軍勢となった」

「すごいこと。あなたの人望の賜物《たまもの》」

「政子を娶《めと》って、運が開け、政治力もついた」

妻に、お愛想《あいそ》、お世辞《せじ》とも、本気ともいえる言葉をかける。

「まあ、ありがとうございます」

(どちらにしてもうれしい。言葉は重宝《ちょうほう》だけど。美しい言い草、人を動かす巧言《こうげん》が夫の取り柄《え》、長所かも。弟さんたちとは違《ちが》う武器を持っているわ。長い流人《るにん》生活で身に着けた知恵《ちえ》、そういえば字も美しいけど）と感じる。

「しかし、非常に残念なことだが、義経《よしつね》について梶原景時《かじわらかげとき》から苦言がある」

「どんな」

「弟は拙者《せっしゃ》の代官として御家人《ごけにん》を副《そ》えて派遣《はけん》され、多数の合力《ごうりき》で合戦《かっせん》に勝ったのに、自分一人の功績だと盲断《もうだん》しているようだ」

「景時《かげとき》さんの勝手な言い分ではないかしら。戦場では臨機応変の対応が必要で、勝利を収めることができたのは義経《よしつね》さんの力では」

「そうかもしれんが、自尊で我意《がい》かつ自由な言動をし、参謀《さんぼう》を納得《なっとく》させずに指揮するのは問題があるようだ」

「弟さんの言い分も聞いてみたら」

「ああ、そうしよう」

北陸道と東海道の源氏、義仲《よしなか》と頼朝が相争っているうちに、平氏は、いったん西国に下っていたが、福原《ふくはら》（兵庫県神戸市）に帰り、京都への帰還《きかん》の機会をうかがっていた。

寿永《じゅえい》三（一一八四）年正月に、後白河法皇《ごしらかわほうおう》は平氏追討の院宣《いんぜん》を頼朝に与《あた》えた。翌月に、一《いち》の谷《たに》（福原の西一里、四キロ）の戦いがあり、義経《よしつね》の鵯越奇襲《ひよどりごえきしゅう》などで源氏が勝利した。

次の年の如月《きさらぎ》、義経《よしつね》は讃岐国《さぬき》（香川県《かがわ》）屋島《やしま》に平氏を急襲《きゅうしゅう》した。弥生《やよい》に壇《だん》の浦《うら》の海戦があり平氏は滅亡《めつぼう》する。義経《よしつね》は鎌倉《かまくら》へ凱旋《がいせん》しようとした。

皐月《さつき》晴れの昼下がり、東風《こち》のなか黄色の蓮華躑躅《れんげつつじ》が咲《さ》き誇《ほこ》る庭を見ながら政談する。

「平清盛の三男宗盛《むねもり》、平家の総大将を捕虜《ほりょ》として、義経《よしつね》は帰ってくる」

「労をねぎらってあげたら」

「義経《よしつね》は法皇から官位をもらい昇殿《しょうでん》し、拙者《せっしゃ》の統制を無視した。弟といえども容赦《ようしゃ》するわけにはいかない」

「追放するつもりなの」

「ああ、法皇に操《あやつ》られている者《もの》を自由にしていては、天下騒乱《そうらん》のもととなる」

「法皇さんは常に官位で人を動かす人、天狗《てんぐ》とも言われているわ。それに乗っては、せっかく血を分けた兄弟なのに残念だわ」

「口車《くちぐるま》に乗せられているのは弟だ。もう引き返さない」

「会って話し合うのが、何よりも大切だわ。法皇さんは強いもの同士を闘争《とうそう》させて、そのなかで生きてゆく人。平家と源家、義仲《よしなか》さんとあなた、義経《よしつね》さんとあなたと。あなたの方から折れてゆくのが兄の役割ではないの」

「そうはいかない。武家の棟梁《とうりょう》は公平でなければならない」

（公平と公正は違《ちが》うのでは。公平より公正の方が大事では。皆《みな》を同じに扱《あつか》うより、能力や年齢《ねんれい》、血縁《けつえん》で差別するのは人間社会では道理。しかし兄弟喧嘩《げんか》はどうしようもないところまで拗《こじ》れたようね。もう仕方がないのかな）と思う。

義経《よしつね》は一か月ほど、腰越《こしごえ》（鎌倉《かまくら》の西一里）に足止めされた。

（私に何ができるか）思索《しさく》する。（弟に会いに行き蹴鞠《けまり》か碁《ご》をしながら話をしたい）と願う。

頼朝に夕餉《ゆうげ》の時に頼《たの》む。かあかあかあがあがあと烏《からす》も騒《さわ》いでいる。

「義経《よしつね》さんに会いに腰越《こしごえ》へゆきたい」

「やめてくれ」

「どうして」

「京へ追い返すことに決めた」

「兄弟仲良くしないと」

「もう無理だ」

「まだ、仲直りの可能性があるのでは？」

「だめだ」頼朝は頑固《がんこ》に言い張る。

（仕方ないか、折れるしかないか。決めたことは変えればいいのに。『朝令暮改《ちょうれいぼかい》』が正しいことも。『君子《くんし》は豹変《ひょうへん》す』では）と異議があるが断念した。

（義理の弟で血がつながっていないと思う分、幼いころ一緒《いっしょ》に遊んだり喧嘩《けんか》したりしたことがない分だけ、仲直りをする熱意が足らないのは仕方がないこと）と判《はん》ずる。

到頭《とうとう》、義経《よしつね》は鎌倉《かまくら》に入れず、京都に戻《もど》ることとなる。

「平家を討伐《とうばつ》したのは自分である。鎌倉《かまくら》に怨《うら》みのあるものは我についてこい」と弟は怒《おこ》って口を滑《すべ》らせる。それを聞いた兄は激怒《げきど》する。

「拙者《せっしゃ》の代官として御家人《ごけにん》とともに敵を討《う》ったのに、己《おのれ》の大功のような暴言を吐《は》くとは、奇怪《きかい》である」

告げ口する悪い人がいた。本人には悪気はなかったかもしれないが。『口から出れば世間』。

頼朝と義経《よしつね》は絶縁《ぜつえん》した。兄弟の諍《いさか》いは最悪の命を取り合うところまでゆく。義経《よしつね》は鼻高々《たかだか》だった。人間は絶頂の時が最も危ない。見晴《みはらし》がよく周りが見えているようで見えていない。足を踏《ふ》み外したり足元が崩《くず》れたりして、頂上から転げ落ちる場合がある。

この夏、文月に地震《じしん》があった。京都の寺は倒壊《とうかい》し、橋は落下した。

方丈記《ほうじょうき》に「また、おなじころかとよ、おびたゝしくおほなゐ（大地震《じしん》）ふること侍《はべ》き。そのさま、よのつねならず。山はくづれて河《かわ》をうづみ、海はかたぶきて陸地《ろくじ》をひたせり」の記述が残る。震源《しんげん》は琵琶湖《びわこ》西岸か南海トラフ。マグニチュード七・四。天は義経《よしつね》を見放したか。

静御前《しずかごぜん》

「静《しず》さんの舞《まい》を見たいわ。はっはは」花桃《はなもも》が咲《さ》き始めたころ、政子は頼朝にお願いし、唐《とう》突《とつ》な願いを笑いでごまかそうとする。

「ああ、拙者《せっしゃ》もだ。ふっふふ」釣《つ》られて吹《ふ》き出す。

「大姫《おおひめ》もどう。鮮《あざ》やかな踊《おど》りよ」

「はい。うっふふ」と笑顔で頷《うなず》いた。

三人は意見がどうしたわけか一致《いっち》した。天下の名手の舞踊《ぶよう》を見たかった。静御前《しずかごぜん》は白拍子《しらびょうし》で義経《よしつね》の愛人である。幾度《いくど》か静は断わったが、政子の熱願に負け、神楽《かぐら》を奉納《ほうのう》した。

政子と頼朝、大姫《おおひめ》、頼家、数十人の御家人《ごけにん》と女房《にょうぼう》が見守るなか、静は鶴岡八幡宮《つるがおかはちまんぐう》の回廊《かいろう》で歌いながら踊《おど》る。紅白の花桃《はなもも》が散り、桜が満開のころのこと。

「よし野山　みねのしら雪　ふみわけて　入りにし人の　あとそこひしき」（吉野山《よしのやま》の峰《みね》の白雪を、踏《ふ》み分けて姿を隠《かく》していった人、義経《よしつね》のことが恋《こい》しい）さらに続ける。

「しづやしづ　しづのをだまき　くり返し　昔を今に　なすよしもがな」（静《しづ》や静《しづ》と私を

呼ぶ声がする、倭文《しづ》の布を織る糸を巻いた苧《おだ》環《まき》から、糸が繰《く》り出されるように、昔を今にどうかする方法があったなら）義経《よしつね》への慕《ぼ》情《じょう》を謡《うた》う。

「八幡宮《はちまんぐう》の神前で芸を披露《ひろう》するとき、関東の万歳《ばんぜい》（平安長久）を祝うべきである。反逆者の義経《よしつね》を慕《した》う曲を歌うとは怪《け》しからん」と頼朝は怒《おこ》る。

「伊豆《いず》にいた時、あなたを慕《した》って暗夜に迷い、大雨を凌《しの》いで、やっと辿《たど》り着きました。石橋山の合戦では、あなたの生死も分からず、伊《い》豆山《ずさん》で日夜、魂《たましい》も消えるような気持ちでいました。その愁《うれ》いの気持ちは今の静さんの心と同じです。義経《よしつね》さんを恋慕《こいした》わないようなら貞《てい》女《じょ》の姿ではありません。曲《ま》げてお褒《ほ》めくださいな」

政子は宥《なだ》めた。頼朝は仕方なく怒《いか》りを鎮《しず》めた。

（あの最初の夜は『据《す》え膳《ぜん》食わぬは男の恥《はじ》』の意識もあったが、こんなことになるとは、
政子のお陰《かげ》で運が開けたことも事実。ここは譲《ゆず》ろう）と考え直す。

「静さん、見事な舞《まい》と謡《うたい》でした。ははは」笑いながら褒《ほ》める。

「おおきにどした」静は丁寧《ていねい》に頭を下げた。

（お咎《とが》めがあるのを覚悟《かくご》していた）が。

「頼朝からの褒美《ほうび》です」

自分で選んだ、青みのある白い卯花重《うのはながさね》の衣《ころも》を贈《おく》る。

「重《かさ》ね重《がさ》ね、おおきに」

「おめでたのようですね」

「へえ、夏に生まれようどす」

「元気な赤ちゃんを産んでくださいね」

「へえ」

「義経《よしつね》さんとの出会いは」

「二年ほど前、一の谷の戦勝祝いの宴会《えんかい》で踊《おど》った時に見初《みそ》められたんどす。十六のころで、
十《とお》ほど年の差があります」

「私たちも十ほど離《はな》れています。生まれや育ちは」

「母は讃岐《さぬき》の生まれ、大和《やまと》で白拍子《しらびょうし》をしているころに、わては生まれたんどす。十の時から、京で母と共に舞《ま》っていました」

「『役者に年なし』といいますから、お母さんの踊《おど》りもみたいものです」

「へえ、きっと」

「大姫《おおひめ》に琵琶《びわ》を教えてくださいね」

「へい、よろこんで」

三人は琵琶《びわ》を奏《かな》でる。

十日ほどして、朝餉《あさげ》で政子は頼朝に聞く。葉桜に変わっていた。

「義経《よしつね》さんの正室《せいしつ》はどうしているの」

「河越重頼《かわごえしげより》の娘《むすめ》を一年半ほど前の秋に京に送った。拙者《せっしゃ》が媒酌人《ばいしゃくにん》だ。重頼の妻は比企尼《ひきのあま》の次女でもある」

「そうですか。で消息は?」このことを、すでに知っていた。

「義経《よしつね》と畿内《きない》のどこかにいるようだ。あるいは義経《よしつね》の後を追いかけているとも聞くが」

「そうなの」

「本当は別れて、実家に帰ってきてくれれば、両親は安心だけど」

「女心はそういかないわ。恋《こい》や愛は命より大切と思う時もあるのよ」

(子育てしている今は、色恋《いろこい》より命の方が大切と感じているけど)

「そんなものかな」

「連れ添《そ》っていれば情《じょう》が深くなり、絆《きずな》が強くなるものよ。逆境であればあるほど妻の愛が必要だわ」

「ああ、なるほど」

「男の一所懸命《いっしょけんめい》は先祖代々の土地を命懸《が》けで守ることのようだけど、女の一生懸命《けんめい》は夫と子どもの健康を必死に護《まも》ることなのよ」

「ああ、たしかに」

政子二十九の春の出来事。

静は半年前の秋に、吉野《よしの》(奈良県南部)の蔵王堂《ざおうどう》あたりで捕《とら》えられた。その十日ほど前に大物浦《だいもつのうら》(兵庫県尼崎《あまがさき》の淀川《よどがわ》旧河口)で、義経《よしつね》と静らは舟《ふね》に乗り、西国へ逃《に》げようとしたが、暴風で難破し吉野山《よしのやま》に隠《かく》れた。静は義経《よしつね》と別れて京に向かうところだった。京都で義経《よしつね》を探索《たんさく》していた北条時政の取り調べを受け、春を待って鎌倉《かまくら》に送られた。義経《よしつね》の足取りは定かではないが、このころ畿内《きない》に潜伏《せんぷく》していた。

盛夏《せいか》に男の子が生まれた。

「静さんの赤ちゃんの命を助けて」政子は頼朝に嘆願《たんがん》する。

「これればかりはできない。将来に禍根《かこん》を残すわけにはいかない。女の子であれば尼《あま》として育てることで、助けることはできたが」

「清盛さんは、あなたの命を助けたわ。清盛さんにできたことが、なぜどうして、あなたはできないの」

「拙者《せっしゃ》を殺さなかった所為《せい》で平家は滅亡《めつぼう》した」

「平家がいい政治ができなかったことが真因で、あなただけの成果ではないのでは。時代の流れや風向きの賜物《たまもの》で、人ひとりの力ではないように感じるけど。義仲《よしなか》さんもあるところまでは、できたように」

「そうかもしれんが、大姫《おおひめ》や頼家さらにはその子、我々《われわれ》の孫のためにも、生きていてもらっては困る」

「ここまで強く大きくなったのだから、息子《むすこ》一人ではなんにもできないわ」

「いや、だめだ」

頼朝は頑《がん》として聞かない。失敗例を知る夫は意地を通す。

(どんどん頑固《がんこ》になるわ。命が何よりも大事なのに。自分の判断に自信を持ちすぎるのは危険だわ。どこかでしっぺ返しがあるようにも)と思うが従わざるを得ない。

（政子に敵討《かたきう》ちの怖《こわ》さは理解できないのは仕方ない。流人《るにん》生活での葛藤《かっとう》を体験したものにしか、分からないことかもしれない）頼朝は感じるが口には出さない。（静と息子《むすこ》を逃《に》がすこと）を政子は思案したが、（義高《よしたか》と同じ運命となり、母の命も危ない）と察《さっ》し断念した。嬰児《えいじ》は頼朝の命で、由比ヶ浜《ゆいがはま》の砂に埋《う》められた。母御《ははご》は何日も、ただただ泣き濡《ぬ》れた。みゃおーみゃおーと海猫《うみねこ》も鳴いている。その後、立ち去り、若くして亡《な》くなったようだが、何人も詳《くわ》しくは知らない。義経《よしつね》を追って奥州《おうしゅう》へ、あるいは母の里の大和《やまと》もしくは讃岐《さぬき》へ、さらには九州などへと、いくつかの伝説が残る。

奥州討伐《おうしゅうとうばつ》

平家が滅《ほろ》んだ年の夏、頼朝は義経《よしつね》の所領を取り上げ、捕《と》らえるために国に総追捕使《そうついぶし》（後の守護《しゅご》）と地頭《じとう》を置くことを、後白河法皇《ごしらかわほうおう》に認めさせた。鎌倉殿《かまくらどの》の政治が全国に広がる。紅葉《もみじ》の秋に、義経《よしつね》は静《しず》と別れ、一年数か月、奈良の興福寺《こうふくじ》、比叡山《ひえいざん》の延暦寺《えんりゃくじ》、京都の鞍《くら》馬寺《までら》、仁和寺《にんなじ》などの畿内《きない》の寺社や法皇の御所《ごしょ》、公家の邸宅《ていたく》に潜《ひそ》んでいた。捜索《そうさく》が厳しくなり、育ての父、奥州平泉《おうしゅうひらいずみ》の藤原秀衡《ふじわらひでひら》の許《もと》に、二年後の春に、北陸の雪が融《と》けるのを待って落ち延びた。秀衡《ひでひら》がその年、山が紅葉《こうよう》から枯葉《かれは》に変わるころに病死した。没年《ぼつねん》六十五。

「義経《よしつね》を主人として藤原《ふじわら》家を盛り立てるよう」秀衡《ひでひら》は息子《むすこ》たちに遺言《ゆいごん》する。

嫡男《ちゃくなん》泰衡《やすひら》は頼朝の圧力に屈《くっ》し義経《よしつね》を殺害する。さらに二年後の春のこと。享年《きょうねん》三十。

義仲《よしなか》と同じ行年《ぎょうねん》だった。

数日後、その報告があった。朝凪《あさなぎ》の庭には白い躑躅《つつじ》が咲《さ》いている。

「義経《よしつね》が死んだ」頼朝は政子に話す。

「武略にはとても優《すぐ》れていましたのに」

「勇と仁に勝《まさ》っていたが、智《ち》が少し足らなかった。智略《ちりゃく》があれば、兄弟喧嘩《げんか》をしなくてすんだ。法皇（後白河）の走狗《そうく》として踊《おど》らされ翻弄《ほんろう》された人生だった」

「あなたのように深謀遠慮《しんぼうえんりょ》ができれば、兄弟仲良くできたのに。『天は二物《にぶつ》を与《あた》えず』なのかしら」

「拙者《せっしゃ》にも落ち度はある。母が異なるため、肉親の情《じょう》が足らなかったかもしれない」

「『兄弟は他人の始まり』なのね」

「日本国総追捕使《そうついぶし》、総地頭《そうじとう》として全国を支配するには、義経《よしつね》を追討することが役立った」

「義経《よしつね》さんを政治に利用したのね」

「結果的にはそうなったが、最初から意図したわけではない」

「お兄さん孝行したわけね」

「殺されずにどこかで静かに生きていて欲《ほ》しい、と密《ひそか》に祈《いの》ってはいたのだが」

「誅殺《ちゅうさつ》する命令をしていて、それはないでしょう。でもそれが、兄の気持ちのようにも思うけど。周りの人には、とりわけ泰衡《やすひら》さんには理解できなかったようね」

「ああ、そうだ」

「腰越《こしごえ》にいた時、姉として何もできなかったわ。もし会いに行き話を聞いてあげれば、別の展開、人生もあったのにと、悔《く》いることもあるわ。蹴鞠《けまり》をしたり、碁盤《ごばん》でも囲んだりして、話をすればよかったように思うことも」

「ああ、そうかもしれない」

「義経《よしつね》さんとあなたは幼いころ一緒《いっしょ》に生活して、兄弟で仲良くしたり助け合ったり、口論や殴《なぐ》り合いなどをしたことがないから、兄弟の気持ちが通じなかったのね」

「そうだ。兄弟愛だけでなく、母や父の慈《いつく》しみ、家族の情愛を、両者知らずに育ったことが、この悲しい結末の原因の一つのようにも惟《おもんみ》る」

「淋《さび》しいことね」

（頼朝は御家人《ごけにん》や恋人《こいびと》など他人への愛情が豊かだが、家族、親類への情愛が少ないのかも。近くの人より遠くの人を優先する変な情け。男と女の愛の違《ちが》いかしら）と考察する。

義経《よしつね》の頭は美酒に浸《つ》けられ五十日ほどかけて送られてきた。腰越《こしごえ》で首実検された。

義経《よしつね》と正室との間には、女児が生まれていた。義経《よしつね》とともに命を落とした。義経《よしつね》の血は途絶《とだ》えた。

この年の梅雨《つゆ》の晩に、頼朝は政子に語り掛《か》ける。

「奥州征伐《おうしゅうせいばつ》に出かけることにした」

「藤原泰衡《やすひら》さんを討《う》つのね」

「これで日本六十六州を全《すべ》て治めることができる」

「義経《よしつね》さんの敵討《かたきう》ちね」

「そうともいえる」

「藤原《ふじわら》家の兄弟は仲が悪いと聞くけど」

「異母兄弟は仲良くするのが難しいようだ」

「父親の勝手な多情や好色が、家を滅《ほろ》ぼすのね」皮肉を言う。

「ああ、そうかもしれない」しらっとして答える。

(体力も気力も少し衰《おとろ》えてきたので、漁色《ぎょしょく》はそろそろやめようか。財力的には何人でも可能ではあるが。異母兄弟はつくらない方が家は平穏《へいおん》だ。すでに一人いるが)と頼朝は思う。

(女性への恋情《れんじょう》より政治が面白いし、政子との夫婦《ふうふ》喧嘩《げんか》は疲《つか》れる。恋路《こいじ》と政《まつりごと》の両方を求

める年でもないか）と頭を捻《ひね》る。夏に奥州征伐《おうしゅうせいばつ》軍は出発した。富士川合戦以来の九年ぶりの出陣《しゅつじん》である。総勢二万。

　頼朝が出立した翌日の朝、政子は大姫《おおひめ》と鶴岡八幡宮《つるがおかはちまんぐう》に出かける。梅雨《つゆ》の中休みで曇《くも》り空だった。風はなく、ぽぽーぽと鳩《はと》は散歩しており、青い紫陽花《あじさい》が咲《さ》いている。

「お父様の戦勝を祈《いの》って、お百度《ひゃくど》を踏《ふ》もうね」

「お百度ってなんなの」

「神仏に百回お参りして願いを成就《じょうじゅ》してもらうこと」

「祈《いの》ればかなうのかしら」

「そうよ。きっと、お父様は勝利して生きて帰ってくるわ」

「はい」

「草履《ぞうり》を脱《ぬ》いで」

二人は八幡宮《はちまんぐう》の拝殿《はいでん》前の十段ほどの石段の下に履《は》き物を脱《ぬ》ぎ、揃《そろ》えて並べる。参道の入り口からは遠いので、拝殿《はいでん》のすぐ近くから始める。

「冷たい！」

「すぐ温かくなるわ」

「足の裏が痛い！」

「すぐ楽になるわ」

「はい」

二人は素足《すあし》で百回参拝する。指で十数え十個用意した貝殻《かいがら》を石段の下に、数え間違《まちが》いのないように順に置く。最初は足の裏が石段で冷たく痛かったが、熱心に願ううちに痛さも忘れ足の裏も温かくなる。がたがたと膝《ひざ》が笑うまでも歩いた。紫陽花《あじさい》は青から紫《むらさき》に変わる。

頼朝を迎《むか》え撃《う》つ藤原《ふじわら》軍は数千。藤原《ふじわら》家では兄弟喧嘩《げんか》などの内輪もめがある。統率《とうそつ》されていない軍は弱い。数でも十倍ほどの圧倒《あっとう》的な差がある。

二か月ほどの戦いで奥州《おうしゅう》軍は壊滅《かいめつ》した。泰衡《やすひら》は家臣に裏切られ殺された。享年《きょうねん》三十四。

頼朝は平泉《ひらいずみ》周辺に一か月近くとどまり、御家人《ごけにん》に恩賞を与《あた》え、秋に凱旋《がいせん》した。紫《むらさき》の竜胆《りんどう》が咲《さ》き誇《ほこ》っていた。

「お帰りなさい」

「ただいま」

「大勝利でしたね」

「ああ、よかった」

「八幡様《はちまん》に戦勝を祈《いの》って、大姫《おおひめ》と、お百度《ひゃくど》を踏《ふ》んでいました」

「ありがとう。そのお陰《かげ》か、大勝利となった」

「あとは京に上り、鎌倉贔屓《かまくらひいき》の公卿《くぎょう》の昇進《しょうしん》をはかることね」

「大天狗《おおてんぐ》の法皇やその取り巻きたちには、静かにしていてもらいたい」

「うん、そうね。挙兵からちょうど十年、やっと世の中が平和になるのね」

「長くもあり、短くも感じる十年だった」

「数年遅《おく》れの『四十にして惑《まど》わず』でしょうか」

「そうだ。惑《まど》うことは、まだまだ多いが」

「平家も奥州藤原《おうしゅうふじわら》氏も『盛者必衰《じょうしゃひっすい》』ね」

「源氏も、そうならないようにしなければ」

「うん、そのための仕組みと人を育てることが必要ね」

「頼家に期待したい」

「義経《よしつね》さんや奥州《おうしゅう》合戦の戦没者《せんぼつ》の慰霊《いれい》のために、寺院を建立《こんりゅう》してはいかが」

「平泉中尊寺の二階大堂大長寿院《だいちょうじゅいん》は素晴《すば》らしかった」

「そうなの、ぜひ同じようなものを造りましょう」

「ああ、そうしよう」

「御所《ごしょ》の西が鶴岡八幡宮《つるがおかはちまんぐう》、南が勝長寿院《しょうちょうじゅいん》だから、東がいいのではないでしょうか」

「そうかもしれない」

「名前は永福寺《ようふくじ》。永遠の幸福を願って」

「ああ、それがいい」

頼朝上洛《じょうらく》

「上洛《じょうらく》したい」頼朝が切り出す。

「おめでとうございます。長いこと辛抱《しんぼう》して、やっと春の開花の時が来たのですね」

夕餉《ゆうげ》の家族団欒《だんらん》の時。暖かい春風のなか、ぴゅりぴゅりちゅりちゅりと雲雀《ひばり》が鳴き、白い八重《やえ》の花桃《はなもも》が満開だ。

「長い冬、丸十年の戦乱が終わった。幼いころ都で育ち、三十年ぶりの里帰《さと》りでもある」

「私も行きたいわ」政子が頼《たの》む。

「私も」大姫《おおひめ》もお願いする。

「僕《ぼく》も」頼家も言う。

「ゆきたい」乙姫《おとひめ》も騒《さわ》ぐ。

「平家の残党もおり、まだまだ危険だ。数年後に、もう少し落ち着いたら是非《ぜひ》、家族みんなで行こう」

「楽しみにしているわ」政子。

「早くしてね」大姫《おおひめ》。

「待ち遠しい」頼家。

「早くしてね。早く」姉の真似《まね》をする妹。

「法皇に会って話をしたい。とりわけ総追捕《そうついぶ》使《し》を治安の職権としたい」

「五年前に、義経《よしつね》さんを逮捕《たいほ》するために創設し、あなたが日本国総追捕使《そうついぶし》となり、全国の総追捕使《そうついぶし》の任命権を得たのね」

「今後は一般的《いっぱんてき》な治安警察とし、いずれは守護《しゅご》としたい」

「治安権を握《にぎ》ったものが、世の中を支配することができるのね」

「ああ、その通り。軍や警察、財政、裁判などは、これからは武家の役割だ」

「うん、ほんとうに、そうね。天皇家さんや公家《くげ》さんには、政治ではなく日本文化の継承《けいしょう》者《しゃ》としての役目を期待したいわ」

「拙者《せっしゃ》は征夷《せいい》大将軍《たいしょうぐん》に任命してもらいたい」

「東国の支配者の象徴《しょうちょう》としての官職がいいわ。三百年ほど前に、坂上田村麻呂《さかのうえのたむらまろ》さんが征夷《せいい》大将軍だったようね。でも、法皇さんは別の官職を用意しているかも」

「一筋縄《ひとすじなわ》では、いかないお人だ」

「別の官職なら、その時は一応もらっておいて、返上したら」

「そうだ。法皇は六十三、御万歳《ごまんざい》（死）も、いずれ近いうちにきっと来る」

「『待てば海路《かいろ》の日和《ひより》あり』だから。あなたは待つのも得意。流人《るにん》生活の時から」

「ああ。十三年前の夏の夜は、首を長くして政子が来るのを待っていたことだし」

（あのころが一番幸せだったかもしれない、あの時ほどの胸のときめきは、その後は、なくて淋《さび》しい）と思う。

「朝廷《ちょうてい》の重要な役職は、法皇の近臣ではなく、鎌倉《かまくら》よりの公家さんになってもらったら」

「九条兼実《くじょうかねざね》が頼《たよ》りだ」

「兼実《かねざね》さんは五年前から内覧《ないらん》の宣旨《せんじ》を受け、その翌年に摂政《せっしょう》になられたのね」

「ただ法皇の近臣源通親《みちちか》と寵姫丹後局《ちょうきたんごのつぼね》は侮《あなど》れない」

「新たな荘園《しょうえん》を造り、権益の擁護《ようご》を図っているようね」

「そうだ。いずれ、これらを廃止《はいし》することが重要だ」

「うん、がんばってね」

「ああ。できるといいが」

政治の話には子どもたちはついていけない。ただ黙《だま》って鯵《あじ》の干物、葱《ねぎ》と若布《わかめ》の味噌汁《みそしる》、玄米ご飯を黙々《もくもく》と食べていた。

（人生で最高潮のころじゃん）後で振《ふ》り返ると思う。政子三十三。

この秋に頼朝は精鋭《せいえい》千騎《き》とともに都入りを果たした。折烏帽子《おりえぼし》、紺青《こんじょう》の水干袴《すいかんばかま》に白の行縢《むかばき》をはき、黒の名馬に乗って進んだ。

夫は一か月ほど京都に滞在《たいざい》し、師走《しわす》に帰ってきた。北西風のなか燕《つばめ》が飛び、桃《もも》色の椿《つばき》が咲《さ》いている。

「お帰りなさい」

「留守番ありがとう」

「京は、どうでした」

「飢饉《ききん》も疫病《えきびょう》も一段落していて華《はな》やかで賑《にぎ》やかな街並みに戻《もど》っている。紅葉《もみじ》も絶美だ」

「そう。よかった。数年後の上洛《じょうらく》を楽しみにしているわ」

（また悪い虫が湧《わ》いて京で女を誑《たら》したのかしら。京女も亀前《かめのまえ》さんのように、さぞかし美しいでしょうよ）と疑うが、問い詰《つ》めない。

（上洛《じょうらく》を約束するのは、少し時期尚早《しょうそう》のような気がする。時機をうかがいたい）慎重《しんちょう》になる。頼朝は答えず話を逸《そ》らす。

「法皇の反対で征夷《せいい》大将軍には、なれなかったが、常置の武官としては最高の地位である右近衛《うこのえ》大将《たいしょう》および権大納言《ごんのだいなごん》に任命された」

「うん、それで」

「数日後に両方とも辞職して、王朝の侍《さむらい》大将ではないことを宣言した」

「新しい武家の代《よ》を創設するのだから。当然ね」

「ああ、そうだ」

「兼実《かねざね》さんは、お元気でした」

「法皇の御万歳《ごまんざい》を、お互《たが》い静かに待つことで意見が合った」

「きっと、その時が来るわ。人の一生は思いのほか儚《はかな》いものよ」

「諸行無常《しょぎょうむじょう》だ」

「兼実《かねざね》さんは日記を書いている、と聞くけど」

「ああ、そのようだ」

「私たちも日記を書いたらいいのかもね」

「そうだ。右筆《ゆうひつ》の誰《だれ》かに、日記を代理で書いてもらうことを、お願いしてみよう」

「明後日は大晦日《おおみそか》ね。戦《いくさ》のない平和な一年だったわ」

「いい年だった」

久し振《ぶ》りに五人は川の字になって寝床《ねどこ》に就《つ》いた。除夜の鐘《かね》と愛《いと》おしい肌《はだ》が待ち遠しい二人だ。

頼朝将軍《しょうぐん》

真夏の夜、海風が涼《すず》しく心地良く、空には上弦《じょうげん》の月と星が輝《かがや》いている。蛍《ほたる》も祝うがごとく、白い朝顔の上を飛んでいる。

「おめでとうございます」

「やっと、征夷《せいい》大将軍になれた」

「反対する人は他界してしまったのね」
「ああ、時は移り、雨や北風はそのうちやみ、南風はいつか吹《ふ》き、花はきっと咲《さ》くものだ」
「鎌倉殿《かまくらどの》であることには変わらないけど」
「御台所《みだいどころ》も、そのままだ」
「平家のように朝廷《ちょうてい》に近づき過ぎると、失敗するわ」
「坂東《ばんどう》の質実剛健《ごうけん》の風土を、全国に広め、新しい政治をしたい」
「あなたには、いいところがたくさんあるじゃん」
「ありがとう」
「私が好きなところは、御家人《ごけにん》さんたちの一人ひとりの性格をよく知っていて、それぞれを活かしていることよ」
「そうかな」
「この十年、平家、義仲《よしなか》さんと義経《よしつね》さんとは喧嘩《けんか》をしたけど、御家人《ごけにん》さんたちとは上手《うま》い関係を築いたわ」
「ああ、そうだ」
「亀前《かめのまえ》さんと大進局《だいしんのつぼね》さんとの浮気《うわき》は、許せないけど」

「昔、昔の話」

「うん、まあ、そうだけど。将軍になったお祝いに、なにが欲《ほ》しい」

「碁《ご》をしたい」

握《にぎ》って政子が黒石、右上の星に打つ。ここに打つのが好きだ。相手の心臓に手を置くようなものかもしれない。一番の急所だ。序《じょ》盤《ばん》そして中盤《ちゅうばん》までは黒石が優勢だった。しかし、悪手《あくしゅ》がありひっくり返った。二目の僅差《きんさ》だ。夫に勝利を譲《ゆず》ったのか。

これが旦那《だんな》との最後の碁《ご》となるとは、思わなかったが。

風呂《ふろ》で背中を流すことになる。両者とも中年となり肌《はだ》の張りも緩《ゆる》み、お腹の辺りも膨《ふく》らんできた。とりわけ臨月《りんげつ》に近い妻のお腹は大きい。

翌日、朝餉《あさげ》の時、祝いに尾頭付《おかしらつ》きの鯛《たい》の焼き物、鯉《こい》の吸い物、焼き茄子《なす》と赤飯がある。

ひーよひーよと鳴く鵯《ひよどり》の声で、政子は少し早く目を覚まし賄《まかない》をした。

「召《め》し上がれ」

「ご馳走《ちそう》だね。ありがとう」

「天皇さんや上皇さんと将軍とは、どういう役割分担になるの」

「これまでは、天皇と上皇は権威《けんい》と権力を握《にぎ》っていた。一時、権力は平家に移ったが」

「これからは」

「権威《けんい》は残るが、権力は将軍がもつこととなる」

「文化の継承者《けいしょうしゃ》となり、権力は将軍に委譲《いじょう》するのね」

「軍事力が権力の源となる」

「官位の任命は将軍の同意がないと、できないことにしないと、義経《よしつね》さんのような悲劇が起きるわ」

「ああ、その通りだ」

「上皇や法皇と天皇との関係は」

「百年前ごろから、若い息子《むすこ》や孫に天皇の位を譲《ゆず》り、上皇や法皇となって政治の実権を掌《しょう》握《あく》するようになった。摂政《せっしょう》と関白《かんぱく》がいて、政治の実務を藤原《ふじわら》氏が取り仕切っていたためだ」

「後見人となり院政を行ない、上皇の命令を伝える院宣《いんぜん》が、天皇の宣旨《せんじ》や詔書《しょうしょ》、勅旨《ちょくし》より影響力《えいきょうりょく》を強めたのね」

「白河《しらかわ》上皇、鳥羽《とば》上皇、そして（後白河《ごしらかわ》）法皇の三人で百年ほど院政が続いている」

「院では源平の武士団が側近として仕え、武力を養い軍事を掌《つかさど》り、天皇より力をもつようになったのね」

「ああ。兵力が最後はものをいう」

「そして、戦力を養うには土地がいるのね」

「その通りだ。御家人《ごけにん》の数は治める土地の広さに依存《いぞん》する」

「このごろ貞観政要《じょうかんせいよう》を読んでいるの」

「面白いかい」

「うん、特に三つの鏡の話がいいわ」

「どんな話だ」

「銅の鏡と歴史の鏡、人の鏡の三つで、君子が過《あやま》ちを防ぐ話」

「ああ、銅の鏡で自分の顔や姿勢を反省し、歴史から興亡盛衰《こうぼうせいすい》を知り判断することは大事だ」

「もう一つは、諫議大夫《かんぎたいふ》、天子の過失を諫《いさ》める人、の話を聞く事」

「なるほど。私にとっては政子が鏡か」

「御家人《ごけにん》みんなが鏡よ」

建久《けんきゅう》三（一一九二）年夏、頼朝は征夷《せいい》大将軍となる。

前年の暮れから、腹痛に苦しんでいた後白河法皇は重病となり、春にこの世を去った。宝算《ほうさん》六十四。関白となった九条兼実《くじょうかねざね》が主導する人事で決まる。

二年後の秋、征夷《せいい》大将軍を自《みずか》ら辞任する。朝廷《ちょうてい》は受理をしなかったが、頼朝は前大将軍として行動した。鎌倉殿《かまくらどの》であり武家の棟梁《とうりょう》であることには変わりなく、文書の署名が替《か》わっただけだが。天皇に対するささやかな反抗か。

貞観政要《じょうかんせいよう》は唐《とう》の名君太宗《たいそう》と名臣の政治問答集で、帝王学《ていおうがく》の教科書となる。政子は学者に和訳させた。

実朝出生《さねともしゅっしょう》

「ありがとう」夫は妻の手を握《にぎ》りながら感謝する。

「男の子で、よかった」手を握《にぎ》り返す。

「男二人、女二人、理想的だな。さすが政子。子づくりにも調和がとれているな」

「あなたの願いが、きっと神様に通じたのよ」

お互《たが》いに褒《ほ》め合う夫婦《ふうふ》、共に言葉を磨《みが》いてきた。

太陽が熱い朝、次男を産む。南西の風のなか白い芙蓉《ふよう》が咲《さ》き、池では茶と緑の頭の真鴨《まがも》が、ぐぇぐぇぐぇぐぇぐぇと鳴き、並んで泳いでいる。

「兄弟姉妹が仲良く、いつまでも元気でいてもらいたいわ」

「ああ、我々夫婦《われわれふうふ》も。しかし、鏡を見ると少し白髪《はくはつ》があり、実は気になってはいるのだが」

「私もこの前一本見つけて悲しくなったけど。鎌倉殿《かまくらどの》は苦労や心配、気配りが大変だから」

「それほどでもないが。御台所《みだいどころ》にも苦労をかける。一本見つけた。抜《ぬ》いていいかい」

「うん、ありがとう」

労《いたわ》りの言葉を掛《か》け合い、夫は妻の白髪《しらが》を抜《ぬ》く。

長男頼家の時よりは静かな出生祝いとなる。征夷《せいい》大将軍になった翌月のこと。

政子三十五、頼朝四十五、大姫《おおひめ》十四、頼家十、乙姫《おとひめ》七。

生まれる一か月ほど前に談笑する。北西の風に小雨で、梅雨寒《つゆさむ》となる昼下がり、重ね着をする。庭には青紫《あおむらさき》の紫陽花《あじさい》が咲《さ》きこぼれている。

「あと何日かしたら生まれそう」大きな腹を擦《さす》りながら。

「待ち遠しい」亭主《ていしゅ》は妊婦《にんぷ》の腹に手でそっと触《ふ》れる。

「赤ちゃんは子年《ね》ね」

「そうだ。私は兎《うさぎ》、政子は丑《うし》、大姫《おおひめ》は戌《いぬ》、頼家は寅《とら》、乙姫《おとひめ》は巳《へび》。六人六様、我《わ》が家は色んな干支《えと》でにぎやかだ」

「子《ねずみ》は小回りがきいて、繁殖力《はんしょくりょく》や生活力が旺盛《おうせい》のようよ。ははは」

「孫も沢山《たくさん》できるといい。子どもが四人で、孫は十二人から十六人が理想。すべての干支《えと》、十二支《じゅうにし》が揃《そろ》うと楽しい。ふふふ」

「うん、でも気が早すぎるわ」

「ああ、そうかな」

「乙姫《おとひめ》と同じように、今度も自分の乳で育てたいわ」

「女の子だったら、それでもよいが」

「よくお腹《なか》を蹴《け》るから、頼家のように蹴鞠《けまり》が好きな男の子のようにも」

「男だったら、乳母《うば》が必要だ」

「妹の波子《なみこ》、阿波局《あわのつぼね》でどう」

「傅守役《めのともりやく》は弟の全成《ぜんせい》か。それがいい。坊主《ぼうず》いや僧侶《そうりょ》で寺での修行《しゅぎょう》が長く、文学に秀《ひい》でている」

「ありがとう。全成さんは達筆で言葉も艶麗《えんれい》だし」

「ああ、文武両道がよいが、とりわけ長男が武道、次男が文芸で、兄弟仲良く天下を治めて欲《ほ》しい」

「うん、そうね」

（父時政や弟義時《よしとき》が喜ぶ）と思う。

（北条家の勢いが強くなり過ぎるのは、気にはなるが、次男の乳母《うば》だから、まあいいか。兄弟喧嘩《げんか》の後ろ盾《だて》になったりして、大きな紛争《ふんそう》にならないといいのだが。ただ、波子に乳が良く出るかどうかの方が心配だ。乳の多い女房《にょうぼう》が手伝うのだろうから、拙者《せっしゃ》がそこまで心配することもなかろう）頼朝は沈思《ちんし》黙考《もっこう》する。

頼家の比企《ひき》家と実朝の北条家との乳母《うば》同士の争いになるとは、この時、頼朝以外、何人も想像しない。

実朝はすくすくと育つ。政子と波子《なみこ》、頼朝、全成が育てるだけでなく、今でいう家庭教師をつけ、文武を習得させる。

四つで実朝はよく歩いた。

夏に、

「今日は家族みんなで由比ヶ浜《ゆいがはま》まで散歩」

「わあい、うれしい」

海で砂遊びをする。兄や姉は泳ぐ。にゃおにゃおと鳴く海猫《うみねこ》と夫婦《ふうふ》が見守る。

秋に、

「神社や寺を巡《めぐ》りましょう」

「はい」

政子と頼朝が建立《こんりゅう》した鶴岡八幡宮《つるがおかはちまんぐう》、勝長寿院《しょうちょうじゅいん》、永福寺《ようふくじ》などに出かけ、紅葉を楽しむ。

冬や春に、

「山登りしましょう」

「お結び食べたいな」

「うん、そうしましょう」

源氏山《げんじやま》、六国見山《ろっこくけんざん》、天台山《てんだいさん》、衣張山《きぬはりやま》などに登る。野鳥を眺《なが》め草花を摘《つ》み、弁当を食べる。

「疲《つか》れた、負《お》んぶして」

姉や兄、政子は代わり代《が》わりに実朝を背負う。

「肩車《かたぐるま》して」

頼朝は肩《かた》に乗せる。（腰《こし》に響《ひび》くが我慢《がまん》痩《や》せ我慢《がまん》）と思う。

歩くのが健康の源であるのは、昔も今も同じ。散歩から帰ると、実朝はことっと目を閉じ、寝息《ねいき》をたてる。

「『寝《ね》る子は育つ』というけど、ほんとうに、よく眠《ねむ》るわ」母。

「ああ、そうだ」父。

「お父さんやお兄さんより、きっと大きくなるわ」

実際、実朝は十八で、家族で一番背が高くなる。父や兄、姉は皆《みな》死んでいないが。

五つのころ、政子は実朝に囲碁《いご》を教えた。星目《せいもく》の置き碁《ご》から始め、毎年一目ずつほど、置く石が減り、十で四目の置き碁《ご》となる。続けて負けると、実朝は泣き出すことがある。

実朝が二勝一敗になるよう、政子は仕組む。実朝は読みが次第《しだい》に深くなり、局地戦をしのぐようになる。

「『桃栗《ももくり》三年柿《かき》八年』なんでも長くやれば成功の可能性が高くなるわ」政子は教える。

「はい」実朝は素直《すなお》だ。

その後も上達し、十五で政子より強くなる。

(子の成長は母としてはうれしいが、自分の老化は悲しくもある)

六つのころから、かなを覚えさせ、万葉集や古今和歌集などの短歌を詠《よ》んで聞かせた。

十の時に、とりわけ和歌を好むようになる。

「実朝は、和歌が好きなの？」政子が聞く。

「はい」頷《うなず》く。

「どうして？」

「お兄さんは蹴鞠《けまり》が得意で武芸百般《ぶげいひゃっぱん》なんでもできるから。私は短歌を究《きわ》めたい」

「『千里の道も一歩より起こる』の、切磋《せっさ》琢磨《たくま》が人生で何よりも大切」

「はい」

(嫡子《ちゃくし》の頼家が将軍を継承《けいしょう》するなら、弟は別の世界で生きた方がいい。政治の分野で兄弟喧嘩《げんか》して、殺し合う不幸はもう沢山《たくさん》)と考える。

実は政子が和歌を内心、勧《すす》めてきた成果だ。

(機会あるごとに家族で歌会をし、三十一《みそひと》文字《もじ》を作らせ賞賛してきたわ。褒《ほ》め称《そや》し褒《ほ》め囃《はや》せば喜んでやるようになった。家族みんなに歌の才能はそれほどないから、幼い時から先達に習った実朝の技能が目立つ)と思う。

親の遠謀《えんぼう》に、いつの間にか、子が従う場合が多い。反抗期《はんこうき》もあるが。

（親兄弟姉妹だれも本格的にやっていないことが、できるのは得意になれて嬉《うれ》しい）と、実朝は得心する。

範頼誅殺《のりよりちゅうさつ》

頼朝が征夷《せいい》大将軍になった翌年の春、富士山の裾野《すその》で千人ほどを動員して、大規模な巻狩《まきがり》が行なわれた。後白河法皇《ごしらかわほうおう》が崩御《ほうぎょ》してから丸一年、殺生《せっしょう》を慎《つつし》んでいた。喪明《もあ》けの軍事訓練でもあり、嫡子《ちゃくし》頼家十一の元服《げんぷく》お披露目《ひろめ》でもある。青空の下《もと》三合目まで真白い雪が残る。

「頼家、今だ」頼朝が声をかける。こここちゅいっと山鳥も鳴く。

「はい」頼家は馬上から鹿《しか》を射《い》る。

「天晴《あっぱ》れ」頼朝は喜ぶ。

「お見事《みごと》」御家人《ごけにん》たちも拍手喝采《かっさい》する。

周りのお膳立《ぜんだ》てで、頼家の目の前に、角《つの》のある雄鹿《おじか》を追い出した。それに命中させた。さすがの鍛錬《たんれん》の賜物《たまもの》。名人に習うと習熟が早い。いい先生に付くのが教育の原点であるのは、今も昔も同じ。武芸も文芸も。

翌朝、政子は範頼《のりより》と碁盤《ごばん》を囲んだ。五月晴れのなか薄紫《うすむらさき》の藤《ふじ》と青葉が美しい。暖かい春の海風が潮騒《しおさい》を運んでいる。範頼《のりより》は留守番役で巻狩《まきがり》には参加していない。

「碁《ご》をしましょうか。ははは」にこりと政子は微笑《ほほえ》みながらお願いする。

「喜んで」範頼《のりより》も笑《え》みを浮《う》かべて答える。

政子は黒石を持ち、右下の星に置く。

「平家追討では東奔西走《とうほんせいそう》の大活躍《だいかつやく》でしたね」

「兄の指示通りに動いたまでです」

「それが何よりも難しいのでは」

「そういえば、そうですが」

「耳は二つ、口は一つといいます。はっはっは」政子は大きな口を開けて笑う。

「若いうちや、あるいは年を取ると、つい自分の意見を言ってしまい、我《が》を通すことが増えます。義経《よしつね》にはそういうところがありました」

（義経《よしつね》より九つ年上の分だけ、成熟した大人《おとな》の対応ができ、法皇にも踊《おど》らされずに済んだ）と範頼《のりより》は自負している。

「初めてお会いしてからゆっくり話もしないで、いつの間にか十数年たってしまいました」

「戦場《いくさば》にいることが長かったから」

「私は頼朝と十違《ちが》いの丑《うし》年です」

「兄頼朝の三つ下の午《うま》年です」

「午《うま》年は馬のように足と頭の回転が速くて、仕事が上手《うま》い、ですよね」

「どうでしょうか」

「家族は」

「妻は安達盛長《あだちもりなが》の娘《むすめ》で、男の子が二人。側室はいません」

「愛妻家で羨《うらや》ましいですわ」

（源氏一族では珍《めずら》しい。それが本当はいいのに）と思う。

「そうでしょうか」

（二十代は貧乏《びんぼう》だったし、三十代はほとんど戦場にいて、側室《そくしつ》をもつ余裕《よゆう》などなかった。

兄は鎌倉《かまくら》にいたから、妾《めかけ》を囲うゆとりがあった。その面では兄弟不公平だが。私にとっては、それはそれで家庭円満でいいことだ。戦場《いくさば》で遊女《あそびめ》と情交乱交したことはない、とはいえないが）範頼《のりより》は感じている。

範頼《のりより》は攻《せ》めないでゆっくりと囲む。緩《ゆる》い手が多く目をしっかりつくり地に辛《から》い。しかし、いつの間にか地が足らない。先攻《せんこう》しないで勝つことは難しい。平氏追撃《ついげき》の時と同じ。大軍でゆっくり進み、兵糧《ひょうろう》がなくなり、じり貧となった。同じ轍《てつ》を踏《ふ》む囲碁《いご》だ。

政子が取った石は、ほとんどないが、最後は十目以上の差で勝つ。もっと大差だったが、政子は寄せで手を緩《ゆる》めた。

（勝ちすぎるのも、義理の弟に申し訳ない）との気持ちがあった。

「負けました」範頼《のりより》は言う。

「惜《お》しかったですね。また遊んでくださいね」

「喜んで」

数日後、富士山麓《ろく》で巻狩《まきがり》を続けているなか、夜中に曾我十郎《そがじゅうろう》・五郎《ごろう》兄弟が父の敵討《かたきう》ちをした。頼朝の側近であった工藤祐経《くどうすけつね》が殺された。十七年前に工藤《くどう》は曾我《そが》兄弟の父を所領争いで刺殺《しさつ》していた。

「曾我《そが》兄弟の仇討《あだう》ちがあり、鎌倉殿《かまくらどの》が殺された」との早馬《はやうま》が政子にある。

「まあ、どうしましょう」おろおろしながら範頼《のりより》に聞く。

「私がいますから、ご安心を」と答える。

(兄頼朝は三男、私は六男。長男、次男、四男を平治の乱で亡《な》くし、五男と八男は兄が挙兵の時、平氏に殺された。今回、三男が死ねば、私の番となるのが自然の道理。頼家はまだ元服したばかりで幼い)邪念《じゃねん》が浮《う》かぶ。

この一言が範頼《のりより》の命取りとなる。『舌《した》は禍《わざわい》の根《ね》』であり、義経《よしつね》と同じ運命となる。欧米《おうべい》の諺《ことわざ》では『雄弁《ゆうべん》は銀、沈黙《ちんもく》は金』と。

「頼朝は無事」との報告が一日遅《おく》れであった。

実は仇討《あだう》ちに紛《まぎ》れて頼朝を暗殺する計画があり、十数人の死者が出ていた。独裁への不満が坂東《ばんどう》の武士たちの一部にある。

道理を重んじ、公平を期した頼朝ではあったが、人事の不満はどうしてもある。栄転があれば逆に左遷《させん》がある。凡《すべ》ての御家人《ごけにん》を満足させることはできない。人事権を持つトップへの怨《うら》み辛《つら》みはどうしても溜《た》まる。

大人《おとな》しい範頼《のりより》を立て、実権を狙《ねら》う御家人《ごけにん》がいた。岡崎義実《よしざね》、大庭景義《かげよし》などで、この事件の後、出家している。二人は十三年前の挙兵時の同志である。なお、陰《かげ》の黒幕は北条時政との説もある。

範頼《のりより》は頼朝から疑いをもたれる。二か月後に、身の証《あかし》として忠誠を誓《ちか》う起請文《きしょうもん》を、頼朝に差し出した。しかし部下が頼朝の寝所《しんじょ》の床下《ゆかした》に忍《しの》び込《こ》み捕《つか》まったこともあり、夏に伊豆《いず》へ流罪《るざい》となり誅殺《ちゅうさつ》される。享年《きょうねん》四十三。

真夏の夕方、政子と波子は白い桔梗《ききょう》と、かあかあと垣根《かきね》で鳴く烏《からす》を眺《なが》めながら雑談する。

「範頼《のりより》さんが殺されたわ」早耳の波子が言う。

「そうなんだ。頼朝は兄弟を何人殺したら気が済むのかしら」

「異母兄弟への愛は、なかなか複雑なのかも」

「範頼《のりより》さんは頼朝の三つ年下で、遠江国蒲御厨《とおとうみかまのみくりや》（静岡県浜松市《はままつ》）で生まれ育ち、富士川合戦後、頼朝の許《もと》に馳《は》せ参じてくれたの。代官として源義仲《よしなか》さんと平家の追討に奔走《ほんそう》してくれました。頼朝の文書による細かい指示を守り、御家人《ごけにん》たちをよく統率《とうそつ》したと、頼朝は言っていたけど」

「義経《よしつね》さんの勇将に比較《ひかく》して範頼《のりより》さんは凡将《ぼんしょう》との世評もあるけど、率先垂範《そっせんすいはん》ではなく代官の分をわきまえていたとも思うわ」

「でも、頼朝の死の誤報で欲がつい出たようね。自分の番だと」

「その欲望が身を滅《ほろ》ぼすこととなったわけ」

「欲気のあるがままに生きることはできても、欲心のないがままに生きるのは難しい。大《たい》欲《よく》を持ち冒険《ぼうけん》すると身の破滅《はめつ》につながることがあるかも」

「我欲《がよく》や多欲など欲の皮が突《つ》っ張ると嫌《きら》われる。欲求が少ない方が幸せかもしれないわ」

「無欲は無理だけど、身の丈《たけ》にあった欲念がある方が幸せともいえるのかしら。どちらにしても『欲と二人連《ふたりづ》れ』で、人それぞれに生きるしかないのね」

「食べて出して、動いて寝《ね》ることが生きる基本だわ」

「そして話して聞いて、愛して愛されるのね。物を欲《ほ》しがったり金を儲《もう》けたり、出世したりする我欲《がよく》が成長を促《うなが》すこともあるけど。痴情《ちじょう》や邪欲《じゃよく》、山気《やまけ》、娑婆気《しゃばけ》があり過ぎると、身を滅《ほろ》ぼす」

「強欲《ごうよく》は悪行《あくぎょう》となり、餓鬼《がき》道に落ちるわ」

「うん、ほんとうに」

日は暮れてゆき、少しずつ暗くなる。

大姫縁談《おおひめえんだん》

初夏の朝、閑話《かんわ》する。じっとりと湿気《しっけ》の多い熱い南風のなか、白い朝顔が庭一面に咲《さ》く。

「大姫《おおひめ》を一条高能《いちじょうたかよし》に嫁《とつ》がせたい。高能《たかよし》は能保《よしやす》の息子《むすこ》で私の甥《おい》となる。高能《たかよし》の母、坊門姫《ぼうもんひめ》は私の妹だ。私と母が同じだ。残念ながら四年前に亡《な》くなったが」頼朝。

「高能《たかよし》さんはいくつ」政子。

「十八だ。大姫《おおひめ》より二つ上でお似合いだ。二人を会わせたい」

「そうね」渋々《しぶしぶ》承知した。

（夫ができれば、愛する対象や話し相手ができ、元気になるのでは。でも鎌倉《かまくら》からいなくなるのは淋《さび》しい）と思い巡《めぐ》らす。

頼朝は京都に使いを出した。一か月ほどして高能《たかよし》はやって来た。大姫《おおひめ》と高能《たかよし》は御所《ごしょ》の庭で見合いをする。

真っ赤な夕焼けの夕凪《ゆうなぎ》で残暑の厳しい日暮《ひぐ》れ時、赤と白の百日紅《さるすべり》が咲《さ》き残り、雀《すずめ》が歩く。

「鎌倉《かまくら》は京より風があり、涼《すず》しおす」高能《たかよし》。

「そうですか」大姫《おおひめ》。

「磯《いそ》の香《かお》りと潮騒《しおさい》が、よろしおすなあ」

「そうですか」

「京より、魚が美味《おい》しおす」

「そうですか」

「鎌倉《かまくら》のおなごはんは、京のむすめはんより、背が高く色が黒く、目鼻口も大きおすね」

「そうですか。失礼します」大姫《おおひめ》は走り去る。高能《たかよし》は、いらぬことを言ったようだ。話はそこで終わる。

見合いは失敗となる。お互《たが》いの美点を認めることなく別れる。

「高能《たかよし》さんは素敵《すてき》でしょう」政子は聞く。

「いやです。もしどうしてもお嫁《よめ》にゆきなさいというなら、深い淵《ふち》に身を投げて死んでしまいます。彼《あ》の世で義高《よしたか》さんと暮《く》らします」大姫《おおひめ》は強く言い張る。

政子も頼朝も、諦《あきら》めざるをえない。親の言うことを聞く年ではなくなっていた。

(東国のおなごは扱《あつか》いにくい。もっと褒《ほ》め言葉を言うたらよかった。つい思うままのことを言うてしもうた)高能《たかよし》は反省すること頻《しき》り。高能《たかよし》は一人寂《さび》しく、とぼとぼと京都に帰って行った。本当は嫁《よめ》を連れて帰るつもりで、夢膨《ふく》らませて張り切って鎌倉《かまくら》まで来たのだが。往路と復路では大違《おおちが》い。

冷涼《れいりょう》な秋風のなか、芒《すすき》が揺《ゆ》れ、ちゅんちゅんじっぷと鳴きながら雀《すずめ》が歩く庭を見ながら夫婦《ふうふ》は閑談《かんだん》する。

「高能《たかよし》さんは、若さ故《ゆえ》か、伯父《おじ》のあなたほど女性扱《あつか》いは長《た》けてなく恋《こい》の手管《てくだ》も知らず、女を引き付ける魅力《みりょく》は、まだ乏《とぼ》しかったのかしら」政子は悲しむ。

「甥《おい》っ子に、大姫《おおひめ》の琴線《きんせん》に触《ふ》れる言葉や仕草を、事前に教えておけばよかったのかもしれない」頼朝は悔《く》やんだが、後の祭り。

「大姫《おおひめ》は元気がないの。義高《よしたか》を喪《うしな》って淋《さび》しさで心が病んだようよ。見合いも失敗したし。感情の浮《う》き沈《しず》みが激しくて。不意にめそめそ泣き出したり、急ににこにこ笑い出したりするわ。言動も極端《きょくたん》となり、急にどっと走りだしたり、じっと厠《かわや》や蔵《くら》に閉じこもったりするの」

「ああ、そうか」

「ある時からは食べ過ぎ、どんどん太る。またある時は、ほとんどなにも食べず、瘦《や》せてゆく。睡眠《すいみん》も不規則となり、朝寝《あさね》、昼寝《ひるね》、夕寝《ゆうね》をして、夜中に、うろうろすることもあるの。時には熱を出し寝込《ねこ》むし、熱にうかされ譫言《うわごと》を言うことも」

躁鬱病《そううつ》のようだ。過食症《かしょくしょう》と拒食症《きょしょくしょう》を繰《く》り返す。

「いつも御所《ごしょ》の中にいて、同世代の仲間がいないのも原因かもしれない。籠《かご》の鳥は野生の鳥より、肉体的にも精神的にも弱いかもしれない」

「悪い循環《じゅんかん》を断ち切り、善い巡《めぐ》り逢《あ》わせに入る、きっかけが必要のようね」

「どこか旅に出よう」

「うん、それがいいね」

翌月、政子と頼朝は子どもを連れて三浦《みうら》三崎で遊ぶ。有力な御家人《ごけにん》の三浦義澄《みうらよしずみ》の招待だ。

「海も山も素敵《すてき》」大姫《おおひめ》は喜んだ。

「鳥も花も奇麗《きれい》」乙姫《おとひめ》も燥《はしゃ》ぐ。

「ほんとうに」政子も相槌《あいづち》を打つ。

「山と海の展望が、流石《さすが》だ」頼朝も同意する。

「料理も美味《おい》しい」頼家も言う。

「酒も旨《うま》い」頼朝も楽しむ。

実朝は政子の腕《うで》の中で眠《ねむ》っている。

野天風呂《のてんぶろ》に家族で入り、お湯を掛《か》け合って遊んだ。遊び疲《つか》れて家族みんなが一室で川の字になって寝《ね》た。楽しく興《きょう》のある一日となる。大姫《おおひめ》も元気になる。

子どもたちが寝入《ねい》ったあと、頼朝は話し始める。

「来年《らいねん》の春、家族みんなで京に行こうと考えている」

「うれしい。子どもたちも喜ぶわ、とりわけ大姫《おおひめ》にとっても楽しいはず」

「明年《みょうねん》の弥生《やよい》に、大和《やまと》で東大寺の大仏再建供養《くよう》がある」

「大仏が焼け落ちて、もう十年以上たつのね」

「ああ。平重衡《しげひら》が大仏を焼いたことで、平家は没落《ぼつらく》を早めた」

「仏敵となり、寺社や民衆の支持を失ったのね。神仏の祟《たた》りもあったのね」

「そうだ。ところで大姫《おおひめ》の入内《じゅだい》を進めたい」

「どうして」

「天皇家と姻戚《いんせき》関係を結び、大姫《おおひめ》が男子を儲《もう》ければ、いずれ天皇となり、拙者《せっしゃ》は天皇の外祖父《がいそふ》となる」

「権力は握《にぎ》っているのだから、権威《けんい》はもういらないのでは」

「藤原《ふじわら》家も平家も両方を持っていた。『鬼《おに》に金棒《かなぼう》』だった」

「でも、いつか阿修羅《あしゅら》は滅《ほろ》びるのでは」

「ああ、でも栄華《えいが》を極《きわ》める時が一番幸せではないか」

「その一時は一瞬《いっしゅん》のことで、夢のようにすぐ消える、とも思うけど」

「そうかもしれない。でもそこまで言わなくていいのでは」

「うん、そうね。あなたの夢と希望は大切、それを助けるのは妻の役割だけど。ところで、天皇（後鳥羽）さんは、おいくつ」

「十四、大姫《おおひめ》より二つ下だ」

「お妃《きさき》が、すでに何人もいるのでは」

「天皇家だから仕方がない。九条兼実《かねざね》の娘任子《むすめにんし》と、源道通《みちちか》の養女在子《ありこ》などだ。まだ子どもは生まれていない」

「大姫《おおひめ》は嫌《いや》がるのでは」

「しばらく秘密にしておきたい。天皇家の内諾《ないだく》を得て、確実になるまでは」

「うん、でも大姫《おおひめ》は鎌倉《かまくら》での生活に慣れているから、京の生活は無理だと思う。乙姫《おとひめ》の方が幼い分だけ可能性があるけど」

「しかし、まだ十、幼すぎるし娘《むすめ》になる前だ」

「分かったわ」

「天皇家との婚姻《こんいん》を進めるには、丹後局《たんごのつぼね》と仲良くしなくてはならない」

「丹後局《たんごのつぼね》さんは後白河法皇さん逝去《せいきょ》後も、天皇さんの心をつかんでいるのね」

「ああ。天皇はまだ幼く局《つぼね》などに操《あやつ》られているのが実態だ。京で是非《ぜひ》会ってもらいたい」

「うん、そうするわ」

（天皇家だって人間だから男女の愛は同じでは。一夫一妻が自然の摂理《せつり》。一夫多妻は天皇家を維持《いじ》するための勝手な理屈《りくつ》では。でも文句を言うのは恐《おそ》れ多い。天皇の外祖父《がいそふ》になるために、娘《むすめ》を妃《きさき》に送り込《こ》む権威《けんい》争いのようにも。しかし夫の夢を助けるのは妻の役目）と熟慮《じゅくりょ》する。

京都見物

翌年、家族は揃《そろ》って京都見物に出かける。春麗《はるうら》らの風のなか鎌倉《かまくら》の紅白梅が咲《さ》き始めた令月。道中の大磯《おおいそ》や箱根《はこね》湯本《ゆもと》では梅は満開、じゃっじゃっちゃやちゃと鶯《うぐいす》も鳴く。

「わあ、富士山が素敵《すてき》」大姫《おおひめ》が歓声《かんせい》を上げる。

「おお、素晴《すば》らしい」頼家は声変わりした太い声を出す。

「まあ、ほんと、奇麗《きれい》」乙姫《おとひめ》も黄色い声を張り上げる。

「うん、懐《なつ》かしい眺《なが》めだわ。はっはっはっ」政子が大きな口を開けて高い声を出して笑う。

政子に抱《だ》かれた実朝《さねとも》も、にこにこと釣《つ》られて微笑《ほほえ》む。

「ああ、ここから見る富士山が一番だ。ふっふっふっ」頼朝は頼家《よりいえ》よりも低い大声を出す。

箱根を越《こ》えると大きな白銀の富士山が青空に広がる。裾野《すその》まで白雪がある。箱根の山道にも雪が残る。鵠《くぐい》も遊んでいる。政子三十七、大姫《おおひめ》十六、頼家十二、乙姫《おとひめ》九、実朝二。阿波局《あわのつぼね》と全成《ぜんせい》、比企《ひき》家などの頼家と実朝の乳母《めのと》、北条時政と義時《よしとき》、時房《ときふさ》、さらに精鋭《せいえい》千騎《き》も連《つら》なる。輿《こし》と馬、徒歩で、名所を見物しながら、ゆっくりと進み、二十日《はつか》ほどかけ弥生《やよい》初旬に京の六波羅《ろくはら》に到着《とうちゃく》した。梅は駿河《するが》、三河《みかわ》、尾張《おわり》で八分咲《ざ》き、京都は三分咲《ざ》き。

五日後、石清水八幡宮《いわしみずはちまんぐう》の臨時祭に家族で参列する。宮は京都の南西五里（二十キロ）にあり、清和《せいわ》天皇が三百年ほど前に創建した。源氏の氏神《うじがみ》あるいは武神《ぶしん》として信仰《しんこう》される。

翌日、頼朝は奈良《なら》に向かう。中旬に東大寺の大仏再建供養《くよう》が執《と》り行なわれた。二日後に京都へ戻《もど》った。政子たちは都におり旅の疲《つか》れをとり、近くを散歩する。

梅が七分咲《ざ》きから満開となり、さらに散るころ、枝垂《しだ》れ桜や八重《やえ》桜、山桜が咲《さ》き始めた。

京都と鎌倉《かまくら》の桜の開花時期はほぼ同じ。陽当《ひあ》たりや風当たり、標高で異なる。

「京は桜が見事」大姫《おおひめ》は喜ぶ。

「源氏山や八幡《はちまん》さまの桜より大きく、樹齢《じゅれい》も、きっと長いわ」政子も浮《う》き浮《う》きする。

(こんなに愉快《ゆかい》な長い家族旅行は生まれて初めて。去年の三浦《みうら》も面白《おもしろ》かったけど。本当に子どもたちを連れて来てよかった)と感じる。

清水寺《きよみずでら》や醍醐寺《だいごじ》、鞍馬寺《くらまでら》、大覚寺《だいかくじ》、さらに賀茂川《かもがわ》の桜を楽しむ。

大姫《おおひめ》が朝餉《あさげ》の時「はっくしょん」と、くしゃみをした。

「今朝は花冷《はなび》え、もう一枚重ね着が必要。如月《きさらぎ》は衣を更《さら》に着ると書いて衣更着《きさらぎ》とも言うの」

「はい」もう一枚、羽織《はお》る。弥生《やよい》にも二月の寒さになる、寒の戻《もど》りがある。

「十二単《じゅうにひとえ》といって、十二枚も着ることがあったようよ」

「温かくていいけど、そんなに着ると重くて動けないかも」

京都は鎌倉《かまくら》より広く、散策する名所は多い。歩くには広過ぎ、輿《こし》や牛車、馬をよく利用した。子どもたちは乗り物好きで大喜びだ。宋《そう》(中国)人など異国の人とも擦《す》れ違《ちが》う。

「人はいさ　心も知らず　ふるさとは　花ぞ昔の　香に匂《にお》ひける（紀貫之《きのつらゆき》）」政子は詠《よ》む。

「もろともに　あはれと思へ　山桜　花よりほかに　知る人もなし（前大僧正行尊《さきのだいそうじょうぎょうそん》）」大姫《おおひめ》も。

（どちらが母親か娘子《むすめご》か分からない、変ね）と感じるが黙《だま》っていた。

三月末、政子と大姫《おおひめ》は丹後局《たんごのつぼね》と面談した。丹後局《たんごのつぼね》は後白河法皇の寵姫《ちょうき》で院中の最大実力者である。桜は八分咲《ざ》き。大姫《おおひめ》の誕生日のころ。

「北条政子と大姫《おおひめ》です。よろしくお見知りおき、お願い申し上げます」丁寧《ていねい》に頭を下げる。

「よろしゅう。かいらしいお姫《ひめ》さんどすなぁ」軽く会釈《えしゃく》し、微笑《ほほえ》みながら応える。

「ありがとうございます」

「おいくつどすか」

「十七（数え）になります」

「一番、おうつくしときどすなぁ」にここにこしながら褒《ほ》める。

「こちらの品を、お納めください」

「おおきに。うふふ」ほくそ笑《え》む。

砂金三百両（現在価値で数千万円）の入る銀製の蒔絵《まきえ》の箱、白綾《しらあや》三十反などの豪華《ごうか》絢爛《けんらん》な贈《おく》り物だ。従者たちにも高価な引き出物を渡《わた》す。

半月後に、丹後局《たんごのつぼね》は六波羅《ろくはら》の政子と大姫《おおひめ》を訪ねる。桜は満開で散り始めていた。さらに摂津《せっつ》天王寺《てんのうじ》の参詣《さんけい》の折《おり》には、一条能保《よしやす》の舟《ふね》で同道する予定を、唐突《とうとつ》に取りやめ、丹後局《たんごのつぼね》の舟《ふね》で淀川《よどがわ》を下《くだ》る。頼朝の妹婿《むこ》の顔をつぶしたが丹後局《たんごのつぼね》との親密ぶりを表す。

「川下り、面白い」政子が大姫《おおひめ》に聞く。

「楽しい。初めての経験。長い嘴《くちばし》の白い鳥が魚を捕《と》っているわ」

「ぐあーぐあーと鳴いているから鷺《さぎ》かな。伊豆《いず》の狩野川《かのがわ》と淀川《よどがわ》では全然似ていないわ」

「まるで海のように広い川」

「うん、『百聞《ひゃくぶん》は一見《いっけん》に如《し》かず』ね。ははは」

「ああ、『百見は一験に如《し》かず』だ。ふふふ」頼朝も口を挟《はさ》む。

(旅は大姫《おおひめ》を元気にするようだ。連れてきてよかった。家族みんなのこんな幸せな時がずっと続くといいのに)政子は有頂天《うちょうてん》になる。

(人に会うのは億劫《おっくう》だけど桜や川を眺《なが》めるのは楽しい。京に来てよかった)大姫《おおひめ》も喜ぶ。

頼朝は頼家を後鳥羽天皇や公家に会わせ、鎌倉殿《かまくらどの》の後継者《こうけいしゃ》としてお披露目《ひろめ》する。

「嫡男《ちゃくなん》頼家です。お見知り置きを」頼朝は大きな声を出す。

「よろしくお願い申し上げます」頼家は頭を下げる。

天皇と摂関《せっかん》家は黙礼《もくれい》を返す。

政子と頼朝は丹後局《たんごのつぼね》に取り入り、大姫《おおひめ》と天皇との成婚《せいこん》を勧《すす》めようとした。しかし、この話は先送りとなる。豪華《ごうか》な土産《みやげ》は贈《おく》り損となる。丹後局《たんごのつぼね》は政子と頼朝より一枚上手《うわて》だった。

政子と大姫《おおひめ》は天皇には会えずに京都の旅は終わる。

大姫《おおひめ》他界《たかい》

夏に帰路に就《つ》く。帰りは十四日と、行きより急ぎ足だ。大姫《おおひめ》は旅疲《づか》れによる夏負けか、夏風邪《かぜ》か、健康を害した。涼《すず》しくさわやかな春と、暑くじめじめした夏では旅行の疲労《ひろう》が異なる。過労からか熱を出し、食欲がなくなる。

「元気をお出し」政子は哀願《あいがん》する。

「はい、でも疲《つか》れたわ。京は面白かったけど、輿《こし》での長旅は不自由だった」

「まだ若いのだから」

「はい、でも」

「食べないと、元気がでないよ」

「はい、でも元気になっても、したいことはないし。京も見たし。あとは極楽《ごくらく》にゆきたい」

「そんなこと言わないで」

「義高《よしたか》さんも待っているし」

「義高《よしたか》さんは、この世での大姫《おおひめ》の幸せを祈《いの》っているはずよ」

「そうかしら、『早く彼《あ》の世においで。一緒《いっしょ》に遊ぼう』と呼んでいるわ」

「きっと、ずっと生きていて欲《ほ》しい、と思っているわ」

「『会いたい、会いたい』と言っているようじゃん」

「そんなはずはないわ」

「どうして」

（どうしても、説明はできないけど）政子は言葉が続かないことに鱓《ごまめ》の歯《は》軋《ぎし》りをする。

京都見物のころは元気だったが、鎌倉《かまくら》に帰ってきてからは鬱病《うつびょう》になった。ただ横になり、ぼんやりと、庭を眺《なが》めていることが多い。言葉は少なくなり笑うことは、ほとんどなく、ちょくちょく急に涙《なみだ》ぐむ。熱を出し頭痛や腹痛もあり、食はどんどん細くなる。

心の風邪《かぜ》は、そう簡単には治らない。数か月も数年も続く。治癒《ちゆ》しないこともある。体の風邪《ふうじゃ》は一週間ほど寝《ね》ていれば、全快することが多いが。

初秋の少し涼《すず》しくなったころ夢を見た。義高《よしたか》とよしが並んで浜辺《はまべ》に立っている。

「元気かい」義高《よしたか》が微笑《ほほえ》みながら手を振《ふ》り、よしが尻尾《しっぽ》を振《ふ》っている。

「義高《よしたか》さん、よし」大姫《おおひめ》は手を伸《の》ばして義高《よしたか》と手を結び、よしを撫《な》でようとする。しかし届かない。さらに無我夢中《むがむちゅう》に手を伸《の》ばしたが、結局、触《さわ》れないまま、いつの間にか消えた。

大姫《おおひめ》は目を覚ました。夢の続きを見たくて、もう一度寝《ね》たが続きを見ることができない。いつも眠《ねむ》る時に、残夢《ざんむ》を見たいと思ったが、現れないままだった。

十月には護念上人《ごねんしょうにん》による祈禱《きとう》が行なわれた。しかし回復しない。

翌年の正月に夫婦《ふうふ》は話し合う。青空と緑の松のもと、政子が作った御節《おせち》を食べながら。

「あけまして、おめでとうございます」

「おめでとう」

「御節《おせち》を召《め》し上がれ」

「ああ、この黒豆は特に旨《うま》い」

「ありがとう。口に合ってよかったわ」

「大姫《おおひめ》は相変わらずのようだが」

「うん、寝《ね》たり起きたり、少し熱が下がったと思うと、また熱がでて。食欲もなく痩《や》せてゆくばかり。めまいがして急に倒《たお》れることもあるし、手足もしびれるようよ。今朝も臥《ふ》せっているわ」

「三崎や京では元気だったのに」

「春になったら、どこか旅に連れてゆこうかな」

「ああ、それがいい」

「伊豆《いず》がいいようにも」

「そうだね。伊豆《いず》の方が鎌倉《かまくら》より春が早く来るし、梅も桃《もも》も桜も早く咲《さ》く。大姫《おおひめ》の生まれ故郷でもある」

「入内《じゅだい》の話は」

「立ち消えのようだ」

「いい縁談《えんだん》はないのかしら。義高《よしたか》さんのことを忘れて、あるいは、いい思い出にして、新たに素敵《すてき》な恋《こい》をして欲《ほ》しいわ」

「そうだね。まずは元気になってもらわないと」

「うん、ほんとうに」

春に伊豆《いず》に行こうとしたが、大姫《おおひめ》の体調が優《すぐ》れず先延ばしとなる。

鎌倉殿《かまくらどの》と御台所《みだいどころ》の娘《むすめ》の縁《えん》結びはそう簡単ではない。天皇との成婚《せいこん》の話があったなか、武家との結婚《けっこん》話はなかなか難しいし、御所《ごしょ》にいる大姫《おおひめ》と若武者との出会いは、ほとんどない。

桜の季節に少し元気になる。

「熱が下がったようね」政子が大姫《おおひめ》の額《ひたい》に手を当てて言う。

「はい」

「しっかり食べて元気になってね」

「はい。聞いてもいい」

「うん」

「お母さんの初めての恋《こい》は」

「どうしたの、急に」

「ふっと、知りたくなったの」

「十代の初め、海で溺《おぼ》れかけた時、助けてくれた人」

「素敵《すてき》ね」

「お前のお父さんよ」

「そうなんだ」

「お祖母《ばあ》ちゃんの初恋《はつこい》は」

「知らないけど、きっとお祖父《じい》ちゃんかも。お婆《ばあ》ちゃんは十代で兄や私を生んだから」

「お母さんは私をいくつで産んだの」

「今の大姫《おおひめ》と同じ年ごろだった」

「そうなの」

「あなたも元気な子どもを産んでね」

（私も初恋《はつこい》の人と結ばれたい。義高《よしたか》さんと来世《らいせ》で一緒《いっしょ》になりたい。子どもも儲《もう》けて）願う。

（初恋《はつこい》は淡《あわ》いもので、色んな恋《こい》があるのよ。人生は長く、一人だけでなく何人もの人を愛してもいいのよ。同時に二人を好きになるのは、少し問題があるけど。お父さんのように。でもこの浮気話《うわきばなし》は内緒《ないしょ》。そうだわ、幼いころ母と恋愛談議《れんあいだんぎ》をしたわ。大姫《おおひめ》にもしてあげねば）政子は説明したかったが、できないで終わる。未練《みれん》を残すこととなる。

丸二年、寝《ね》たり起きたりの暮《く》らしが続く。悲しい追憶《ついおく》があるためか、長い闘病《とうびょう》生活。真夏日に紫陽花《あじさい》が萎《しお》れ枯《か》れ始めていた。夕方に雷雨《らいう》があり、青白い稲光《いなびかり》と、どっかんと大きな雷鳴《らいめい》が轟《とどろ》いた。

「大姫《おおひめ》、早く元気になっておくれ」政子は声をかける。

「はい、でも」弱々《よわよわ》しく答える。

「『親に先立つは不孝』だから」

「はい、でも」蚊《か》の鳴くような、か細い最後の言葉だった。

雷雨《らいう》がやんだ時、息を引き取る。行年《ぎょうねん》十九。政子四十。

大姫《おおひめ》は左手に半紙を握《にぎ》りしめている。半紙を開くと貝殻《かいがら》に詰《つ》められた蛇《へび》の抜《ぬ》け殻《がら》らしきものがある。茶に変色し粉々《こなごな》になっている。昔拾ったもので大切にしていたようだ。白蛇《はくじゃ》

は弁財天《べんざいてん》の化身《けしん》であり、蛇《へび》の抜《ぬ》け殻《がら》は新生や発展、変化の象徴《しょうちょう》だった。

政子は朝も昼も夜も、何日も泣き崩《くず》れた。

(育て方にどんな落ち度があったのか。義高《よしたか》との婚約《こんやく》と死、犬よしの死、高能《たかよし》との見合い失敗、都見物と入内騒動《じゅだいそうどう》など反省することばかりだわ)

(今年の七夕に、『家族に無病息災を』と緑色短冊《たんざく》に書いたのに、何のご利益《りやく》もなかったわ)と悲しむ。

眠《ねむ》れなくなり、寝《ね》ても数時間たつと目が覚める。食欲はなくなり瘦《や》せてゆく。腹の調子も悪く、下痢《げり》や便秘《べんぴ》を繰《く》り返す。熱を出し頭や肩《かた》、腰《こし》、肘《ひじ》、膝《ひざ》、手首、足首が痛い日も多い。白髪《はくはつ》も急に増える。悲しみは心だけでなく体に変調をきたす。

海も泣いている。ざあざあと波音がする。山も慟哭《どうこく》する。さわさわと葉が騒《さわ》ぐ。月も涙《なみだ》する。白銀の星がさあっと流れる。

夫が夜中に目を覚ますと、しくしく妻がすすり泣いていることがある。

「政子、一日中泣いていると、体も心も壊《こわ》れてしまう」

「うん」

「大姫《おおひめ》のことは運命だった。政子が内省《ないせい》することはないのでは」

「そんなことはないわ。自省《じせい》することばかり。伊豆《いず》や三崎に転居すればよかったとも思う。義高《よしたか》さんが生きていたら、大姫《おおひめ》は死ななかったのでは。あなたも猛省《もうせい》してね」

「ああ。三省《さんせい》はするけど、休んでいるわけにはいかない」

「『反省は休むに似たり』だけど。でも一休《ひとやす》みしたい」

「骨休みはよいが、頼家と乙姫《おとひめ》、実朝のためにも、元気を出しておくれ」

「うん」

四十九日の法要《ほうよう》が終わった。忌《き》が明け極楽浄土《ごくらくじょうど》へ旅に出る。

五十日を過ぎたころから、政子は少し食欲が出てくる。夜もやっと眠《ねむ》れるようになる。心と体調は回復しつつあった。涙《なみだ》することや怒《おこ》ることが少なくなり、子どもたちと笑い合うこともできる。

『日にち薬《ぐすり》』といわれるように、時間は心を癒《いや》す妙薬《みょうやく》でもある。雷《かみなり》も嵐《あらし》もいずれは通り過ぎる。明けない夜もない。百日、二百日とたつうちに、もとの元気をほぼ取り戻《もど》す。

ただ、急に思い出したように涙《なみだ》を流すことはある。特に夜、風が吹《ふ》き急に涼《すず》しくなり、さらに肌《はだ》寒くなった時に。また雨や雷《かみなり》、雹《ひょう》、霙《みぞれ》、雪の日に。

初孫《はつまご》一幡《いちまん》

大姫《おおひめ》が死んでから八か月ほどの春の朝凪《あさなぎ》のなか、梅が散り桃《もも》が満開で、桜が一分咲《ざ》きのころ。政子の初孫、頼家の長男が生まれた。命を失うものも、生を授《さず》かるものもいる。

前年の晩春に、頼家は乳母比企《うばひき》家の娘《むすめ》で同じ年の若狭局《わかさのつぼね》と縁組《えんぐ》みしていた。

「おめでとうございます」政子は若狭局《わかさのつぼね》に語りかける。

「ありがとうございます」布団《ふとん》の中で答える。横には初孫が寝《ね》ている。

「名前は」側に座《すわ》る頼家が聞く。

「一幡《いちまん》でどうだろうと、お父様が言っていたわ」政子が名前を書いた半紙を出す。

「嫡男《ちゃくなん》に相応《ふさわ》しい名前だ」頼家は喜ぶ。

「そうですね」若狭局《わかさのつぼね》も頷《うなず》く。

婆《ばば》は一幡《いちまん》を抱《だ》く。首が座《すわ》っていないので用心しながら、頭を持ってそっと抱《いだ》く。

（病気しないで、健康に育ってくださいね）と願う。

頼朝は一時《いっとき》（二時間）ほどたってから来た。

「三代目の誕生だ。大きく立派に成長しておくれ」頼朝は一幡《いちまん》を抱《だ》きながら祈念《きねん》する。

「昔から『三代続けば末代まで続く』というから、楽しみね」祖母《ばば》は微笑《ほほえ》む。

「ああ」

「『孫は子より可愛《かわい》い』というけど」

「ああ。そうだ」

二人は毎日のように嫡孫《ちゃくそん》を訪ねる。じっと初孫の顔を見て飽《あ》きることがない。目が合うと孫は、にこつく。自然と爺婆《じじばば》も笑《え》みが零《こぼ》れる。桜の花も春風に笑っている。

前年の元日の朝のこと。池で鸛《こうのとり》の番《つが》いが首を反《そ》らし、かたかたかたかたと嘴《くちばし》を打ち鳴らしている。

「あけまして、おめでとうございます」政子は年に一度だけ、紫《むらさき》の小袖《こそで》に紅の腰巻《こしまき》の華美《かび》な着物に正装して、新年の挨拶《あいさつ》をする。

「おめでとう」藍《あい》色の直垂《ひたたれ》姿の頼朝が返礼する。

「今年も健康でよい年になりますように」

「ああ。頼家は十五になる。今年、嫁《よめ》を迎《むか》えさせたい」

「うん、そうね。もうそんな年ですね」

「比企《ひき》家の娘《むすめ》、若狭局《わかさのつぼね》で、どうだ」

「幼馴染《おさななじみ》すぎるようにも思うけど」

「小さいころから仲好《なかよ》しで、兄弟姉妹や友達のようにして長じた」

「結婚《けっこん》相手と友達とは違《ちが》うのでは。恋愛《れんあい》感情が湧《わ》くかしら」

「情愛は一緒《いっしょ》に過ごし寝《ね》起きすれば深くなるものだ。二人は同じ時に起き同じ物を食べ、共に学び遊んできた。生活が似ていた方が意見の食い違《ちが》いがなくて済み、幸せだ」

（私たちは京育ちと伊豆《いず》の出で、暮《く》らし方と人生観が少し違《ちが》っていた。思考や言動を摺合《すりあ》わせるのが結婚《けっこん》のようにも。男女間の通念の相違《そうい》、とりわけ夫の浮気癖《うわきぐせ》には苦労したけど）政子は思い起こす。

（妻が角《つの》を生やすのには参った。頼家にはその苦労をさせたくないが）頼朝は男の勝手な道理を押《お》し付けたい。

「比企《ひき》家との関係が強くなり過ぎない。実家の北条家を大切にして欲《ほ》しいけど」

「ああ、でも。今回は乳母《うば》のこともあり、比企《ひき》家との婚姻《こんいん》を進めたい」

「わかりました」

この年の五月《さつき》晴れの若葉が茂《しげ》る夕方に、頼家と若狭局《わかさのつぼね》の結婚式《けっこんしき》と披露宴《ひろうえん》が行なわれる。

場所は比企《ひき》家の屋敷《やしき》。白無垢《しろむく》姿の若狭局《わかさのつぼね》、紺《こん》の羽織袴《はおりはかま》姿の頼家。雛《ひな》人形のような二人だ。政子と頼朝、若狭局《わかさのつぼね》の両親、主要な御家人《ごけにん》夫婦《ふうふ》などが参列する。ざっと二十人ほど。

三々九度《さんさんくど》の後、宴会《えんかい》が開かれ、夜中まで続く。げろげろ、があがあ、ころころ、と蛙《かえる》も輿《こし》入れを祝っているのか騒《さわ》いでいる。

二人は敷地《しきち》内の離《はな》れの新居に逃《に》げ出して休む。枕《まくら》が二つの寝床《ねどこ》が用意されている。

「よろしく頼《たの》む」

「こちらこそ、よろしくお願いいたします」

「こちらにおいで」

「はい」

お互《たが》い初めてのこと。自然の成りゆきで結

ばれる。習わなくてもできることもある。雄《お》しべが雌《め》しべに、風で自然にくっつくように。共に気持ちよい汗《あせ》をかき眠《ねむ》りに就《つ》いた。

その夜の成果が翌年の春に実る。男の子だった。

頼家と若狭局《わかさのつぼね》は、ほぼ同じころに生まれ、同じ乳で育つ。左右の乳房《ちぶさ》を分けあっていた。実の双子《ふたご》の兄弟姉妹のように育てられる。幼いころからの遊び友達で、読み書きや算術、囲碁《いご》、将棋《しょうぎ》、蹴鞠《けまり》、琵琶《びわ》、笛《ふえ》、弓馬《きゅうば》なども連れ合って習う。

頼家は子どもに恵《めぐ》まれ、四男一女の父となる。次男公暁《くぎょう》、三男栄実《えいじつ》、四男禅暁《ぜんぎょう》、長女竹御所《たけのごしょ》。若狭局《わかさのつぼね》との間に長男と長女が生まれ、二人の側室が三人の男子を産む。

頼家は頼朝の血を引き女好きである。愛情豊かともいえるが。

若狭局《わかさのつぼね》は政子ほど、角《つの》を生《は》やすことはない。嫁《とつ》ぐ時に、将軍とは側室をもつものと両親に教えられていた。義理の父の猟色《りょうしょく》性を知り、男女の性の相違《そうい》をそれなりに納得《なっとく》する。

(血筋は仕方がないか。将軍家を継承《けいしょう》するには、子どもが仰山《ぎょうさん》いた方がいい。私一人では、そんなに多くの子を産み育てることはできないし。政子お母さんの悋気《りんき》は少し変)と分別していた。

政子は孫と遊ぶ時が至福である。孫が体調を崩《くず》し、会わせてもらえない時は悲しい。

「蹴鞠《けまり》しようか」政子が一幡《いちまん》に鞠《まり》を蹴《け》る。

「えい」一幡《いちまん》も蹴《け》り返す。

「高い高い」腰《こし》を持って上に挙げると喜ぶ。

「もっともっと」

「肩車《かたぐるま》」肩《かた》に両足を乗せる。

「わあわあ」

「負《お》んぶ」

「うん」

「お馬」四つん這《ば》いになり背中に乗せる。

「ひひん」と啼《な》くと「わあい、わあい」と嬉《うれ》しがる。

一刻《いっこく》（三十分）ほど遊ぶと腰《こし》や肩《かた》が痛くなる。数日、苦しむことになるが、また遊ぶ。

一幡《いちまん》が四歳《さい》を過ぎたころ、さすがに重くて、孫を持ち上げることはしなくなる。

じゃんけんを教える。

「ぐうに勝つのは」ぐうを政子は出す。

「ぱあ」ぱあを一幡《いちまん》が出す。

「ぱあに勝つのは」

「わからない」

「ちょき」政子は人差し指と中指を立てる。

「ちょきに勝つのは」

「ぐう」

「そのとおり、よくできました」

「ばばの髪《かみ》はなぜ白いの」と聞く。

「苦労をたくさんしたから。はっはは」苦笑する。

「えっへへ」釣《つ》られて吹《ふ》き出す。

躾《しつけ》を思案することがなく、怒《おこ》ることもなく、ただ遊び笑い合う、いい時間が流れる。

子育てに嫁《よめ》と姑《しゅうとめ》は意見が合わないことが多い。若狭局《わかさのつぼね》は豊かに育っており贅沢《ぜいたく》が好き。政子はどちらかというと堅実《けんじつ》で質素を好む。

（食べ残してはいけない。お茶碗《ちゃわん》の一粒《ひとつぶ》の米も、お椀《わん》の一滴《ひとしずく》の汁《しる》も、魚の骨に付いた身も、奇麗《きれい》に食べてね。解《ほつ》れたり破れたりした着物は繕《つくろ》って使うように。草履《ぞうり》も修理して何年も履《は》くように）若狭局《わかさのつぼね》と一幡《いちまん》に、政子は言いたいが辛抱《しんぼう》する。

（飯《めし》が硬《かた》いわ。もっと柔《やわ》らかい方が美味《おい》しいのに）祖母《そぼ》は思う。米の水加減も異なる。

（お祖母《ばあ》さんのご飯《はん》はべちゃべちゃして歯応えがないわ、お粥《かゆ》みたい）母は思っている。

（お汁《しる》がしょっぱいわ）言いたいが目を瞑《つぶ》る。

（お祖母《ばあ》さんの吸い物は水っぽくて不味《まず》い。でも口が裂《さ》けても言ってはいけない）と慮《おもんぱか》る。

（魚や肉はしっかり焦《こ》げ目ができるまで焼かなくては。ばい菌《きん》や虫がいるかも）

（焼き過ぎると美味《うま》くないのに）

（もう少し、雑巾《ぞうきん》を絞《しぼ》って拭《ふ》けばいいのに）と姑《しゅうとめ》は愚考《ぐこう》する。

（乾拭《からぶ》きでは埃《ほこり》が落ちないのに）嫁《よめ》は思い込《こ》む。

（言いたいことは山ほどあるけど、ここはじっと我慢《がまん》しましょう。『嫁《よめ》と姑《しゅうとめ》、犬と猿《さる》』とはならないように気を付けたい。嫁《よめ》と姑《しゅうとめ》の苦労をしていないので実感はないが）と遠慮《えんりょ》する。

（『痴《ち》ならず聾《ろう》ならざれば姑公《ここう》と成らず』だから）とも思慮《しりょ》する。

頼朝横死《おうし》

珍《めずら》しく朝から牡丹雪《ぼたんゆき》が降る。赤い寒椿《かんつばき》が雪に映《は》えるなか、頼朝は夕方に目を瞑《つぶ》る。

「逝《ゆ》かないで」政子は懇望《こんもう》し、頼朝のまだ温《ぬく》もりのある手を握《にぎ》る。

「ああ」弱々《よわよわ》しく答えた。最後の言葉だった。静かに息を引き取り、帰らぬ人となる。

「わあん、わあん、わあん」子どもたち三人は同時に泣き出した。

孫の一幡《いちまん》も訳も分からず大声でむずかる。政子は涙《なみだ》を浮《う》かべながら嗚咽《おえつ》した。

（一緒《いっしょ》に死にたい。でも幼い子どもたちのためにも、しっかりしなくては）と思い詰《つ》める。

初恋《はつこい》の出会い、押掛《おしか》けての結婚《けっこん》、大姫《おおひめ》の初産《ういざん》、挙兵、鎌倉《かまくら》入り、頼家・乙姫《おとひめ》・実朝のお産と子育て、三浦《みうら》三崎・京都旅行、大姫《おおひめ》の死去、など走馬灯のように思い出は巡《めぐ》る。

（死ぬ前にもう一度、碁《ご》で勝ちたかった）とも思い巡《めぐ》らす。

頼家十六、乙姫《おとひめ》十三、実朝六も枕元《まくらもと》にいる。大姫《おおひめ》が生きていれば二十歳《はたち》。一幡《いちまん》は生後十か月の赤子、若狭局《わかさのつぼね》が抱《だ》く。

建久《けんきゅう》十（一一九九）年一月十三日のこと。享年《きょうねん》五十一。

前年の師走《しわす》に、頼朝は馬入《ばにゅう》（相模《さがみ》）川の橋供養《くよう》に臨《のぞ》み、帰り道で落馬した。その後、意識は完全に戻《もど》ることなく十七日後、ほとんど昏睡《こんすい》状態のまま死んだ。

脳卒中《のうそっちゅう》による落馬と、頭を地面にぶつけての脳内出血が死因だ。転び方が悪かった。酒が入っていたか残っていたかもしれない。初孫が生まれて好好爺《こうこうや》になろうとした矢先。

男の更年期《こうねんき》障害で認知症《にんちしょう》が始まっていたのか、物忘れや徒然《つれづれ》にぼんやりしていることもあったようだ。

死ぬ年に初夢を見る。最後の対話となる。

「早く目を覚まして、御節《おせち》を食べてください」

「この黒豆が何とも言えないほど旨《うま》い、と言いたいところだが」

「一生懸命《けんめい》作ったのに」

「ああ、御免《ごめん》。でも、ありがとう」

「長生きする約束でしょう」

「ああ。初孫の顔も見られたし」

「せめて頼家が二十歳《はたち》になるまで、できれば一幡《いちまん》が元服するまで、生きていて欲《ほ》しいわ」

「ああ、落馬して頭を打ったのは残念だった。『人間万事塞翁《ばんじさいおう》が馬』なのに」

「あなたの場合は、『善《よ》く游《およ》ぐ者は溺《おぼ》れ、善く騎《の》る者は堕《お》つ』だわ」

「ああ」

「酒も飲み過ぎよ。弱いのに」

「ああ」

「『酒は諸悪の基《もと》』よ」

「ああ」

政子は風の音で目を覚ます。まだ夜は明けていないが、しだいに明るくなる。隣《となり》で夫は「ごうごう」と大きな鼾《いびき》をかきながら眠《ねむ》っている。

（まだ生きている）と安心した。

（少し言い過ぎたかな。なぜ目を覚ましてくれないの。文句を言いたい。しかし言っても聞こえないのでは。夫婦《ふうふ》喧嘩《げんか》をしたいのに）

渇望《かつぼう》する。

　こぉーっと鳴いて、ばたばたと鵠《くぐい》が飛び立つ音がする。

　頼朝が世を去った翌日、政子は剃髪《ていはつ》し尼御《あまみ》台《だい》となる。通夜《つや》、葬式《そうしき》、埋葬《まいそう》、初七日《しょなのか》などの葬儀《そうぎ》が続く。喪《も》主《しゅ》であり大姫《おおひめ》の時よりも忙《いそが》しく、泣いている時間は少ない。しかし、手が空いた時、あるいは、寝床《ねどこ》に入った時、急に淋《さみ》しくなり忍《しの》び泣きする。

　連れ合いを喪《うしな》うことは、手足や内臓を半分もぎとられたようなもの。話し合い慰《なぐさ》め合い、共に笑ったり泣いたり怒《おこ》ったりする人や、手をつなぎ抱《いだ》き合い、結ばれる人がいなくなる。

春風に梅が散り始めたころ、四十九日《しじゅうくにち》の法要がある。乙姫《おとひめ》が政子に質問する。

「どうして、線香《せんこう》を焚《た》くの。どうして」

「お父さんはお香《こう》を食べながら、三途《さんず》の川を渡《わた》るの。だから、煙《けむり》を絶やさないようにするのよ」

「三途《さんず》の川とはなに」

「死んで七日目に渡《わた》る冥土《めいど》への途中《とちゅう》にある川のこと。川中に三つの瀬《せ》があって、緩急《かんきゅう》が異なり、生前の行ない、品行によって渡《わた》る所が違《ちが》うのよ」

「四十九日って」

「お父さんの魂《たましい》が冥土《めいど》の旅に出る日。昨日まで家の中で彷徨《さまよ》っていたのよ」

「どこに」

「仏壇《ぶつだん》の近くかな」

「なぜ、さまようの」

「七日間ごとに七回、生前の罪状の有無を裁く審判《しんぱん》があるの。四十九日目が最後よ」

「どんな罪があるの」

「不殺生戒《ふせっしょうかい》、生き物をみだりに殺してはならない、不偸盗戒《ふちゅうとうかい》、他人の物を盗《ぬす》んではならない、不邪淫戒《ふじゃいんかい》、みだらな性行為《こうい》をしてはならない、不妄語戒《ふもうごかい》、嘘《うそ》を吐《つ》かない、不飲酒戒《ふおんじゅかい》、酒を飲まない、の五つが守られているかが問われるのよ」

「お父さんは罪深い人だったの、極楽《ごくらく》にゆくの、それとも地獄《じごく》」

「もちろん、極楽《ごくらく》よ。罪はないはずよ。いや、それなりに罰《ばつ》を受けることは、あるけど、少ないはずよ。人には過《あやま》ちや失敗《しくじ》りがあるのが普通《ふつう》だから」

「私も彼《あ》の世にいって、お父さんに会いたいわ」

「いずれ人は皆《みな》ゆくところだけど、何年も何十年もずっと先のこと。恋愛《れんあい》をして子どもを産んでからよ。お母さんより先に逝《い》ってはだめよ」

「ふうん」

（頼朝は浮気《うわき》をしたり、酒を飲んだりした。平家と奥州藤原氏《おうしゅうふじわら》などを滅《ほろ》ぼし、義高《よしたか》さんや義経《よしつね》さん、範頼《のりより》さんを殺したけど。極楽浄土《ごくらくじょうど》に往生して欲《ほ》しい）と念じる。

（夫は十年上《としうえ》であり、先に死ぬのは仕方がない。人生五十年だから、いつかは、しかし、本当にこんなに早く来るとは、人生は儚《はかな》いし、あっけない）と感じる。

頼朝の遺骸《なきがら》は持仏堂《じぶつどう》に埋葬《まいそう》された。鶴岡八幡宮《つるがおかはちまんぐう》の東、大倉御所《ごしょ》の北の山斜面《しゃめん》にある。後に法華堂《ほっけどう》と呼ばれる。

戒名《かいみょう》は武皇《ぶおう》嘯厚大禅門《しょうこうだいぜんもん》（武の王、尊敬を集めて仏門に入った男の意）。

頼家《よりいえ》将軍《しょうぐん》

頼朝の死から十三日目、頼家は家督《かとく》を相続し、二代目の鎌倉殿《かまくらどの》となる。

「遺跡《ゆいせき》を続き諸国の守護を奉行《ぶぎょう》せしむべし」との宣旨《せんじ》が下る。

政子と時政は頼家の政治について議論する。北西風の寒い冬朝、赤い寒椿《かんつばき》が数花《すうはな》、庭に落ちて散らばる。落花を鵯《ひよどり》がくわえ蜜《みつ》を吸い、ぴーょぴーぃぴーぴょろろと鳴く。

「頼家には、頼朝と同じような道理を弁《わきま》えた判断は、できないと思うわ」

「頼朝殿《どの》と同じような裁断を下すには、英知を集めた合議制にして、頼家を後援《こうえん》することが必要ではないか」

「うん、そうですね」

「過去の経緯《けいい》や宿老《しゅくろう》などの特性を活かした政治をしないと、不満が溜《た》まり危《あや》うい」

「だれが適任でしょうか」

「政務に精通した大江広元《おおえのひろもと》、三善康信《みよしやすのぶ》、中原親能《なかはらちかよし》（広元の兄）、二階堂行政《にかいどうゆきまさ》の文官と」

「頼朝の考えを、よく理解している四人ね。武官は」

「御家人《ごけにん》は、まずは我々《われわれ》北条親子、時政《ときまさ》と義時《よしとき》、そして挙兵以来の軍功のある三浦義澄《みうらよしずみ》、八田知家《はったともいえ》、和田義盛《わだよしもり》、比企能員《ひきよしかず》、安達盛長《あだちもりなが》、足立遠元《あだちとおもと》、梶原景時《かじわらかげとき》の九人でどうだ」

「元老や御家人《ごけにん》代表、十三人の助言や合議で、頼家が決裁することになるのね」

「頼朝殿《どの》のような独裁では、頼家には正しい裁決は困難であろう。婿殿《むこどの》は専制のように見えたが、実は文官や武官の意見をよく聞いていた」

「うん、ほんとうに、そうね。だから流人《るにん》から武家の棟梁《とうりょう》にまでなれたわけ。頼家がせめて三十《みそじ》になるまで、あと一回り十二年ほど生きていて、引き継《つ》いでくれたらよかったのに」

「我々《われわれ》、北条家などの老輩《ろうはい》が補佐《ほさ》するから、大丈夫《だいじょうぶ》だ」

（源家から北条家へ権力の移行の機会があるのでは）と時政は密《ひそ》かに念ずる。

（ただ頼家の成長と政治の安定、戦《いくさ》のない世での万民の幸せを）と政子は願う。

頼家は武芸百般《ひゃっぱん》に通じ、達人として成長しつつある。しかし、この時、十六と武家のトップとしては若過ぎる。四年前、家族で京都に上った時、頼家は頼朝とともに参内《さんだい》し後鳥羽天皇に会っている。これが後継者《こうけいしゃ》としてのお披露目《ひろめ》である。父の深謀遠慮《しんぼうえんりょ》であった。

こんなに早く引き継《つ》ぐとは誰《だれ》も予想していない。運命の悪戯《いたずら》だ。

春に若年の将軍を補佐《ほさ》するために、十三人の合議制が敷《し》かれた。一堂に会して議論することは少ない。得意分野ごとに数人の老翁《ろうおう》が頼家の相談相手となり、助言に基《もと》づき頼家が判断する。しかし、頼朝のようにはいかず、誤断することも多々あり、御家人《ごけにん》に不満が鬱積《うっせき》する。

（頼家と碁《ご》をしたい。蹴鞠《けまり》ではとても勝てないが、碁《ご》なら勝負になるのでは）政子は思う。

「頼家、碁《ご》をしない」

「喜んで」

百三十手ほどのところで、

「負けました。強いね」

「いい勝負でしたが」

政子は白番で序盤《じょばん》こそ、いい勝負だったが、中盤《ちゅうばん》に劣勢《れっせい》となり、終盤《しゅうばん》にはさらに差が広がり、ついに投了《とうりょう》した。頼家の中押《ちゅうお》し勝ちである。

（弱くなったのかも。先まで読むことより直感を信じて打つことが増えた。そのため読み落としがあるわ。頼家は頭が良く、碁《ご》は強いし、鞠《まり》の足技は優《すぐ》れている。『鴨《かも》の水搔《みずか》き』もできるのに。なぜ政治は下手なのか、不思議だ。きっと若年のせいね。一年にひとつしか年を取らないけど、『年が薬』だから、経験を積むのを待つしかない）と悟《さと》る。

（父親から引き継《つ》ぐのが少し早すぎたのか、宿老との関係が難しかったのか。何かにつけて運の悪い人生か。父の運が良過ぎて使い果たしたのか）とは思いたくなかったが。

頼家は口五月蠅《くちうるさ》い老耄《おいぼれ》たちが煙《けむ》たい。そこで政子に進言する。

「年寄は耳が遠くて私の言葉は届かないし、もごもご何を言っているかよく分からない。何かと言えば、父はああだった、こうだったと、そして私の意見など無視する」

「仕方がないわ。頼家は経験がなく、まだ思慮《しりょ》が足らないのだから」

「昔の前例がどうのこうのより、これからのことを想像して、若い力で政治をしたい」

「たとえば」

「小笠原長経《おがさわらながつね》、比企宗員《ひきむねかず》、弟の比企時員《ひきときかず》、中野能成《よしなり》ら近習《きんじゅう》と仕事をしたい」

「蹴鞠《けまり》や巻狩《まきがり》、流鏑馬《やぶさめ》の仲間たちね」

「そうだけど」

「共に政治も学び、時を待つのね。いずれ故老《ころう》たちは老いて死んでゆくのだから」

「そんなに我慢《がまん》して待てない」

「父さんは待つのが得意だった。二十年も流人《るにん》として辛抱《しんぼう》したわ。平清盛さんや後白河法皇さんが亡《な》くなるのを、ただじっと待っていた。お前もその血を継《つ》いでいるのだから」

「流され人として待つのと、将軍として待つのでは大違《おおちが》い」

「待つこと、忍耐《にんたい》するのは、官位とは関係ないわ。人の力よ」

「そんな」

「『果報は寝《ね》て待て』よ」

頼家は腑《ふ》に落ちない。（側近たちと新しい政治を早くしたい。死に損《そこ》ないは、いつまでもやかましくてたまらない。早く退いてくれ）と念じる。

それは許されなかった。悶々《もんもん》とした日が過ぎる。必死に考えても、どうせ思い通りにならないのだからと、政治は疎《おろそ》かになり蹴鞠《けまり》や巻狩《まきがり》、そして色事《いろごと》に一層熱中するようになる。

若さゆえか、昼間はじっと座《すわ》っているより、動きまわる方が好きだし、夜は一人で眠《ねむ》るより、女と枕《まくら》を重ねて添《そ》い寝《ね》する方を好んだ。

初夏に頼家は恋《こい》をした。父と同様、性欲が人一倍あり、愛情豊かで夏に燃える。相手は安達景盛《あだちかげもり》の愛妾《あいしょう》だ。景盛《かげもり》は頼朝の流人《るにん》時代の付き人、安達盛長《もりなが》の長男。由比《ゆい》ヶ浜《がはま》で見かけて、その美しさに魅《み》せられた。五つほど年上の女である。十代の妻や側室とは異なる、丸顔の小太りで豊潤《ほうじゅん》な胸と尻《しり》の成熟した女性に横恋慕《よこれんぼ》した。

このころ頼家の妃《きさき》や側妻《そばめ》は子育てに忙《いそが》しく、あるいは、お腹《なか》に子どもがいたりして、夜の相手をしてくれる人がいない。

頼家は邪魔《じゃま》な景盛《かげもり》に伊勢《いせ》国の狼藉者《ろうぜきもの》を鎮圧《ちんあつ》するよう命じた。夫が留守の間に恋《こい》を成就《じょうじゅ》させる。さらに、これを怨《うら》んだ景盛《かげもり》を誅殺《ちゅうさつ》しようとする。

それを知った政子は頼家に諫言《かんげん》する。初秋のこと。

「頼朝を失い悲嘆《ひたん》にくれるなか、功臣《こうしん》の子を事情を問わず成敗《せいばい》することは、乱世《らんせい》の原因となります。やめなさい」

景盛《かげもり》にも野心なき旨《むね》の起請文《きしょうもん》を書かせ、頼家に伝え言い渡《わた》す。

「景盛《かげもり》を誅《ちゅう》しようとした行為《こうい》は、粗忽《そこつ》の至りです。宿老たちを実名で呼び捨てにする態度は、あなたへの恨《うら》みを残すことになります。細心の注意を払《はら》って行動することが大事です」

息子《むすこ》は母に従わざるを得なかった。将軍といえども、母は強しである。

意に満たない政治から離《はな》れるために、蹴鞠《けまり》に熱を入れ、鞠会《まりえ》を数日おきに開く。都から鞠足《まりあし》の名手紀行景《きのゆきかげ》を呼び寄せるほどだった。

政子も鞠会《まりえ》に参加する。春光のなか満開の

桜の蜜《みつ》を吸う鵯《ひよどり》が飛んで来て、ひーよひーよと鳴く季節。

頼家は鞠《まり》を落とさないで数十回さらには数百回続ける。政子もやってみるが一回限り、時には数回できるだけ。

(十歳《とと せ》のころ十回ほどできたのに)と思い出す。

「上手だね。鎌倉一《かまくらいち》かな」政子は褒《ほ》める。

「鎌倉一《かまくらいち》だが、日本一ではないのです。京の名足《めいそく》には負ける」

「あと十年がんばれば、きっと日本一に成れるわ」

「一所懸命《けんめい》、努力するよ」

「この貞観政要《じょうがんせいよう》も読んで実行してね。お父さんの愛読書よ」

「分かった」

(鞠《まり》遊びより政治に、時間を惜《お》しみなく使って欲《ほ》しいと思うが、父時政や弟義時《よしとき》との政治力の差はいかんともし難《がた》く、仕方がないか。横恋慕《よこれんぼ》の揉《も》め事より、鞠蹴《けまり》で日本一を目指した方がよいかも)と千思万考《せんしばんこう》する。

(また頼家は数人の仲間と蹴《け》り合い、何回も続けることができるわ。蹴《け》り易い鞠《まり》を渡《わた》す技《わざ》も術もあり、これを政治に生かして欲《ほ》しい)と考える。

鞠会《まりえ》や巻狩《まきがり》、恋路《こいじ》ばかりして、政治を真面目《まじめ》にしない鎌倉殿《かまくらどの》への批判の眼差《まなざ》しは、少しずつ強まる。二十歳《はたち》前の遊びたい盛《さか》りの青年に期待する方が、おかしいのかもしれない。

乙《おと》姫《ひめ》夭《よう》逝《せい》

乙姫《おとひめ》は頼朝の四十九日が終わった翌日に発病した。三寒四温の冬から春への季節の変わり目による風邪《かぜ》なのか、食中毒なのか、あるいはその両方か、高熱を出した。葬儀《そうぎ》の疲《つか》れもあり、流行病《はやりやまい》の可能性もある。北風に真っ赤な寒椿《かんつばき》が全て散るころ。

食事をほとんど取ることもできず、日を追って憔悴《しょうすい》した。

三日目の朝、政子は床《とこ》に臥《ふ》せる乙姫《おとひめ》に語りかける。

「元気になっておくれ」

「ふうん」弱々《よわよわ》しく答える。

「寒くないかい」「ふうん」

「お腹《なか》が痛いかい」「ふうん」

「頭は重いかい」「ふうん」

「喉《のど》も渇《かわ》くかい」「ふうん」

「食べたいものはないかい」「ふうん」

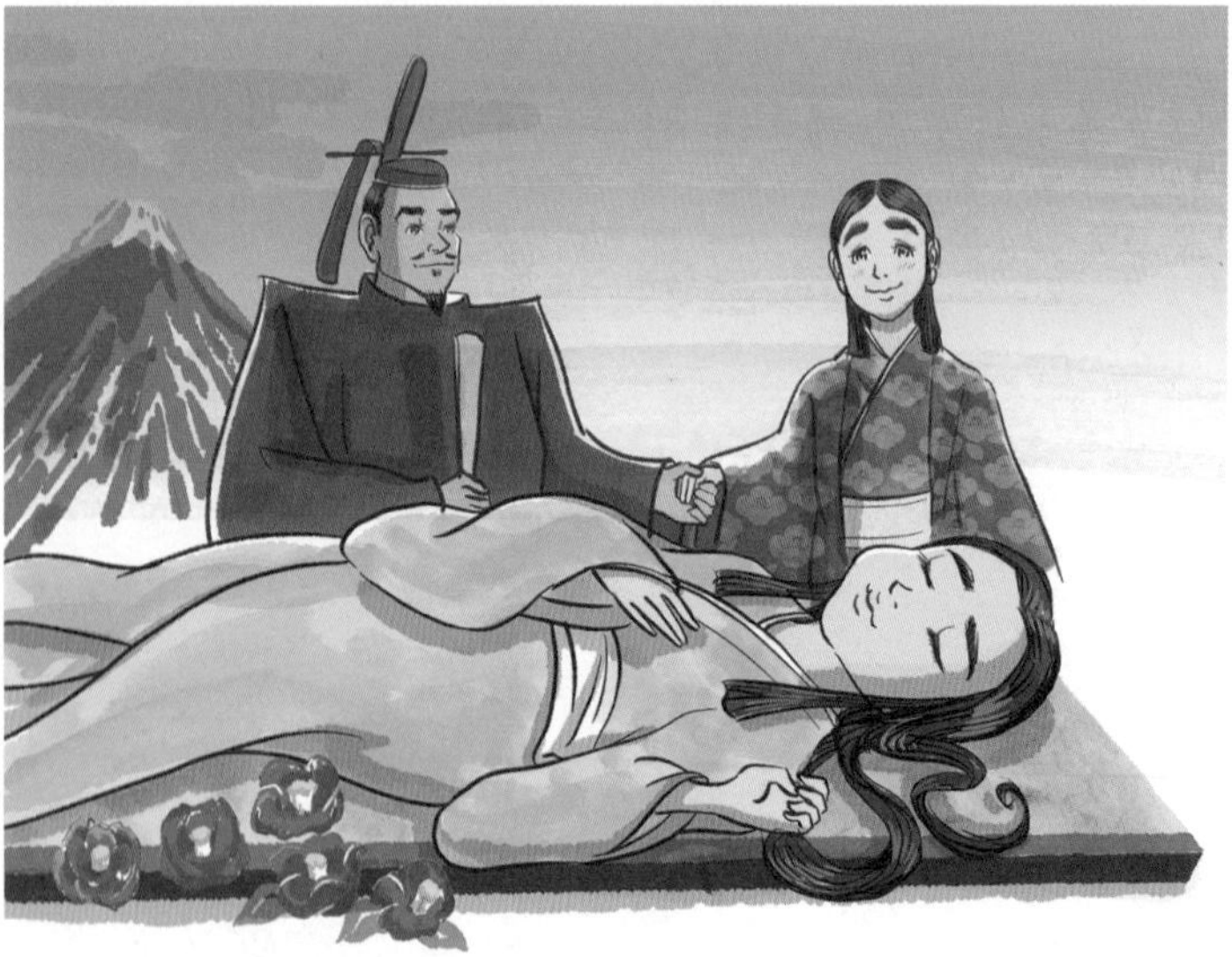

何を聞いても「ふうん」としか答えない。

その夜、乙姫《おとひめ》は夢を見た。頼朝と大姫《おおひめ》が手をつないで、浜辺《はまべ》の向こうで手を振《ふ》っている。白雪を頂いた富士山が遥《はる》か遠くに見える。

「こっちにおいで」

「そこは、どこ」

「極楽《ごくらく》だよ。いつもいつも待っている」

「ふうん、だったら迎《むか》えに来てよ」

政子は諸社諸寺に参拝して祈禱《きとう》をお願いした。僧侶《そうりょ》の誦経《ずきょう》の声は街中に響《ひび》き渡《わた》る。

京都の名医丹波時長《たんばのときなが》をすぐに招こうとするが、到着《とうちゃく》は二か月後と遅《おそ》かった。政子は何度も何度も使者を送るが、公家たちの対応は愚《ぐ》図《ず》ついた。悪意ではないにしても、その足踏《あしぶ》みが命取りの原因の一つとなる。

「なんとか命を救っておくれ」政子は懇願《こんがん》す

る。

「はい。分かりました」時長は答える。

医者が薬として朱砂丸《しゅしゃまる》を飲ませると、熱が下がり少し食欲がでた。しかし数日後、また元気がなくなる。

「残念ながら手遅《ておく》れです。もう手立てがございません」と時長は見放した。

（どうして、もっと早く来てくれなかったのか）悔恨《かいこん》の涙《なみだ》を流す。

朱砂丸《しゅしゃまる》は水銀と硫黄《いおう》の化合物で、高価な薬だった。これが死期を早めたかもしれない。薬には副作用があり体質に合うとは限らない。当時は病に罹《かか》ると治す方策は少ない。薬や医術はほとんどなく、あっても漢方《かんぽう》で効用も定かでない。ただただ祈願《きがん》することしかない。

病気になってから三か月後に、十三で夭逝《ようせい》する。悪戦苦闘《くとう》の甲斐《かい》もなく。幼い分だけ病気の進行は早い。水無月《みなづき》の夕方に雷雨《らいう》のなか冷たくなる。気温も急に下がる。白い夕顔が咲《さ》いている。鳥はじっと隠《かく》れている。

頼朝の死から半年後のこと。父親が目の中に入れても痛くないほど溺愛《できあい》していた末娘《すえむすめ》を、冥土《めいど》に連れて行こうとしたのか。

「乙姫《おとひめ》、乙姫《おとひめ》」政子は何度か叫《さけ》んだが、返事はしない。

「わああん、わあああん」頼家と実朝は号泣《ごうきゅう》する。

政子は子どもたちを別室に控《ひか》えさせ、乙姫《おとひめ》の死に装束《しょうぞく》を整える。白い経帷子《きょうかたびら》と帯を着せ、額《ひたい》に紙冠《かみかぶり》をつける。頭陀袋《ずだぶくろ》を首にかけ六文銭《ろくもんせん》を入れる。手甲《てこう》をつけ手を結び数珠《じゅず》を持たせる。脚絆《きゃはん》、草履《ぞうり》を履《は》かせ、編笠《あみがさ》と杖《つえ》を持たせる。母親の涙《なみだ》はずっと止まらない。鎌倉亀谷堂《かまくらかめがやどう》の傍《そば》に葬《ほうむ》られた。現在の扇ヶ谷《おうぎがやつ》。

頼朝に心のなかで尋《たず》ねる。

「どうして、みんな先にゆくの」

「これも運命さ」

「天皇家に娘《むすめ》をいれようとした大望《たいもう》がいけないのでは」

「ああ、でも源氏はもともと天皇家の遠い親類だし。運がなかったのさ」

「勝手過ぎない」

「ああ、そうだ」

「淋《さび》しくて淋《さび》しくて」

「でも頼家と実朝をよろしく頼《たの》む。彼《あ》の世で大姫《おおひめ》や乙姫《おとひめ》と楽しく暮《く》らしているから」

政子と頼朝は大姫《おおひめ》が死んだ後、乙姫《おとひめ》を後鳥羽天皇の后《きさき》にするべく運動した。次女に女御《にょうご》の称《しょう》が与《あた》えられ、正式の入内《じゅだい》を待つばかり。娘《むすめ》を伴《ともな》っての上京準備をしていた。

（高望みをしすぎたのか）政子は深い悔恨《かいこん》にとらわれる。

（平々凡々《へいへいぼんぼん》に生きたいと思っていたのに、つい、調子に乗ったのかもしれない）と。

初七日を過ぎた日に政子は波子《なみこ》に哀情《あいじょう》を吐露《とろ》する。梅雨寒《つゆさむ》の朝方のこと。白い夕顔は咲《さ》き残る。

「家族の死、とりわけ子どもの死ほど、親にとって悲しいことはないわ」

「夫婦《ふうふ》はどちらか先に逝《ゆ》くのが自然いや必然、子どもは親のあとと順番があるはずだけど」

「それが崩《くず》れるのは親に責任があるのかしら」政子は自責の念に駆《か》られて目に涙《なみだ》が溜《た》まる。

「そんなことはないと思う」

「乙姫《おとひめ》は三か月、頼朝は半月ほど、大姫《おおひめ》は二年ほどの闘病《とうびょう》だった」

「病《やまい》の期間はそれぞれだけど、家族を失う喪失《そうしつ》感は同じだわ」

「この二年間に夫と二人の娘《むすめ》をあっという間に失った。六人家族の半分を亡《な》くす人生最悪の時かもしれない」

「悪いことは続くのね。逆に、良いことが続くこともあるけど」

「人生最良の時は頼朝との縁結《えんむす》び、大姫《おおひめ》誕生、鎌倉殿《かまくらどの》と御台所《みだいどころ》となった二十《はたち》からの三年間、あるいは、頼朝が将軍となり実朝が生まれ、京都に家族旅行した、三十代後半のころかしら」

「『月満《つきみ》つれば則《すなわ》ち虧《か》く』は、悲しいけど自然の摂理《せつり》だわ」

「人生にも四季があるのね。心地良い春は長くは続かない。暑い夏もいつの間にか涼《すず》しい秋になり、そして、すぐ寒い冬となる。春夏秋冬それぞれに咲《さ》く花や鳴く鳥もあるけど」

頼朝と乙姫《おとひめ》の死には、平家の怨霊《おんりょう》の崇《たた》り、あるいは毒殺などの異説もある。病死とするのが自然だ。

頼朝一周忌《いっしゅうき》

頼朝の一周忌《いっしゅうき》が営《いとな》まれる。持仏堂《じぶつどう》（法華堂《ほっけどう》）に政子、頼家、実朝、北条時政ら御家人《ごけにん》数百人が群参した。細雪《ささめゆき》の寒い北風のなか、赤や白、桃《もも》色の山茶花《さざんか》が咲《さ》く。鳥は雪宿りや雪隠《かく》れで見つからない。

導師は栄西《えいさい》、十二人の僧《そう》が法華経《ほけきょう》を唱える。政子は自前の黒髪《くろかみ》で刺繍《ししゅう》した梵字《ぼんじ》の曼荼羅《まんだら》を仏前に供《そな》えた。

政子は仏殿《ぶつでん》で、心の中の対談をする。

「もう一年たちました。淋《さび》しい毎日です」

「苦労をかける」

「夜、泣くことも減り、やっと眠《ねむ》れるようになりました」

「ああ、よかった」

「頼家も少しずつですが、将軍らしく育ちつつあります」

「みんなで何とか支えてやってくれ。まだまだ若いのだから」

「うん、でも、あなたに似て女好きで困ります」

「若気《わかげ》の至《いた》りだから、大目に見てやってくれ」

「あなたも、きっと若いころは、そうだったのね」

「ああ、いやそうでもないよ」

「お父さんの血を継《つ》いでいるのね」

「政《まつりごと》の方もきっと似てくる。三十代になれば」

「それまで御家人《ごけにん》さんたちが、じっと堪《こら》えられるかしら」

「目を瞑《つぶ》って歯を食い縛《しば》って堪忍《かんにん》するよう、お願いするのが政子の役割だ。よろしく頼《たの》む」

「うん。父時政や弟義時《よしとき》にも助けてもらっているわ」

「ああ、ありがたいことだ。そうしてくれ」

法事の後、政子は栄西《えいさい》に伺《うかが》う。雪がやみ、おおおーあおあおと鳴きながら緑鳩《あおばと》が積雪の

上を歩いている。

「禅宗《ぜんしゅう》とはなんなのでしょうか？」

「坐禅《ざぜん》することで、人間に内在する仏性《ぶっしょう》すなわち仏《ほとけ》としての性質を自覚し悟《さと》りに達しようとすることです。七百年ほど前、天竺《てんじく》（インド）の達磨《だるま》さんが中国に伝え広まりました」

「法然《ほうねん》さんの浄土宗《じょうどしゅう》との違《ちが》いは？」

「ひたすら『南無阿弥陀仏《なむあみだぶつ》』と念仏《ねんぶつ》を唱えて救いを求めるのが浄土宗《じょうどしゅう》です。他力本願《たりきほんがん》です。禅宗《ぜんしゅう》では考え抜《ぬ》いて自力で悟《さと》りを開くことが求められます。自力《じりき》本願です」

「鍛錬《たんれん》を尊《たっと》ぶ武士の気風に合っていますね」

「その通りです」

「なぜ、浄土宗《じょうどしゅう》や禅宗《ぜんしゅう》が盛《さか》んになったのでしょうか」

「源平の争乱、旱《ひでり》や地震《じしん》などの天変地異で飢《き》餓《が》が続き、世の中が不安のなか、従来の仏教が無力だったのです。天台《てんだい》宗や真言《しんごん》宗は貴族たちの現世利益のために祈禱《きとう》するだけで、庶民《しょみん》や武士の心を救済することができなかった。新しい教えが渇望《かつぼう》され、それに応《こた》えたのが法然《ほうねん》さんや私たちです」

「仏さんの前では、みんな平等なのですね」

「そうです。念仏を唱えたり坐禅《ざぜん》を組んだりして救いを求めれば、皆《みな》が救済されるのです」

「夫と娘《むすめ》二人を失くした私も助かるのでしょうか」

「無論です。毎日一刻（三十分）ほど坐禅《ざぜん》を組むことで、煩悩《ぼんのう》を断つことができます」

この年、政子は栄西に帰依《きえ》し、鎌倉《かまくら》に寿福寺《じゅふくじ》を開いた。さらに京都に建仁寺《けんにんじ》を建立《こんりゅう》した。

頼朝十三回忌《き》には、鴨長明《かものちょうめい》が法華堂《ほっけどう》を訪《おとず》れ、和歌を柱に記した。

「草も木も　靡《なび》きし秋の　霜《しも》消えて　空《むな》しき苔《こけ》を　拂《はら》う山風」

この時、政子は長明と面談する。

「方丈記《ほうじょうき》を書いていると聞きますが」

「『ゆく河《かわ》の流れは絶えずして、しかももとの水にあらず。よどみに浮《う》かぶうたかたは、かつ消えかつ結びて、久しくとどまりたるためしなし』が書き出しです」

「名言ですね」

「人生は無常と悟《さと》れば、それはそれで幸せです」

「ほぼ同じ世代ですよね」

「はい、亥《い》の年、猪《いのしし》の生まれです」

「私は丑《うし》、二つ年下ですね」

「心に流れる川は二つあるようにも思います。一つは記憶《きおく》川、もう一つは忘却川《ぼうきゃく》。現実をどちらの川に流すかで、未来は異なるようです」

「なんでも思い出にして憶《おぼ》えているより、忘れた方がいいこともたくさんあるように思いますわ。とくに悲しいことは」

「その通りです。好《よ》いことや嬉《うれ》しいことを思い出し、嫌《いや》なことや悲しいことを忘れようとする、あるいは忘れたふりをして口にださないことも、人生のひとつの極意《ごくい》」

二人は意気投合する。長明は京都日野山《ひのさん》に小さな庵《いおり》を結び隠遁《いんとん》し、方丈記《ほうじょうき》を書き上げた。

四年後、六十《むそじ》で土に成る。

景時《かげとき》追放《ついほう》

頼朝が死んだ年の霜月《しもつき》、小春日和《こはるびより》の昼下がり、梶原景時《かじわらかげとき》が政子を訪ねる。風がなく黄

色い菊《きく》が満開だった。菊戴《きくいただき》が飛び、つつつつてぃーつぃつぃと鳴いている。

「尼御台《あまみだい》様、助けてください」

「どうなさいました」

「拙者《せっしゃ》を糾弾《きゅうだん》する書面が大江広元《おおえのひろもと》の手元にあります。和田義盛《よしもり》や三浦義村《みうらよしむら》、千葉常胤《つねたね》ら御《ご》家人《けにん》六十六人の署名付きです。頼家様に渡《わた》さないよう広元《ひろもと》へ、お願いしてください」

「なぜ、指弾《しだん》されるのですか」

「三か月ほど前、結城《ゆうき》朝光《ともみつ》の『忠臣、二君に仕えず』の発言を、謀叛《むほん》の心ありと頼家様へ告げた。このことを知った朝光《ともみつ》は義盛《よしもり》、義村《よしむら》らと連絡《れんらく》し、私を弾劾《だんがい》する連名簿《れんめいぼ》をつくり、『景時《かげとき》一人と我々《われわれ》御家人《ごけにん》一同とどちらが大切か』と訴《うった》えています」

「どんな背景なのでしょうか」

「今まで頼朝様の意を受けて、上総広常《かずさひろつね》や義経《よしつね》らを亡《な》き者にしたこと、さらには侍所《さむらいどころ》の別当として、鎌倉殿《かまくらどの》一の郎党《ろうとう》である働きに対する妬《ねた》みと恨《うら》みでしょう」

「分かりました。景時《かげとき》さんは頼朝の命の恩人であり、頼家の唯一無二《ゆいいつ》の忠臣です。広元《ひろもと》さんに伝えます」

その日の夕方、父時政に問い掛《か》ける。

「景時《かげとき》さんを槍玉《やりだま》に挙げる話、知っています」

「まあな」

「お父さんも署名したの」

「いやしていない。だが景時《かげとき》の讒言《ざんげん》や横暴《おうぼう》は目に余る。北条家のためにも、そろそろ引退の時ではないか」

「景時《かげとき》さんがいなければ、頼朝は石橋山の戦いで死んでいました。今の源氏の世はないわ」

「そうだが、あれから二十年たつ。時代は変わる。いつまでも恩を売り、恩典に浴しているのは変だ。恩顧《おんこ》を感じる時は終わりだ。『虎《とら》の威《い》を借《か》る狐《きつね》』と評判もよくない」

（父の気持ちも分かるし、北条家のために梶原《かじわら》家の力を削《そ》ぐことが必要かしら）と断《だん》じた。

翌日、政子は広元《ひろもと》に直談する。

「景時《かげとき》さん糾弾《きゅうだん》の連名書の取り扱《あつか》いは、どうするつもりですか」

「できれば時間を稼《かせ》ぎたいと思います。もし頼家様に渡《わた》せば、梶原《かじわら》家は滅亡《めつぼう》するかもしれません。それは頼朝様の意に反します」

「時世《ときよ》は移り変わり、季節は変化し、風向きは変わるのでしょうか」

政子は暗に書面を頼家に渡《わた》すように、お願いした。

「『烏兎《うと》怱怱《そうそう》』でしょうか」政子の意を感じたが、広元《ひろもと》はまだ躊躇《ちゅうちょ》していた。

連名簿《れんめいぼ》を提出してから十日目に、義盛《よしもり》は広元《ひろもと》に詰《つ》め寄る。

「景時《かげとき》一人が怖《こわ》くて、我々《われわれ》御家人《ごけにん》六十六人の不満をほっとくのか。鎌倉殿《かまくらどの》へ申し上げてもらいたい」

「分かりました」

義盛《よしもり》の剣幕《けんまく》に広元《ひろもと》は呑《の》まれた。（政子との了解《りょうかい》もあり、そろそろ潮時《しおどき》）とも感じていた。

広元《ひろもと》から弾劾書《だんがいしょ》を受け取った頼家は、景時《かげとき》を呼び出す。

「景時《かげとき》、この書面をなんとする」

「畏《かしこ》まりました」

（ここで反論しても、大方《おおかた》の御家人《ごけにん》たちとの争いとなり、衆寡《しゅうか》敵せず、勝ち目がない）と覚悟《かくご》を決める。景時《かげとき》は一族を引き連れ、鎌倉《かまくら》の屋敷《やしき》から所領の相模《さがみ》国一宮《いちのみや》（寒川《さむかわ》神社）に立てこもった。

(このまま、ここで朽《く》ち果てるのは慚愧《ざんき》に堪《た》えない)執念《しゅうねん》が高まり最後の賭《か》けに出る。

翌年正月に一族従者とともに京都へ出立した。しかし、東海道の駿河《するが》国清見《きよみ》関《せき》(清水市)で地元の武士に襲《おそ》われ、一族は最後を迎《むか》えた。頼朝の一周忌《いっしゅうき》から七日目。景時《かげとき》五十九。辞世の句が残る。「武士《もののふ》の　覚悟《かくご》もかかる　時にこそ　心の知らぬ　名のみ惜《お》しけれ」

駿河《するが》の治安警察権を掌握《しょうあく》していた守護は時政だ。時政の命で待ち伏《ぶ》せしていたのかもしれない。この事件は時政による景時粛清《かげときしゅくせい》の可能性がある。梶原《かじわら》家からナンバーツーの地位を奪《うば》い取る。時政六十二。

頼家は頼朝以来の忠義な臣下を失い、鎌倉殿《かまくらどの》の力は弱まり、御家人《ごけにん》の集団政治へさらに進むこととなる。

阿波局《あわのつぼね》

梅雨《つゆ》の走りの冷たい雨の夕刻に事件があった。白い紫陽花《あじさい》が咲《さ》き始めたころ。

「夫を助けて」阿波局《あわのつぼね》は姉の政子を訪ね嘆願《たんがん》する。

「どうしたの」

「夫が頼家に捕《と》らえられた。暗殺を企《くわだ》てた容疑なの」

「そんな、馬鹿《ばか》な」

そこに、頼家の使者が三人、政子邸《てい》に押《お》し掛《か》ける。

「阿波局《あわのつぼね》をお引き渡《わた》しください。鎌倉殿《かまくらどの》がお呼びです」

「お引き上げなさい。頼家に伝えてください。阿波局《あわのつぼね》は私の実の妹、渡《わた》すことはできませんと」

使いの者は尼御台《あまみだい》に逆らうことはできず、すごすごと引き上げる。

「なぜ、こんなことに。波子《なみこ》（阿波局《あわのつぼね》の幼名）」

「夫は頼家に代えて実朝を将軍にしたい、と思っていたのかも。それに気付いた比企《ひき》家の人が、頼家に讒言《ざんげん》したみたい」

「乳母《うば》や乳父《めのと》の争い、権力闘争《とうそう》はやめて欲《ほ》しい。頼家も実朝も私の息子《むすこ》。長幼の序が自然。年を追い越《こ》すことは、できないのだから」

「そうだけど。つい人間は我欲《がよく》をだすわ」

「全成《ぜんせい》さんは権力欲のない方のように思っていたのに」

「夫にも夢や欲があったのでしょう、人並みに。文学に対する欲望ばかりではなかった。頼朝さんの兄弟は皆《みな》出世欲が強いようね。お兄さんを追い抜《ぬ》こうとして、範頼《のりより》さんと義経《よしつね》

さんは殺されてしまった」

「悲しい出来事だったわ」

「夫はずっとじっと忍《しの》んで時を待っていた。頼朝さんが死んで四年たち、頼家の失政を見て、また自分の命が残り少ないと感じ、幼い実朝を次期将軍に据《す》え、乳父《めのと》として政《まつりごと》をしたかったようだわ」妻は夫の煩悩《ぼんのう》を薄々《うすうす》感じていた。

「全成さんは五十すぎ、頼朝が目を瞑《つぶ》った年とほぼ同じ」

「年からくる焦《あせ》りがあったのか。老《ふ》けると待つのが辛《つら》くなり、短気になるのかも。夢を実現するには残された時間が少ないから」

「うん、私も怒《おこ》りっぽくなったわ。頼朝も待つのが得意だったけど春秋が積もるうちに、焦慮《しょうりょ》に駆《か》られたようね。そして弟や従弟《いとこ》を殺してしまった」

（源氏の性《さが》）を感じる。

「源氏は昔から、兄弟や従兄弟《いとこ》の喧嘩《けんか》、さらには親子の諍《いさか》いが絶えない家系のようだわ」

「みんな自分が一番、棟梁《とうりょう》になりたい家系かしら。親を押《お》しのけ、兄弟や従兄弟《いとこ》を蹴散《けち》らして。頼朝やその父親、さらにお祖父《じい》さんがそうであったように。源氏の本能なのかしら」

「そうみたい。みんな欲の皮が突《つ》っ張っているわ」

「『燕雀安《えんじゃくいずく》んぞ鴻鵠《こうこく》の志を知らんや』かもしれないけど。姉妹は、お互《たが》い焼き餅《もち》を焼くことがあっても話し合いで解決するのに、兄弟は修羅《しゅら》を燃やし、命の取り合いまでするわ。男は馬鹿《ばか》な動物じゃん」政子は堪《たま》らない。

「そうね。『鶏口牛後《けいこうぎゅうご》』の思いが強過ぎるのよ」

があがあがあ、げろげろと蛙《かえる》も鳴き声を競っているようだ。

阿波局《あわのつぼね》と全成は乳母父《めのと》として実朝に愛情を注ぐ。一方、比企《ひき》家は頼家の乳母父《めのと》として、さらに正室若狭局《わかさのつぼね》の親族、実家として権勢を誇《ほこ》る。両家はいつの間にか対立する。愛は自分勝手となりがち。自己愛と他己愛があるが、詰《つ》まるところ自分愛が勝《まさ》る。

捕《つか》まる一か月ほど前の仲春の夜に、阿波局《あわのつぼね》と全成は褥《しとね》で懇談《こんだん》する。黄色の山吹《やまぶき》が咲《さ》いていた。

「結婚《けっこん》生活は楽しいわ。ありがとう」妻は何を思ったか、夫に話しかける。

「二十年ほど、お陰《かげ》で幸せだったよ。子どもにも恵《めぐ》まれたし」妻の手を握《にぎ》る。京男のまま。

「鎌倉《かまくら》と京、どっちが好き」

「鎌倉《かまくら》の方が、夏涼《すず》しく冬暖かく凌《しの》ぎやすい」

「僧侶《そうりょ》と武士では」

「一応、僧《そう》ではあるが侍《さむらい》のようなもの」

「そうね」

「戦《いくさ》で人を殺すのは大嫌《きら》いだ。しかし、兄頼朝のように天下を動かすのも面白い、と思うことがある」

「政《まつりごと》は頼家さんに任せて、楽しく愉《ゆ》快《かい》に過ごしたいわ」

「頼家は頼《たよ》りない。乳父《めのと》の比企《ひき》家が何かと口を出しているようで不愉《ふゆ》快《かい》だ」

「実朝は十一と幼い、頼家さんの十年下《とおとしした》」

「頼家も大姫《おおひめ》や乙姫《おとひめ》のように、病弱なところがある」

「そんな。子どもが親より先に死ぬことが、親にとっては何よりも悲しいことだわ」

「そうだ。『五十にして四十九年の非を知る』心慮《しんりょ》もある」

「『五十にして天命を知る』年《とし》でもあるけど」

（頼家が病死すれば実朝の時代が来る。そうすれば、私が実権を握《にぎ》ることができるかも）

「そうだ。しかし」

全成は密《ひそ》かに春の夢をみる。

いつの間にか眠《ねむ》りについた。話は途中《とちゅう》で終わる。蛙《かえる》は鳴き続けていた。

（もしかして夫は、頼朝のように、鎌倉殿《かまくらどの》になる大欲《たいよく》をもっていたのかもしれない）この時の会話を思い出して感じることがある。

全成は御所《ごしょ》に監禁《かんきん》され、六日後、常陸《ひたち》国に流罪《るざい》となり、一か月後、梅雨《つゆ》明けの真っ青な空の暑い夏の日に誅殺《ちゅうさつ》される。息子《むすこ》は京都で殺害された。

頼家は政子からの全成の助命嘆願《たんがん》を無視した。頼朝の真似《まね》をして後顧《こうこ》の憂《うれ》いをなくしたかった。しかし、このことは政子の怒《いか》りを買い、御家人《ごけにん》たち、とりわけ時政・義時《よしとき》親子の反感を強めた。（比企《ひき》家の謀略《ぼうりゃく》に頼家が乗せられた）皆《みな》が感じていた。

実は全成の黒幕は時政だ、との説もある。

（頼家の時代が続くと比企《ひき》家が隆盛《りゅうせい》し、北条家が元の小名《しょうみょう》、小さな領主になってしまう）のを時政は恐《おそ》れた。（やっと大名《だいみょう》になった）のに。そして全成を唆《そそのか》したと。

全成の没年《ぼつねん》は五十、頼朝より一年早死《はやじ》にしたが、九人兄弟では最後に死ぬ。頼朝は病死で布団の上で逝《い》ったが、他の八人の兄弟は皆非業《みなひごう》の死となる。平氏などの敵に殺され、あるいは親族に亡《な》き者とされた。

阿波局《あわのつぼね》は姉政子と弟義時《よしとき》の庇護《ひご》のもと、夫と息子《むすこ》の菩提《ぼだい》を弔《とむら》い、後家暮《ぐ》らしを続ける。

共に未亡人になってからは、子どもの時のように同じ時空間を共有することが増える。年《とし》子《ご》の姉妹は死ぬまで仲良しだった。

波子は政子を看《み》取る。姉より一歳《さい》長生きし、夏に夫の二十五回忌《き》を済ませ、秋に眠《ねむ》る。

行年《ぎょうねん》六十九。

頼家危篤《きとく》

頼家は病《やまい》を患《わずら》い危篤《きとく》となる。全成《ぜんせい》を亡《な》き者にした数日後のこと。

盛夏《せいか》の朝陽《あさひ》が熱い日に、政子が見舞《みま》う。暑さと旱《ひでり》で紫陽花《あじさい》の花も葉も枯《か》れ始めた。かあーかあーかあーと烏《からす》が鳴き叫《さけ》ぶ。

「頼家、元気になっておくれ」「おお」

「頭痛《ずつう》は」「おお」

「腹痛《はらいた》は」「おお」

「手足の痙攣《けいれん》は」「おお」

「暑いなか、巻狩《まきがり》や蹴鞠《けまり》に熱中しすぎたのでは」「おお」

「水は飲んでいるかい」「おお」

「瓜《うり》を食べるかい」「おお」

何を言っても「おお」としか答えられない。大姫《おおひめ》や乙姫《おとひめ》と同じ。大姫《おおひめ》は「はい」、乙姫《おとひめ》は「ふうん」だったが。


朝方はそれでも返事ができる。夕方になると返事も、ままならない。

（夏風邪《かぜ》か食中毒か、あるいは熱中症《ねっちゅうしょう》か。はたまた全成の怨霊《おんりょう》による祟《たた》りか。まさかの時、早世《そうせい》のことを）政子も念頭に置かざるを得ない。

（『二度あることは三度ある』のは困る）と思う。

十日ほどして、少し口がきけるようになった朝、（自分の死期が近い）と頼家は感じ、政子と若狭局《わかさのつぼね》に遺言《ゆいごん》を口にする。

（姉大姫《おおひめ》と妹乙姫《おとひめ》が若死にした）ことが頭にある。

朝凪《あさなぎ》のなか紫陽花《あじさい》の花は、もうすっかり枯《か》れていた。葉はまだ少し緑が残っている。

ぴーひょろろろと鳶《とんび》が鳴く。

「もしもの時は家督《かとく》を長男一幡《いちまん》に譲《ゆず》りたい」

「まだ幼《おさな》すぎる」政子は答える。

「比企《ひき》家が支えれば、なんとかなろう」

（それでは、比企《ひき》家が全盛《ぜんせい》となり北条家はどうなるのか心配だ）と思う。

「二分して一幡《いちまん》に関東を、実朝に関西を分譲《ぶんじょう》してはどうか」政子は言う。

「それは反対だ。本家の総領《そうりょう》が跡《あと》取りだ。父頼朝の方針だ。嫡子《ちゃくし》は一幡《いちまん》。分割すれば争乱のもととなる」頼家は歩み寄ることはない。

（ここで口論しても始まらない）と感じ黙《だま》る。頼家もそれ以上は主張する元気はない。

一時《いっとき》（二時間）ほどして、政子は時政と密談する。太陽は高く昇《のぼ》り、さらに暑い。

「どうしましょうか」政子は不安だった。

「回復の見込《こ》みはどうだ」

「熱も高く厳しいようです。乙姫《おとひめ》と同じ病《やまい》かもしれない」

「鎌倉殿《かまくらどの》を一幡《いちまん》にするか実朝にするかの選択《せんたく》だ。一幡《いちまん》にすれば比企《ひき》家が強くなり、実朝とすれば北条家が隆盛《りゅうせい》する。ここは実朝の方が年上だし、北条家のためにも、いや日本のためにも実朝とするのがよい」

「比企《ひき》家は黙《だま》ってはいないのでは」

「争い滅《ほろ》んでもらうしかない」

「話し合いで決着したいのだけど」

「それは無理だ。比企《ひき》家か北条家のどちらかが生き残るしかない」

「『両雄並《りょうゆう》び立たず』なのかしら」

「俺《おれ》も、もうそろそろお陀仏《だぶつ》だ。北条家の隆昌《りゅうしょう》のために、最後の仕事をしたい」

「そんな。どちらも掛《か》け替《が》えのない子どもです」

時政は比企《ひき》一族を先手で襲《おそ》い、当主能員《よしかず》と家の子郎党《ろうとう》を討《う》つ。若狭局《わかさのつぼね》と一幡《いちまん》も殺された。若狭局《わかさのつぼね》二十一、一幡《いちまん》五。娘《むすめ》の竹御所《たけのごしょ》一つは生き残り、政子の許《もと》へ届けられる。

数日後、危篤《きとく》状態から奇跡《きせき》的に回復した頼家は怒《いか》ったが、頼《たよ》りとする比企《ひき》家は、すでに滅亡《めつぼう》しており、どうすることもできない。将軍職を剝奪《はくだつ》され出家させられる。伊豆《いず》の修禅《しゅぜん》寺《じ》に、三百騎《き》を前後に連《つら》ねた物々《ものもの》しさで護送された。

一か月ほどした晩秋に、頼家は政子と実朝に手紙を書いた。伊豆《いず》でも青葉が色づき始め、風がいくらか冷たくなっている。

「山奥《やまおく》に俗世間《ぞくせけん》から離《はな》れてひっそりと暮《く》らしています。いまさらのように退屈《たいくつ》で耐《た》えられませんので、日ごろ、召《め》し仕えていた近習を側《そば》に呼ぶことを許して欲《ほ》しい」

しかし、この思いは叶《かな》わない。十か月ほどの幽閉《ゆうへい》の後、頼家は入浴中に北条家の手勢に刺《さ》し殺される。行年《ぎょうねん》二十一。

（どうして我《わ》が子は先に死んでしまうのか。父はなんて馬鹿《ばか》なんだろう。孫を殺してしまうなんて）政子は嘆《なげ》き悲しんだ。

（頼家には死んでもらうしかない。実朝の世を安泰《あんたい》にするには。生かしておくと、いつか、俺《おれ》が仇討《あだう》ちに遭《あ》うかもしれない。若狭局《わかさのつぼね》と一幡《いちまん》を殺したから。孫は可愛《かわい》いが、初孫の大姫《おおひめ》ほどではない。我《わ》が身と北条家がもっと大切だ。殺さなければ殺される）

幾《いく》つもの殺し合いをし、執権《しっけん》として独裁政治を始めた時政には、こうとしか考えられなかった。幼い実朝はまだ何も分からない。

政子は修禅寺《しゅぜんじ》に頼家を供養《くよう》するために指月殿《しげつでん》を建てた。またまた政子は子どもを失う。四人のうち残るのは実朝《さねとも》ただ一人。

実朝《さねとも》将軍《しょうぐん》

晩秋に、頼家がすでに死去した、との虚偽《きょぎ》の飛脚《ひきゃく》を京都に送り、実朝への征夷《せいい》大将軍の補任《ぶにん》を得る。

初冬に実朝は十一で元服《げんぷく》する。百余名の御家人《ごけにん》が儀式《ぎしき》に参じ、時政が取り仕切る。

実朝が将軍だが、時政が政所《まんどころ》の別当《べっとう》として実権を持ち、初代執権《しっけん》となる。執権《しっけん》は政所《まんどころ》の別当のうち最上位者で将軍補佐《ほさ》である。六十五にして元気。頼朝の挙兵を助け、先頭となり山木兼隆《やまぎかねたか》を討《う》ってから二十三年の歳月《さいげつ》が流れる。伊豆《いず》の小土豪《どごう》から日本の武家の頂上にやっと立つ。

翌年の元旦《がんたん》、御節《おせち》が並ぶ。豪華《ごうか》ではないが質素でもない。少しずつ贅沢《ぜいたく》になる。

「母上、あけましておめでとうございます」

「おめでとうございます。鎌倉殿《かまくらどの》」

(きちんと挨拶《あいさつ》できる息子《むすこ》が頼《たの》もしい)政子は思う。

「いい年になると嬉《うれ》しいですね」

「実朝、そろそろ嫁《よめ》を取り、孫をつくっておくれ」希望を語る。

「おう。いや、はい」

「関東の御家人《ごけにん》から娘子《むすめご》を娶《めと》っておくれ」

「私は公家の乙女《おとめ》がいい」

「母のように武家の娘《むすめ》はいやですか」

「兄頼家のように、御家人《ごけにん》同士の争いに巻き込《こ》まれるのは、いやです」

実朝は幼いながらも十違《ちが》いの兄の苦労と悲劇を感じていた。いや身近で見聞きしていた。

「叔父《おじ》の全成《ぜんせい》さんから習った和歌など、文芸を語り合える公家の姫《ひめ》と過ごしたい」

「母のように武芸ができる女は嫌《きら》いですか」

「武芸と文芸、ともに大事。父と母は武芸、兄は両方できたが、私の代《だい》の平和な時は文芸の方が重要ではないでしょうか」

「うん、ほんとうに。殺し合いはもう終わりにしたいですね。平和が何よりも大切です」

関東の御家人《ごけにん》から嫁《よめ》を迎《むか》えたいと政子は考えたが、実朝は京の公家からの妻を求めた。

この年の師走《しわす》に、坊門信清《ぼうもんのぶきよ》の娘信子《むすめのぶこ》を正室に迎《むか》える。一つ年下。

信清は後鳥羽上皇の義理の叔父《おじ》であり、京都で権大納言《ごんだいなごん》として権勢を誇《ほこ》っていた。信子の姉は上皇の女房《にょうぼう》だった。美しい花嫁《はなよめ》は東海道を下り、鎌倉の御所《ごしょ》に、金銀煌《きら》びやか姿で輿入《こしい》れした。

「実朝だ。よろしく頼《たの》む」

「信子どす」

「和歌は好きか」「あい」

「蹴鞠《けまり》は」「あい」

「双六《すごろく》は」「あい」

「好きな花は」「桃《もも》」

「好む鳥は」「鶯《うぐいす》」

「愛する風は」「春風」

「お気に入りの月は」「満月」

趣味《しゅみ》も意見も合う。共に初めての夜だった。手を繋《つな》いで眠《ねむ》る。結ばれるには十二と十一、双方《そうほう》若過ぎる。梟《ふくろう》が松の木に停《と》まって、ほーほーごろすけほっほと鳴いている。

鴛鴦《えんおう》の契《ちぎ》りを結び、京風の雅《みやび》やかな新婚《しんこん》生活が始まる。歌会で和歌を詠《よ》み、鞠会《まりえ》で遊ぶ。花鳥風月《かちょうふうげつ》を楽しむ。父頼朝や兄頼家のように巻狩《まきがり》をすることはない。笠懸《かさがけ》や流鏑馬《やぶさめ》などは並んで見物するばかりだ。

政治は祖父の時政と叔父《おじ》の義時《よしとき》に専《もっぱ》らお任せだった。十代の将軍実朝は、まだなにも分からないし、政治に興味が湧《わ》かない。

政子に薦《すす》められて、貞観政要《じょうがんせいよう》を仕方なく読んではいたが、まだ面白いはずはない。論語や孫子も書棚《しょだな》にはあるが、万葉集や古今和歌集、今昔物語集が二人の愛読書だ。土佐日記《とさにっき》、枕草子《まくらのそうし》、源氏物語、さらには栄花《えいが》物語、大鏡《おおかがみ》、今鏡《いまかがみ》などの歴史物語も読む。

翌年の元朝《がんちょう》、新年の挨拶《あいさつ》をする。御節《おせち》は京風になり、より豪華《ごうか》絢爛《けんらん》となる。

「母上、あけましておめでとうございます」実朝。

「おかあさま、あけましておめでとうさんどす」信子。

「おめでとう。鎌倉《かまくら》の生活はいかがですか」政子は聞く。

「毎日晴れていて、ぬくい正月で過ごしやすおす。京みたいに底冷えしはる日や雪の日はまやあらしまへん」

「雪は何年かに一度くらい降りますが、積もることは、ほとんどないです。食べ物は口に合いますか」

「ちびっと濃《こ》い味どすけど、美味《おい》しおす。特に鯛《たい》や鮃《ひらめ》、鯵《あじ》、秋刀魚《さんま》、白子《しらす》やらなんやら魚が旨《うま》おす」

「よかったわ。由比ヶ浜《ゆいがはま》には出かけましたか」

「へい、砂地を歩くんは気持ちええし、波の綾《あや》や寄せては返す波を見とると飽《あ》きへんし、海の香《かお》りも大好きどす。高みに登れば秀麗《しゅうれい》な富士山も見えます。真っ赤な夕焼けも朝焼けも美し」

「そうですね。『住めば都で花が咲《さ》く』ですから」

(同じ褥《しとね》で寝《ね》ているようだけど、子づくりは、と聞きたいが、嫁《よめ》にも息子《むすこ》にも、なんと言えばいいのか)政子は思案に余《あま》る。(神様に祈《いの》るしかないか)黙《だま》って実行する。

若い二人の新婚《しんこん》生活は幸せそのものだった。朝から晩まで、いや夜まで、何不自由なく四季を楽しむ。梅、桃《もも》、桜、牡丹《ぼたん》、躑躅《つつじ》、皐《さつき》、紫陽花《あじさい》、桔梗《ききょう》、睡蓮《すいれん》、梔子《くちなし》、朝顔《あさがお》、夕顔《ゆうがお》、芙蓉《ふよう》、芒《すすき》、竜胆《りんどう》、菊《きく》、椿《つばき》、山茶花《さざんか》などの花木、蝶々《ちょうちょ》、蛍《ほたる》、蟬《せみ》、蜻蛉《とんぼ》、蟷螂《かまきり》などの虫、鶯《うぐいす》、雲雀《ひばり》、鳩《はと》、雉《きじ》、鴨《かも》、鷗《かもめ》、鵠《くぐい》などの鳥、と遊ぶ。子どもはできないままだが。

しかし、御家人《ごけにん》には鎌倉殿《かまくらどの》への不満が溜《た》まる。武芸より文芸を重視することは、武士から見れば悲しいことかもしれない。源氏も平氏と同じか、との懸念《けねん》が広がる。

牧方《まきのかた》陰《いん》謀《ぼう》

正月に頼朝の七回忌《き》があった。春秋《しゅんじゅう》のたつのは早い。

その年の夏、時政は後妻と夕餉《ゆうげ》の時に口喧嘩《くちげんか》する。金目鯛《きんめだい》の刺身《さしみ》を食べ晩酌《ばんしゃく》をしながら。

庭池の真っ白な睡蓮《すいれん》の上を生暖かい海風が吹《ふ》き、青白い蛍《ほたる》が飛んでいた。

「娘婿《むすめむこ》、京都守護の平賀《ひらが》朝雅《ともまさ》を将軍にしいやおくれやす」牧方《まきのかた》は拝《おが》み倒《たお》す。

「実朝はどうする」時政は聞く。

「実朝は退いてもらうん」

「それは反対だ」

「孫と娘婿《むすめむこ》どちらが大事なん」

「言うまでもない。両方だ」

「娘《むすめ》とうち、どちらが大切なん」

「勿論《もちろん》、両者ともだ」

「実朝は政治より和歌が好きやし若すぎます。朝雅《ともまさ》は京都守護職の実績もおますわ」

「しかし、政子や義時《よしとき》は承知しない」

「子どもを説得しはるんが、おとうちゃんの役割」

「実朝が我《わ》が家にいる今が、その時か」時政は妻に押《お》し切られそうになる。しかし、この陰謀《いんぼう》は漏《も》れる。時政が躊躇《ちゅうちょ》しているうちに政子は感じた。

「お父さん、実朝をどうするつもり」時政を問い詰《つ》める。

「え」

「牧方《まきのかた》さんが娘婿《むすめむこ》の朝雅《ともまさ》さんを将軍にしたい、と漏《も》れ聞くけど」

「そんなことはない」

「実朝を義時《よしとき》の許《もと》におきます」

(かみさんは少し妙《みょう》だ、私も変だが。丸二年、執権《しっけん》として権力を振《ふ》るううちに、つい調子に乗りやり過ぎた。政子や義時《よしとき》と戦うわけにはいかない。無論、勝ち目はない。もうすぐ私も寿命《じゅみょう》だ。今が潮時だ)と感じ、引退を決意し、出家する。

妻に手伝ってもらって時政は頭を丸める。牧方《まきのかた》はまだ未練があり、出家はしない。

「伊豆《いず》に、北条の館に今日帰る。妻を連れて。『立つ鳥跡《あと》を濁《にご》さず』だ」

暑い晴れた夏の朝、政子に告げる。

「ありがとうございます。お父さんは頼朝の挙兵を助け、さらに実朝をよく助けてくれました。その役割を義時《よしとき》に、お願いしたいと考えています」

「それでいい」

「碁《ご》を教えて」父と碁盤《ごばん》を囲んだ。

（しばらく父親とは碁《ご》をしたことはないわ。最後になるとの予感がする。頼朝や頼家の時のように）

政子が黒石。序盤《じょばん》は時政が地に辛《から》く優勢だった。しかし壁《かべ》となった黒石が働き、中央に大きな地ができ、五目勝ちとなる。

「強くなったな。わはあはあ」時政は呵々《かか》大笑《たいしょう》する。

「ありがとう。ははは」朗笑する。

実は大差だった。娘《むすめ》は寄せを緩《ゆる》めた。親切心か親孝行か。子に負ける親は嬉《うれ》しくもあり悲しくもある。政子四十八、時政六十七。

平賀朝雅《ひらがともまさ》は源氏門葉《もんよう》で、牧方《まきのかた》と時政の寵愛《ちょうあい》深い娘《むすめ》の婿《むこ》であり、頼朝の義理の子にもなっていた。晩夏に義時《よしとき》の命で誅戮《ちゅうりく》される。

このころ政子の体調が優《すぐ》れない。波子《なみこ》と愚痴《ぐち》を零《こぼ》し合う。白銀の芒《すすき》の穂《ほ》が冷涼《れいりょう》な秋風に揺《ゆ》れる夕方。

「疲《つか》れて疲《つか》れて、すぐ草臥《くたび》れて」政子。

「私もばてて、へばって、かったるいわ」波子。

「夏には、顔がほてり急に汗《あせ》をかくし、汗疹《あせも》もできる」

「そう、のぼせることもあるわ。虫刺《さ》されの跡《あと》が赤くはれることも」

「冬には、皮膚《ひふ》が乾燥《かんそう》して、かゆくてかゆくて。ひびやあかぎれ、しもやけもできて」

「春には、口が乾《かわ》くし、喉《のど》に食べ物がつかえ、咳《せ》き込《こ》むことが増えたわ」

「肩《かた》こりもある」

「頭痛、めまい、耳鳴りがすることも」

「物忘れも、多くて」政子。

「言おうとしたことと関係ないことを、口走ることも」波子。

「うん、そう。人参《にんじん》を切りながら、箸《はし》を並べて、と言おうとして、人参《にんじん》を並べてとか」

「物をしまいながら、障子《しょうじ》を開けて、と言おうとして、簞笥《たんす》を開けてとか」

「眠《ねむ》れない日もあり、いらいらしたり、不安や孤独《こどく》を感じたりすることが多い」

「同じ症状《しょうじょう》ね」

「神社や寺の石段を上ると、動悸《どうき》や息切れがするようになった」

「つまずいて転びそうになることもあるわ。膝《ひざ》や肘《ひじ》をぶつけることも」

「食欲がなくなり、下痢《げり》や便秘が続いたり繰《く》り返したりすることも、お腹《なか》に空気が溜《た》まっているようで」政子。

「そう、くしゃみをすると、おならが出ることや、お小水が漏《も》れることもあるわ」波子。

「膝《ひざ》や肘《ひじ》、肩《かた》など、そこらじゅうの関節が痛いの」

「ふくらはぎなども痛いわ、腰《こし》も肩《かた》も。足がつることもあるし」

「そうね。日中歩き回ったりすると、夜中にこむら返りで死ぬ思いをするの。白髪《しらが》が目立つようになり、悲しい。だから剃《そ》って頭巾《ずきん》を被《かぶ》っているけど」

「染《し》みや黒子《ほくろ》も疣《いぼ》も、いつの間にか増えたわ。魚《うお》の目もあるし」

「うん、ほんとう。小皺《こじわ》も少しだけど、できたみたい。目尻《めじり》とか、口周《くちまわ》りとか」

「皺《しわ》や染《し》みもなく肌《はだ》が白くてきれいなのが、自慢《じまん》だったのに」

「東国一いや日本一の美肌《びはだ》美人姉妹だったのは、昔々《むかしむかし》のこと」

「今は顔中染《し》みだらけ姉妹。皺《しわ》くちゃ婆《ばばあ》。へっへっへっ」

「それは言い過ぎ。はっはっはっ」大笑いとなる。

政子と同じ年の牧方《まきのかた》も同様な症状《しょうじょう》があり、判断を狂《くる》わせたのかもしれない。健康な時とは異なり、病気や不健康な時に人生の選択《せんたく》を誤ることがある。良い意思決定をするには健康管理が最重要となる。失敗や事故、事件は、病気が原因の場合が多い。

時政は、その後十年ほど温暖な伊豆《いず》で静かな余生を送り、喜寿《きじゅ》の祝いを済ませ、春に老《ろう》衰死《すいし》した。没年《ぼつねん》七十六と長寿《ちょうじゅ》だ。正室と継室《けいしつ》、側室の間に四男十一女に恵《めぐ》まれた。

牧方《まきのかた》は京の公家に嫁《とつ》いだ娘《むすめ》の許《もと》に行き、孫たちと楽しく豪奢《ごうしゃ》に暮《く》らした。側室の消息は分からない。

公暁出家《くぎょうしゅっけ》

頼朝が成仏《じょうぶつ》した翌年の春、公暁《くぎょう》は頼家の次男として生まれる。母は足助重長《あすけしげなが》の娘《むすめ》で源為《ため》朝《とも》（頼朝の叔父《おじ》）の孫娘《まごむすめ》である。母は産後の肥立《ひだ》ちが悪く亡《な》くなる。一幡《いちまん》の異母弟、二つ年下。長男が殺され、頼家が伊豆《いず》に流された後、公暁《くぎょう》は祖母の政子に育てられる。

両親の慈愛《じあい》を知らないで育つ。六歳《さい》の夏、政子邸《てい》で袴着《はかまぎ》の儀式《ぎしき》を行ない、秋に実朝の猶《ゆう》子《し》となる。

「これからは将軍実朝が、お父さんです」政子は諭《さと》す。

「はい」大きな返事をするが、なんのことか分かってはいない。

実朝もまだ理解できない。政子と公暁《くぎょう》は一《いっ》緒《しょ》にいることが多い。両親のいない孫を育てるのも政子の仕事。読み書きを教える。

頼朝の十三回忌《き》を済ませた秋、政子は公《く》暁《ぎょう》に言い聞かせる。赤紫《むらさき》の萩《はぎ》が咲《さ》き、鷲《わし》がくわっくわっと鳴きながら飛んでいる。

「出家して、上洛《じょうらく》しておくれ」

「はい」

(遠くへ行くのはいやだけど、逆らうことはできない)と小さな胸で覚悟《かくご》を決める。

「しっかり、勉強しておくれ」

「はい」

公暁《くぎょう》十一の時、受戒《じゅかい》のため園城寺《おんじょうじ》(滋賀県《しがけん》大津市《おおつし》にある天台寺門宗の総本山)に入る。

（可愛《かわい》い子いや孫には旅をさせよ）公暁《くぎょう》の将来を睨《にら》んでの政子の選択《せんたく》である。六年ほどの鍛錬《たんれん》の後、秋の夕焼け時に鎌倉《かまくら》に帰ってくる。

（孫に会いたい）政子の意向だ。

大柄《おおがら》な僧《そう》に育つ。祖父や父に似て背は高く筋肉隆々《りゅうりゅう》。経典《きょうてん》を学ぶだけでなく、山道を歩き、体を鍛《きた》え、武芸も磨《みが》いていた。源氏の一族との意識も強い。

「公暁《くぎょう》、お帰りなさい」政子は温かく迎《むか》えた。

「はい」

「京はいかがでした」

「修行《しゅぎょう》は厳しかったです」

「そうでしょうね」

「でも、皆《みな》さんに親切にしてもらいました」

「鶴岡八幡《つるがおかはちまん》様の別当としての活動をお願いしますよ」

「はい」

「お嫁《よめ》さんを、もらってくれませんか」

「まだ、そんな年ではありません」

「そうでしょうか。お父さんの頼家は、公暁《くぎょう》の今の年には結婚《けっこん》していましたよ」

「お祖父《じい》さんは三十《みそじ》を過ぎてから、お祖母《ばあ》さんと結ばれたと聞いていますす」

「そうだけど」

「まだまだ一人で勉強したいのです」

「分かりました。それでは、まずは千日参籠《さんろう》をお願いします」

「承知いたしました」

「碁《ご》をしますか」

「はい」

「これから、いかが」

「はい、喜んで」

（孫と碁《ご》ができるとは、こんなにうれしいことはない）思う。

握《にぎ》って公暁《くぎょう》が黒に。公暁《くぎょう》は中盤《ちゅうばん》まで優勢だったが、大きな勘違《かんちが》いがあったようで、黒の大石が死に中押《ちゅうお》しで政子が勝った。

「負けました」

「おしかったですね」

若い分だけ勝勢の時に、つい思い込《こ》みが激しくなり、相手の手が見えないことがある。読みが浅くなる刹那《せつな》があるのかもしれない。

翌日、公暁《くぎょう》は実朝に会う。朝凪《あさなぎ》の暑い朝、空に鳶《とんび》が舞《ま》い、庭に赤や紫《むらさき》の朝顔が咲《さ》く。

「お帰りなさい」実朝は声をかける。

「昨日、京から帰ってきました」

「長い修行《しゅぎょう》でしたね」

「はい。六年間、お経漬《きょうづ》けでした」

「京は素敵《すてき》と聞きます。私は赤子の時に行ったみたいですが、記憶《きおく》にありません。もう一度、訪《おとず》れてみたいです」

「夏は暑く、冬は寒いところですが、春と秋は花が美しいです」

「女性も美しいとか」

「母や祖母のような東女《あずまおんな》の方が美人だと思います」

「そうですか。妻は京女《きょうおんな》ですが」

二人は意見が合わない。八つ違《ちが》い。和歌を詠《よ》む武士と経《きょう》を上げる僧侶《そうりょ》は、美の感覚が異なるのだろうか。同じ源氏の叔父《おじ》と甥《おい》でも。そこに実朝の妻信子《のぶこ》がお茶を持ってきた。

「おぶを、おあがりやす」膝《ひざ》の前に置く。

「ありがとうございます」

(白い項《うなじ》と二の腕《うで》、手の平、さらに脚《あし》、足首が奇麗《きれい》だ)公暁《くぎょう》は感じる。

「うちらん子どすなぁ。大きく、たくましいこと」小柄《こがら》な信子は、実朝より大柄《おおがら》な公暁《くぎょう》を褒《ほ》めた。

「ありがとうございます」喜ぶ。

（京女もいいな）義理の母に、淡《あわ》い恋心《こいごころ》のようなものを感じた。

艶麗《えんれい》な女は、老若《ろうにゃく》どんな男にも麗《うるわ》しく見える。

公暁《くぎょう》は秋から千日間、三十三か月、八幡宮《はちまんぐう》の裏山に籠《こ》もることとなる。朝から晩まで、経典《きょうてん》を読んだり、坐《ざ》禅《ぜん》を組んだり、体を鍛《きた》えたりの日々《ひび》を過ごす。

しかし、この千日参籠《さんろう》は途半《みちなか》ば、四百五十日、十五か月ほどで終わる。

政子は頼家の遺《い》児《じ》を僧《そう》として育て、決して実朝を仇《かたき》と思わないように、配慮《はいりょ》したつもりだった。鎌倉《かまくら》にいれば過去の事実や風評は、若い公暁《くぎょう》の耳にはいる。頼家のかつての側近の生き残りなどもいる。

（将軍になりたい）苦しいお籠《こ》もりの間に思い詰《つ》め、実朝への敵愾心《てきがいしん》が強まる。

それを助長して悪事を企《たくら》む人もいる。日が暮《く》れるころ裏山を訪《おとず》れる人がいた。飲む打つ買う、すなわち、酒、賭《か》け事、遊女との夜遊び、に誘《さそ》う悪僧《あくそう》もいる。

熊野参詣《くまのさんけい》

早春の朝風がまだ寒く、梅が蕾《つぼ》み始めたころ。

「孫が欲《ほ》しい」政子は暗に側室を勧《すす》める。

「おう」実朝は答えるが、無視する。

（父や兄と私は違《ちが》う。一人の女を愛したい。母は父の浮気《うわき》で随分《ずいぶん》と苦労したと聞いている。信子を悲しませたくない。子どもができないのは妻のせいではなく、私の問題）と心慮《しんりょ》する。実朝にとって信子は初めての女《ひと》であり、初恋《はつこい》の人であった。

（信子にも子づくりをお願いしたいが、嫁《よめ》にそのことを口出しすることは難しい）と思う。

実朝も兄や姉たちと同じく病気がちだった。数年おきに大病を患《わずら》う。実朝十六の時、疱《ほう》瘡《そう》（天然痘《てんねんとう》）に罹《かか》る。顔には赤い痘痕《あばた》ができた。

実朝と信子は、いつも同じ褥《しとね》で寝起《ねお》きしたが、子どもを授《さず》かることはない。

浅春《せんしゅん》に紅白梅が満開のころ、政子は鶴岡八幡宮《つるがおかはちまんぐ》供僧《そう》に新調の法服《ほうふく》を与《あた》え、信子と参じ子《こ》宝《だから》に恵《めぐ》まれることを念じた。

さらに梅雨《つゆ》の晴れ間の紫陽花《あじさい》のころに、実朝夫婦《ふうふ》と共に永福寺《ようふくじ》に参り、健康と受胎《じゅたい》を願う。この時、二人にお願いする。くぇっ、ちゅびと鴛《おしどり》が鳴いている。

「秋に熊野《くまの》に行きたい。実朝も信子もどうですか」

「ありがとうございます。健康状態が思わしくないので、今回は一人で行ってください」

「十数年前の春、家族で京に行ったのを覚えているかい」

「まだ乳飲み子だったので記憶《きおく》はないです」

「大姫《おおひめ》や頼家、乙姫《おとひめ》は、楽しかったと大喜びだった」

「でも、その旅行の後、お姉さんたちは病気になり、死んだと聞いているけど」

「そうなんだけど」言葉に詰《つ》まる。

「お兄さんも殺されたし」

「信子さんも、久し振《ぶ》りに里帰りしては」話を変えた。

「おおきに。今回はええどすわ。またん機会にいたします」夫に従う。

（連れ合って旅をすれば、妊娠《にんしん》することもあるのでは、と淡《あわ》い期待もあったのに）がっかりした。それからは二人を旅行に誘《さそ》うことはできない。実朝の健康と信子の受胎《じゅたい》を祈願《きがん》するために、政子は熊野《くまの》（和歌山県・三重県南部）参詣《さんけい》に出かける準備をした。

秋になり涼《すず》しくなってから出発する。弟の時房《ときふさ》を伴《ともな》い、護衛の武士と下男下女たち数十人の旅集団《たびしゅうだん》である。政子は一日の半分ほどは歩くが、疲《つか》れると輿《こし》に乗る。無理のできない体で、無茶をしない。五十一にしては健脚《けんきゃく》で元気だ。

三年ほど続いた更年期《こうねんき》障害も一段落か、体調不良との共存に慣れ、不安は少なくなったようだ。小水の回数は増えたままだが。

東海道の治安は良くなり、京都に頼朝ら家族と上った時の千騎《き》ほどの物々《ものもの》しさはない。

ゆっくりと西に進む。箱根を越《こ》えると、雪を頂いた富士山が美しい。さらに西に歩み、二十日ほどかけて都に着く。京都守護の迎《むか》えで数日過ごす。大姫《おおひめ》や乙姫《おとひめ》と歩いた京都の寺社への道を懐《なつ》かしみながら踏《ふ》みしめる。爽涼《そうりょう》な西風が吹《ふ》き紅葉が始まっている。

春と秋では京都の景色《けしき》は異なる。桃《もも》色と緑から紅と黄に、道や山、川も変わる。異人も増えている。

十日ほど京都で旅の疲《つか》れを癒《いや》す。その間に、大姫《おおひめ》と乙姫《おとひめ》、頼家、頼朝の夢を見る。

「おかあさん、京は美しいですね。秋も」大姫《おおひめ》は言う。

「ほんとうに」乙姫《おとひめ》も。

「二人に京で生活して欲《ほ》しかったのに」

「鎌倉《かまくら》の方が、好きよ」大姫《おおひめ》。

「ふうん、私も」乙姫《おとひめ》。

「おお、僕《ぼく》も」頼家。

「ああ、拙者《せっしゃ》も」頼朝も出てくる。ほんの束《つか》の間の夢だったが、政子は懐《なつ》かしかった。

（冥界《めいかい》にいる家族四人の夢を見ただけでも、京に来た甲斐《かい》がある）と思う。

その後、淀《よど》川を下り、住吉《すみよし》神社を拝み、熊《くま》野《の》街道を南に進み、紀州田辺を経て熊野《くまの》に向かう。

熊野《くまの》三山の本宮《ほんぐう》と新宮《しんぐう》、那智《なち》社《しゃ》で、実朝の健康祈願《きがん》と頼朝、大姫《おおひめ》、頼家、乙姫《おとひめ》の極楽《ごくらく》浄土《じょうど》への往生と成仏《じょうぶつ》、冥福《めいふく》を祈《いの》る。争乱によって死去した御家人《ごけにん》たちの鎮魂《ちんこん》を願う。

木枯《こが》らしが吹《ふ》き捲《まく》り、紅葉も終わり、すっかり枯葉《かれは》舞《ま》い山眠《ねむ》る冬景色《げしき》となる。きょんきょっひゅうーんきゅん、鹿《しか》の鳴き声が聞こえる。

「山里は　冬ぞ寂《さび》しさ　まさりける　人目も草も　かれぬと思へば（源　宗于朝臣《みなもとのむねゆきあそん》）」の句が浮《う》かぶ。伊勢《いせ》を経て師《し》走《わす》に帰る。二か月ほどの長旅だった。雨や雪の日はなく、ほぼ快晴に恵《めぐ》まれる。

和田《わだ》合戦《かっせん》

頼朝の十三回忌《き》の翌々年の正月。空は青く北風のなか松の緑は少し色付き、茶色の松葉と松ぼっくりが落ちている。こぉこぉこぉと池の鵠《くぐい》が鳴いている。

北条義時《よしとき》は和田義盛《よしもり》の力を削《そ》ぎ、執権《しっけん》の座を静謐《せいひつ》にしたいと熟慮《じゅくりょ》した。政子に内談する。

「お姉さん。兄頼朝殿《どの》の挙兵以来の功臣で残っているのは、三《み》浦《うら》氏と和田氏、そして、北条氏。本家の三《み》浦義村《うらよしむら》と分家の和田義盛《よしもり》が連合すれば、北条氏より強い」

「うん。ほんとうに、そうね」

「本家と分家の争いを起こすことで、まずは分家を潰《つぶ》し、侍所《さむらいどころ》別当の地位を得たい。今の政所《まんどころ》別当と兼務《けんむ》することで、執権《しっけん》の地位を確固たるものにできます」

「『両高《りょうこう》は重《かさ》ぬべからず』だから」

「義盛《よしもり》の甥胤長《おいたねなが》が、頼家の遺児を担《かつ》いで、実朝の後任を狙《ねら》っている、との噂《うわさ》がある」

「いい機会かも」同意する。

「まずは胤長《たねなが》らの一味を逮捕《たいほ》し恥辱《ちじょく》を与《あた》え、義盛《よしもり》が決起するように仕向ければ、和田一族を葬《ほうむ》ることができると思います」

「実朝の代《よ》を安定させ、北条氏を守るのが、尼御台《あまみだい》の役割」

「お姉さん、ありがとうございます」義時《よしとき》は感謝する。

如月《きさらぎ》に、義時《よしとき》は胤長《たねなが》と義盛《よしもり》の子どもたちを、謀叛《むほん》の疑いで捕縛《ほばく》する。

政子は義村《よしむら》に諮《はか》る。春麗《うら》ら暖かい東風《こち》のなか梅が三分咲《ざ》きの昼下がり。けーんけーんと赤い顔の雉《きじ》が鳴きながら枯《か》れ木を嘴《くちばし》で叩《たた》く。

「頼朝の挙兵以来、源氏のご支援《しえん》ありがとうございます」

「石橋山合戦では大雨で馬入川《ばにゅう》を渡《わた》れず、合力できず負けた。安房《あわ》での合流以来、三十三年の長い付き合いだ。祖父の義明《よしあき》が生きていれば、源氏の飛ぶ鳥を落とす勢いを大喜びだが」

「二十年ほど前に、三浦《みうら》三崎に家族を招待していただいた時は、本当に楽しかったです」

「そんなことも、あった」

「将軍実朝、執権義時《しっけんよしとき》のご後援《こうえん》を、よろしくお願い申し上げます」

「承知」義村《よしむら》は源氏および北条氏との長い密《みつ》な縁《えん》や絆《きずな》を思い出す。

義盛《よしもり》には戦意はなかったが、義時《よしとき》の挑発《ちょうはつ》に乗った一族の若者たちの激昂《げっこう》に押《お》され、蜂起《ほうき》せざるを得なくなる。晩春に百五十騎で大倉御所《ごしょ》に攻《せ》め込《こ》んだ。

義村《よしむら》は義盛《よしもり》につく約束を一旦《いったん》はしており、神に誓《ちか》う起請文《きしょうもん》を出していたが、寝返《ねがえ》り、義時《よしとき》に応じた。分家の羽振《はぶ》りがいいのは本家としては喜ばしくない。羨望《せんぼう》だけでなく甚助《じんすけ》を起こす。また政子の根回しが効いた。

そのため多勢に無勢となり、和田勢は敗北し全滅《ぜんめつ》した。義盛《よしもり》は敗死、享年《きょうねん》六十六。二日間にわたる死闘《しとう》により、御所《ごしょ》や多くの屋敷《やしき》が炎上《えんじょう》した。死者は数百人に及《およ》ぶ。

和田合戦が終わり、義時《よしとき》は義盛《よしもり》に代わり侍所《さむらいどころ》別当となる。政所《まんどころ》別当と兼務《けんむ》し、執権《しっけん》の力を強めた。義時《よしとき》は政子に報告する。

「義盛《よしもり》をはじめ和田一族は死没《しぼつ》し、頼朝公に仕えた北条氏以外の有力な御家人《ごけにん》はいなくなりました。三浦《みうら》氏を除いて」

「『雉《きじ》も鳴かずば打たれまい』だけど。人は挑発《ちょうはつ》に乗り易く、怒《おこ》り騒《さわ》ぐ悲しいものね。将軍実朝のもと平和な代《よ》が続きますように。義時《よしとき》の政治力に期待します」

「はい、お姉さん。尼御台《あまみだい》様」

頼朝の死後十四年続いた御家人《ごけにん》たちの勢力争いは終わる。有力な梶原《かじわら》氏、比企《ひき》氏、和田氏などが滅《ほろ》ぶ。時政と義時《よしとき》の活躍《かつやく》、あるいは暗躍《あんやく》か陰謀《いんぼう》で、北条氏の権力は確固たるものとなる。政子もそれを望んだ。政子五十六、義時《よしとき》五十。

実朝《さねとも》夫婦《ふうふ》

実朝は二十歳《はたち》を過ぎ、政治にも関心が向き始める。しかし、執権《しっけん》の義時《よしとき》が取り仕切っており、ただ黙《だま》って聞くことに専念する。それなりに道理の理解が進んできたが、思った事を口にすることはあまりない。

義時《よしとき》の提案に、ただ頷《うなず》き、

「おう、良きに計《はか》らえ」と言うのが自分の業務と割り切っていた。

若いエネルギーを政治以外に振《ふ》り向ける。禅《ぜん》に興味を持ち、栄西《えいさい》に帰依《きえ》した。

和田合戦の翌年、初春に実朝が病に倒《たお》れた時、栄西は見舞《みま》う。

「実朝さま、是非《ぜひ》、お茶をお飲みください」

「少し苦《にが》いが美味《うま》い」しばらくして実朝は元気になる。お茶が風邪《かぜ》などの薬となる。

宋人《そうじん》の陳和卿《ちんなけい》に会う。その二年後、夏のこと。

「実朝さまは、宋《そう》の高僧《こうそう》の生まれ代わりかもしれません」

「私もそんな夢を見たことがある」

「宋《そう》へ共に確かめに行きませんか」

「おう、そうしよう」

「船を造りましょう」

「おう」（日本のことは義時《よしとき》らに任せて宋《そう》を訪ねたい）本気だった。

大反対を将軍特権で押《お》し切り、由比ヶ浜《ゆいがはま》で大きな船を建造する。船長《せんちょう》三十メートル、船《せん》幅《ぷく》十メートル、二百トン、乗員百人、二十メートル以上の二本の帆柱《ほばしら》がある。

政子も一応は許した。実朝は親の言うことを聞く年でなかったが。

翌年の春、進水式の時、座礁《ざしょう》する。動かすことはできず、そのまま朽《く》ちてゆく。みゃおーみゃおーと鳴く海猫《うみねこ》の棲家《すみか》となる。

このころ鎌倉《かまくら》と宋《そう》との間には貿易船が行き来している。また全国から年貢米《ねんぐまい》や木材などの物資が船で届く。由比ヶ浜《ゆいがはま》の東南の和賀江《わがえ》には、大船の停泊《ていはく》できる桟橋《さんばし》がある。

陳和卿《ちんなけい》は十二世紀末に南宋《なんそう》から来日し、勧進上人《かんじんしょうにん》の重源《ちょうげん》とともに、東大寺大仏の再建に尽力《じんりょく》した。陳和卿《ちんなけい》はこの事件の後に消息不明となる。責任をとって消えたか、誰《だれ》かに殺されたのかは、分からない。

政子は実朝を慰《なぐさ》めるために誘《さそ》う。

「碁《ご》をしましょう」

「おう」

政子は実朝とは囲碁《いご》は初めてである。気分転換《てんかん》になる楽しい時間だった。実朝は黒番。美しい模様を描《えが》く。地は足らない。天元には黒石がある。

「負けました」頭を下げる。

「おしかったですね」百手ほどで中押《ちゅうお》しとなり政子の勝ち。

(実朝は頼家より下手《へた》だ。碁《ご》も蹴鞠《けまり》も。しかし和歌の才能はあるようだ。政治にも向いていない。いや頼朝と私の血を継《つ》いでおり、やればできるかも知れないが、義時《よしとき》に任せて自分は雅《みやび》の世界に浸《ひた》りたいのかもしれない)と思う。

(勝ち負けより美を、武術より文学を究《きわ》めたい。父や兄とは違《ちが》う世界に住みたい)と願う。

歌合わせもする。妻信子《のぶこ》も参加する。五月晴れのもと赤と白、桃《もも》色の皐月《さつき》の美しい季節。

揚羽蝶《あげはちょう》が舞《ま》う。

実朝は歌人として大成した。百人一首（九十三番）に入っている。

「世の中は　常にもがもな　渚漕《なぎさこ》ぐ　海人《あま》の小舟《こぶね》の　綱手《つなで》かなしも（鎌倉《かまくら》右大臣）」

百人一首は、藤原定家《ふじわらのさだいえ》が、飛鳥《あすか》から鎌倉《かまくら》時代にかけての百人から秀歌《しゅうか》を、それぞれ一つ集めたもの。後鳥羽上皇の命で定家らは『新古今和歌集』を選んだ。

定家は実朝に、頼朝の七回忌《き》の秋に『新古今和歌集』を献上《けんじょう》し、交流が始まる。和田合戦の年の秋には『万葉集』を贈与《ぞうよ》した。その見返りに、定家は自領の伊勢《いせ》国の小阿射賀《こあざか》荘《しょう》の地頭《じとう》の非を認めてもらう。

定家に師事した実朝は、万葉調の歌を詠《よ》み、『金槐《きんかい》和歌集』に七百余首を残す。その中に

は自然描写《びょうしゃ》に優《すぐ》れた、

「箱根路を　わが越《こ》えくれば　伊豆《いず》の海や　沖《おき》の小島に　波の寄る見ゆ」

「大海《おおうみ》の　磯《いそ》もとどろに　寄《よ》する浪《なみ》　われてくだけて　裂《さ》けて散るかも」

などや、政治家としての思いを吐露《とろ》した歌がある。

「いとほしや　見るに涙《なみだ》も　とどまらず　親もなき子の　母をたづぬる」

「時により　すぐれば民《たみ》の　歎《なげ》きなり　八大竜王《はちだいりゅうおう》　雨やめたまへ」

天皇への畏敬《いけい》の歌もある。

「山は裂《さ》け　海は浅《あ》せなむ　世なりとも　君にふた心　我《わが》あらめやも」

「大君《おおきみ》の　勅《ちょく》をかしこみ　ちちわくに　心はわくとも　人に云《い》はめやも」

政子と信子の歌は伝わっていない。

実朝は官位に拘《こだわ》りがあった。政子も心配である。

「なぜ、そんなに高い官職を得る必要があるのですか。すでに征夷《せいい》大将軍なのに。頼朝が正二位《しょうにい》になったのは四十一の時、頼家は二十だけど」

「源氏の血筋は自分の時に断絶するのだから、官位を高め源家の家名を上げたい」

「血が途絶《とだ》えることがあってはなりません。永遠に続いて欲《ほ》しい、天皇家のように。早く嫡子《ちゃくし》を」

「そればかりは将軍でも思い通りになりません」

「うん、ほんとうに」（もっともっと子づくりに励《はげ》んで）と願うが言えない。

実朝は十一で従五位下《じゅごいのげ》の征夷《せいい》大将軍になってからは、毎年のように昇進《しょうしん》した。十年後に正二位《しょうにい》となる。さらにその五年後に右大臣《うだいじん》に上《のぼ》る。

政子は官打《かんう》ちを警戒《けいかい》した。位負けによって早死《はやじ》にを期する、王権の仕打ちである。義仲《よしなか》や義経《よしつね》、さらには頼家の例を知る政子は、危惧《きぐ》していた。

後鳥羽院とその寵臣《ちょうしん》らは、実朝の死期を早めることまでは考えていないが、武家の骨抜《ほねぬ》き、あるいは忠臣化の意識はある。

京都《きょうと》一人旅《ひとりたび》

元旦《がんたん》に政子の還暦《かんれき》を家族が祝う。真っ赤な頭巾《ずきん》を被《かぶ》り、真紅《しんく》の小袖《こそで》を羽織《はお》り、赤い足袋《たび》を履《は》く。風のない庭には桃《もも》色の寒椿《かんつばき》が咲《さ》き誇《ほこ》り、氷の張った池に降りた霜《しも》の上で黄色の嘴《くちばし》をした真っ白な鶴《つる》が遊ぶ。時々《ときどき》、くるるるーと鳴き叫《さけ》ぶ。

「おめでとうございます」実朝夫婦《ふうふ》や波子《なみこ》、義時《よしとき》らが声を揃《そろ》える。

「ありがとう。『六十にして耳順《みみしたが》う』だから。静かにしているつもり」

「いままで通りで、いいのでは」実朝が言う。

「そうですよ」義時《よしとき》も。

「口を小さくは、できないのだから」波子は言いたいことを云《い》う。

「ありがとう。ははは」政子は大口で苦笑する。

（目と耳は二つ、口は一つで、しゃべる倍や四倍は見て聞かないといけへん）信子《のぶこ》は思うが姑《しゅうとめ》には言えない。京都弁が抜《ぬ》けず、人前で発言するのを控《ひか》えがちである。

（『三人寄れば文殊《もんじゅ》の知恵《ちえ》』だから、まずしっかり聞き、そして少しだけ話すことが大事）寡黙《かもく》を習慣としている義時《よしとき》は考えている。

「頼朝が生きていたら、去年、古希《こき》だったのに」政子。

「さすがに七十まで生きている人はほとんど

いないわ。お父さんは喜寿《きじゅ》まで生きたけど。私たちもきっと無理」波子。

「『後家花咲《ごけさ》かす』というけど。そして、結婚《けっこん》四十周年」義時《よしとき》。

「うん、ほんとうに、そうね」政子。

（夫婦《ふうふ》では二十年ほど、残り半分は未亡人だけど。私たちのこと気にしてくれている。気配りの弟だ）と感じる。

（『男鰥夫《やもめ》に蛆《うじ》がわき、女寡婦《やもめ》に花が咲《さ》く』ともいうようだけど、淋《さび》しい正月が十数年、いや二十年ほども続く。夫と子ども三人はこの世にいない。月命日の墓参りが楽しみの日々《ひび》だ）と思う。

（黒豆《くろまめ》や栗金団《くりきんとん》、ごまめ、昆布《こぶ》巻《ま》き、花蓮根《はなれんこん》などの御節《おせち》を作っても食べてくれる人はいない。それでも一応、自分の分は自身で用意し、お供えもするの。実朝夫婦《ふうふ》用に料理したこともあるけど。所詮《しょせん》、箸《はし》をつけてもらえず残るばかりなので、用意することをやめた）

実朝夫婦《ふうふ》は少し離《はな》れた別棟《べつむね》にいる。

大きな事件もなく、家族や親戚縁者《しんせきえんじゃ》などで死ぬ人もない、子どもも生まれない、静かな一年が過ぎてゆく。

翌年、よく晴れた風の弱い元旦《がんたん》、寒椿《かんつばき》と青い松が映《は》え、鶴《つる》が舞《ま》う。

義時《よしとき》と膝《ひざ》を交える。

「あけましておめでとうございます。尼御台《あまみだい》」

「あけましておめでとうございます。執権殿《しっけんどの》いや義時《よしとき》。尼御台《あまみだい》と呼ばれると頼朝のことを思い出し悲しく、淋《さび》しくなりますので、政子姉さんと呼んでください」

「はい、政子お姉さん」

「春に京と熊野《くまの》へ行こうと思う」

「どうぞお好きなように。弟の時房《ときふさ》を連れて行くのが、いいでしょう。役に立ちましょう」

「お願いしますわ。実朝に世継《よつ》ぎがいないのが心配、連れ合って十数年たつのに」

「上皇の皇子を養子にするのが、いいようにも思います」

「うん、ほんとうに、そうね」

「卿二位《きょうのにい》藤原兼子《ふじわらのけんし》さんに相談してはいかがかと」

「献上品《けんじょうひん》を用意してくださいね」

「お任《まか》せください」

「上皇は、どんな人なの」

「後白河《ごしらかわ》上皇の孫で、高倉《たかくら》天皇の第四皇子、第一皇子の安徳《あんとく》天皇が都落ちした年に、三つで即位《そくい》しました。二年後に安徳天皇は六つで壇《だん》の浦《うら》で入水《じゅすい》した。後白河上皇が崩御《ほうぎょ》すると、その六年後に二十七で上皇となり権勢を誇《ほこ》り、天狗《てんぐ》と言われています」

「上皇の母親は」

「藤原殖子《ふじわらのしょくし》です。藤原信隆《ふじわらのぶたか》の娘《むすめ》で七条院《しちじょういん》と呼ばれています。信子さんの父坊門信清《ぼうもんのぶきよ》のお姉さん。上皇は多くの荘園《しょうえん》を母親の七条院の所領としました」

「上皇は、お祖父《じい》さんの後白河上皇に似ているようね」

「権力志向が強いようです。鎌倉《かまくら》が強くなり、京に物申すのを警戒《けいかい》しています」

「そうは言っても。時世《ときよ》の流れだから」

「院は自由に政治をしたい、と考えています。華美《かび》な遊行も大好きです。鎌倉《かまくら》の質素倹約《けんやく》の風潮が大嫌《だいきら》いとのこと。自分自身の武道を磨《みが》き、さらに院の武力増強を図っていると聞きます」

「権威《けんい》と文芸は京、権力と武芸は鎌倉《かまくら》が道理。武力では公家は武家に勝てないのだから」

「公武が分担して仲良く力を合わせて、日本を平和な世にしたいです」

「『二兎《にと》を追う者は一兎《いっと》をも得ず』だから」

「たしかに。ところで政子お姉さんも官位をもらってください。公武の仲良しの印《しるし》に」

「うん。そうね」

如月《きさらぎ》、梅が蕾《つぼ》み始めた時に京都に旅立つ。十年前の秋旅行と同じく弟時房《ときふさ》が同行する。

政子は、この三度目の京都滞在中の春に従三位《じゅさんみ》に叙《じょ》せられた。さらにその半年後の秋に従二位《じゅにい》となる。

今回は実朝の跡継《あとつぎ》問題が大きな課題である。結婚《けっこん》して十四年たつが、まだ信子に懐妊《かいにん》の兆《きざ》しはない。政子の面談相手は藤原兼子《ふじわらのけんし》である。後鳥羽上皇の乳母《うば》であり従二位《じゅにい》にのぼり卿二位《きょうのにい》と呼ばれていた。

「実朝に子どもが、まだいないのです。将軍の後継者《こうけいしゃ》に院の親王を、お願いできたらと思います。献上品《けんじょうひん》は別室にございます」兼子《けんし》は隣《となり》の部屋にある高価な品を見て笑《え》みが零《こぼ》れた。

「承知しました。縁者《えんじゃ》である西の御方《おんかた》に頼仁《よりひと》親王がいます。信子の甥《おい》にあたります」

「ありがとうございます」密約は成立した。

かつて二十三年前に大姫《おおひめ》の入内《じゅだい》問題で、政子が談じた後白河院の寵姫丹後局《ちょうきたんごのつぼね》に並ぶ政治力が兼子《けんし》にはある。父は刑部卿《ぎょうぶきょう》の藤原範兼《ふじわらののりかね》であり上皇を幼い時から育てており大きな力をもつ。政子より二つ年上。陰《かげ》の実力者であり贈答《ぞうとう》あるいは賄賂《わいろ》の品々《しなじな》が、家に満ち溢《あふ》れており、山を成している。

丹後局《たんごのつぼね》は二年前に六十五で薨去《こうきょ》していた。世代交代である。

政子は二度目の熊野《くまの》参詣《さんけい》をした。実朝の健康と信子の受胎《じゅたい》を祈念《きねん》し、北条氏の安寧祈願《あんねいきがん》をする。卯月《うづき》末に帰る。

「お帰りなさい」波子。

「ただいま」政子。

「後鳥羽院と会ったの」

「謁見《えっけん》の話はあったけど、辺鄙《へんぴ》な老尼《ろうに》が天子に拝謁《はいえつ》するのは無益なことであり、ふさわしくありません、と断ったわ」

「そう、院は三十七だけど、二十人ほどの皇子と皇女がおり、子どもを産んだ中宮《ちゅうぐう》、女院《にょいん》、後宮《こうきゅう》、更衣《こうい》、典侍《ないしのすけ》などは、十三人にも及《およ》ぶと聞くわ。美貌《びぼう》、教養、性格、家柄《いえがら》、財産、妙齢《みょうれい》などの面で兼子《けんし》さんの目に叶《かな》った生娘《きむすめ》さんたち」

「三か月にわたるこの大旅行がきっと最後。最初の京は春に家族全員で三十七の時、二度目は五十一の秋に家族はいなかった。三度目は春の一人旅だった。残るは冥土《めいど》への旅」

「二度と三度は熊野《くまの》に詣《もう》でたのね」

「うん。時房《ときふさ》が連れ立ってくれてありがたかった」

帰路につく間際に、後鳥羽上皇に朝見《ちょうけん》することができたが断る。もしもこの時、会って忌憚《きたん》のない意見交換《こうかん》をし、信頼関係が築けていたら、後日の戦乱は避《さ》けることができたかもしれない。母と息子《むすこ》ほど年は離《はな》れていたが。

実朝斬殺《ざんさつ》

「あけまして、おめでとうございます」二人は声を合わせる。

「おめでとうございます」政子は風邪《かぜ》気味で声がしわがれている。

「寒い元旦《がんたん》ですね」実朝は身震《みぶる》いしながら言う。

「珍《めず》しく、さぶいどすなぁ」信子も肩《かた》をすくめながら。

「ほんとうに。でもきっと今日が今年で一番の寒さですよ」政子。

「そうだといいんですが」実朝。

「そないあってほしおすな」信子。

「いい年になりますように」政子は願う。

頼朝が往生して二十年。元旦《がんたん》にしては珍《めず》しく、空は墨汁《ぼくじゅう》を零《こぼ》したような薄黒《うすぐろ》い厚い雲に覆《おお》われ、寒い北風が吹《ふ》いている。今にも霙《みぞれ》か雪が降りそうだ。政子は実朝、信子と御節《おせち》を食べ、お屠蘇《とそ》を飲む。

「年の暮《く》れに『うち忘れ　はかなくてのみ　過ぎしきぬ　あはれと思へ　身につもる年』

と詠《よ》んでみました」実朝。

「いい歌ですね。私も同じ気持ちですね」

(実朝はまだ若く、これからだから、老人みたいな歌は変だけど)と思うが、そうは言えない。褒《ほ》められて嬉《うれ》しくなった実朝は、もう一つ歌う。

「『世の中は　常にもがもな　渚漕《なぎさこ》ぐ　海人《あま》の小舟《こぶね》の　綱手《つなで》かなしも』」

実朝の最後の元旦《がんたん》になるとは、何人《なんぴと》も思わない。昼下がりに、義時《よしとき》が新年の挨拶《あいさつ》に来る。

「あけまして、おめでとうございます。尼御台《あまみだい》、いや、政子お姉さん」

「あけまして、おめでとうございます」

「寒い元日《がんじつ》ですね」

「二十年前、頼朝が亡《な》くなった正月も身を刺《さ》すように寒かった。雪も降り積もったわ」

「そうでした。あの時も身も心も凍えるような寒さだった。ところで、上皇には不穏《ふおん》な動きがあります。三浦義村《みうらよしむら》にも変な様子が見えます」

「どんな」

「義村《よしむら》が公暁《くぎょう》に会っているとのこと」

「義村《よしむら》さんの奥《おく》さんは公暁《くぎょう》の乳母《うば》であり、息子《むすこ》の駒王丸《こまおうまる》さんは鶴岡八幡宮《つるがおかはちまんぐう》の稚児《ちご》で、公《く》暁《ぎょう》の門弟だから、妙《みょう》ではないと思うけど」

「そうでしょうか」

「杞憂《きゆう》だと思う。用心するに越《こ》したことはないけど。義村《よしむら》さんも還暦《かんれき》を過ぎいい年、いや淋《さび》しく悲しい年だから、呆《ぼ》けてきているかも。長く生きていると、どこかで判断を間違《まちが》えるようになるのが人の性《さが》。お父さんも、そうだったし。私もそうだけど。遠くのものだけでなく、近くのものも見えなくなり、耳が聞こえなくなるし、口や舌《した》も頭も心も回らなくなり、動きもどんくさくなり、忘れものばかり。そして年の数だけ失敗が増えるわ」

(石のように固く頑固《がんこ》になる。若いころは砂のようになんでも吸収したし、粘土《ねんど》細工のように変身したのに。また最後の望みをかなえたくなり、恥《はじ》も外聞もなく無謀《むぼう》なことをすることも)そこまでは言いたくはなかった。

翌日、政子は公暁《くぎょう》を呼ぶ。

「あけまして、おめでとうございます」公暁《くぎょう》は紫《むらさき》の法衣を着て挨拶《あいさつ》をする。無精髭《ぶしょうひげ》が長く伸《の》びている。

「あけまして、おめでとうございます。千日講《せんにちこう》はいかがですか」

「順調に進んでいます」

「どのくらいたちましたか」

「ちょうど半分ほどです」

「そう、そんなになりますか。よく続きますね、たいしたものですね」と褒《ほ》める。

「はい」祖母に優《やさ》しい声をかけてもらったのが嬉《うれ》しくて、大きな声で答える。

「悟《さと》りは、いかがでしょうか」

「真理の悟得《ごとく》とか開眼《かいがん》はまだまだです、煩悩《ぼんのう》のなかで苦しんでいます」

「どんな」

「それは秘密です」

「そう、ところで、お嫁《よめ》さんをもらったらいかがでしょうか」

(源氏の血筋は精力旺盛《おうせい》だから。孫もそろそろの年では)

「まだまだ早いです。一人前になってから妻を娶《めと》りたいです」

(なぜ、私が坊主《ぼうず》で法華経《ほけきょう》を読誦《どくじゅ》するばかりなのか。一方、実朝は将軍として和歌や宴《うたげ》を楽しんでいる。美しい京女がいつも側《そば》に。こんな理不尽《りふじん》なことがあっていいのか。父頼家が生きていたら、いずれ兄一幡《いちまん》か私が棟梁《とうりょう》になるはずだったのに。いや、実朝が死ねば、私が鎌倉殿《かまくらどの》になれる)公暁《くぎょう》は考えたが口には出さない。

(青春時代は苦悩《くのう》が多い時だけど、きっと修練で胸の痞《つか》えが少しでもとれれば)政子は楽観的に考える。

「頑張《がんば》ってくださいね。きっと悟道《ごどう》の境地に入れますように」

「はい、分かりました」

二人は心の内を忌憚《きたん》なく話し合うには年が離れ過ぎていて、お互《たが》い妙《みょう》に遠慮《えんりょ》した。

公暁《くぎょう》の夢に父頼家が出てくる。三つの時に別れたので、顔や姿はほとんど憶《おぼ》えていない。

「お父さん?」

「おお、大きくなった。私より背が高い」

「はい」

「私の無念を晴らして、将軍になっておくれ」

「はい」

(もう少し長く京に置いて、高僧《こうそう》について学ばせた方がよかったのかも知れない。あるいは、嫁《よめ》を取らせ恋愛《れんあい》に情熱を使うことで、敵討《かたきう》ちなど妄想《もうそう》せずに済んだのかも知れない)

政子は臍《ほぞ》を噛《か》むことになる。

(公暁《くぎょう》にとって、青春の不安定な時期の過ごし方として、私の配慮《はいりょ》は正しかっただろうか)

恩《おん》が仇《あだ》となる。『親の心、子知らず』いや『祖母の心、孫知らず』であろう。

二十五日後の夕刻、大雪が降り頻《しき》り、珍《めずら》しく二尺(六十センチ)ほど積もるなかでの出来事。

鶴岡八幡宮《つるがおかはちまんぐう》では、実朝の右大臣就任拝賀の式典が執《と》り行なわれていた。参列のために京から下ってきた公卿《くぎょう》たちの前を、松明《たいまつ》を持って源仲章《なかあき》ら側近が先導する。その後から参拝を終わった実朝が雪掻《ゆきか》きした石段を、ゆっくりと下ってくる。

その時、「親の敵《かたき》をかく討《う》つぞ」と白い頭巾《ずきん》をかぶった法師が突如《とつじょ》走りより叫《さけ》んだ。頭部に一太刀《ひとたち》あびせ、雪の上に転倒《てんとう》した実朝にとどめを刺《さ》し、首を打ち落とした。雪は真っ赤に染まる。ほとんど同時に三、四人の法師が、走り出て仲章《なかあき》を討《う》ち取った。逃《に》げ惑《まど》う公家の声に驚《おどろ》き、鳥居の外に控《ひか》えていた武士が駆《か》け付けたが、

「我こそは、八幡宮《はちまんぐう》別当公暁《くぎょう》なるぞ。父の敵《かたき》をとったり」

との大音声を聞いただけであった。

その夜、公暁《くぎょう》は実朝の首を抱《かか》えて、深雪をかき分けて三浦義村《みうらよしむら》の屋敷《やしき》に向かう。討手《うって》に会い殺され、公暁《くぎょう》の首は義時《よしとき》に届けられた。実朝の首はどこかへ消える。

実朝二十六、公暁《くぎょう》十八。息子《むすこ》と孫を同時に失う。政子六十一は泣き沈《しず》む。

「なぜ。どうして」政子は義時《よしとき》に聞く。

「どうしてでしょうか」

「こんなことが、あっていいんでしょうか」

(もしかすると)義時《よしとき》はあってはならない事として、元旦《がんたん》ごろから、このことが頭から離《はな》れなかった。

(公暁《くぎょう》に嫁《よめ》を取らせていたら、あるいは子どもがいたら、家族のことを配慮《はいりょ》して、こんな暴挙に走らなかったのでは。孤独《こどく》だと山道に迷い陽が沈《しず》んだとき、あるいは落とし穴に落ちたり、潮に流されたりしたとき、途方《とほう》に暮《く》れ不安が増すばかりだから、話し相手がいれば救われることも)政子は自分を責める。

「波子、なぜ、こんな悲劇が」政子は泣きながら尋《たず》ねる。

「公暁《くぎょう》は実朝と義時《よしとき》を殺して将軍になり、義《よし》村《むら》を執権《しっけん》にする計画だったのかも」

「そんなばかな」

「でも、義時《よしとき》が体調を崩《くず》して、仲章《なかあき》さんと交代して難を逃《のが》れたので、義村《よしむら》は公暁《くぎょう》を裏切り、一族の安泰《あんたい》を計ったとの巷説《こうせつ》があるけど」

仲章《なかあき》は後鳥羽上皇の近臣だったが、実朝の

教育係となる。文章博士《もんじょうはかせ》（漢文学と歴史の先生）で、政所《まんどころ》の別当も務め、実朝の寵臣《ちょうしん》として奔走《ほんそう》していた。上皇のスパイで、鎌倉《かまくら》の動きを報告していたとの説もある。

義時《よしとき》は運が良かったのか、先を読んでいたのか分からない。具合が悪かったのは、偶然《ぐうぜん》か、あるいは必然の芝居《しばい》なのか。生き残ったことは事実。

実朝の胴体《どうたい》は火葬《かそう》され、勝長寿院《しょうちょうじゅいん》に葬《ほうむ》られた。骨の一部は高野山《こうやさん》に送られ、異母兄の貞暁《じょうぎょう》が供養《くよう》した。

源氏山麓《さんろく》の寿福寺《じゅふくじ》に、実朝の五輪塔《とう》のある、やぐら（横穴）伝承がある。

尼将軍《あましょうぐん》

源氏の正統は三代、三十年ほどで途絶《とだ》えた。鎌倉殿《かまくらどの》の任務は母の政子が代行することとなる。尼将軍《あましょうぐん》である。義時《よしとき》が執権《しっけん》として補佐《ほさ》する。

事件の三日後の朝、政子と義時《よしとき》、そして有力御家人《ごけにん》が一堂に会した。雪はやんだが、残雪で一面、真っ白である。寒椿《かんつばき》が赤い。実朝と公暁《くぎょう》のお通夜と葬儀《そうぎ》が終わっていた。

「上皇の皇子を将軍に迎《むか》えたい」義時《よしとき》が口火を切る。

「昨年、熊野詣《くまのもう》での時、卿二位《きょうのにい》と相談していますわ」尼将軍《あましょうぐん》が言う。

「承知仕《つかまつ》りました」有力御家人《ごけにん》が同意する。

「この上奏文《じょうそうぶん》に署名を、お願いしたい」義時《よしとき》が続ける。

一同が連署する。政子、義時《よしとき》、時房《ときふさ》、泰時《やすとき》、三浦義村《みうらよしむら》、大江広元《おおえのひろもと》と三善康信《みよしやすのぶ》らが名を記《しる》す。

京都に着いた使者による申し入れに、後鳥羽上皇は、

「いずれ誰《だれ》か選んで下向《げこう》させる。しばらく待て」と拒絶《きょぜつ》した。

(皇子を将軍にすると、兄弟喧嘩《げんか》などによって、いつか日本が天皇の西国と、将軍の東国に二分される危険がある)上皇は感じていた。

卿二位《きょうのにい》との密約は反故《ほご》にされた。上皇は鎌倉《かまくら》の自壊《じかい》を期待し、促《うなが》したかった。

院の近臣を送り、「上皇の寵姫《ちょうき》の所領の地頭を免職《めんしょく》にしろ」との要求を突《つ》き付けた。

「頼朝以来、御家人《ごけにん》に与《あた》え安堵《あんど》した所領は、よほどの大罪を犯さないと罷免《ひめん》にしないのが原則である」政子と義時《よしとき》は一歩も引かない。

春に時房《ときふさ》が一千騎《き》の兵を引き連れ、京都に上り再度交渉《こうしょう》した。

「あの所領の地頭を廃止《はいし》しない限り、皇族将軍の東下《とうか》を許さない」上皇は妥協《だきょう》しない。

交渉《こうしょう》は難航する。政子は皇族将軍を諦《あきら》め、頼朝の妹の母系で、繋《つな》がりのある縁戚《えんせき》の九条道家《みちいえ》の子、一歳《さい》の頼経《よりつね》を鎌倉殿《かまくらどの》に迎《むか》えることとした。初代の藤原《ふじわら》将軍である。

この年の七夕に、「幕府と北条家の安泰《あんたい》」と黄色短冊《たんざく》に記した。

（年々《ねんねん》、祈願《きがん》の効果は薄《うす》れているのかしら、運を使い果たしたようね）と感じていた。

夏に幼子《おさなご》は下り、政子の膝《ひざ》の上に座《すわ》った。横には孫娘《まごむすめ》の竹御所《たけのごしょ》がいた。

頼経《よりつね》を、政子は孫あるいはひ孫のように可愛《かわい》がり、竹御所《たけのごしょ》は自分の弟あるいは子どものように面倒《めんどう》をみた。頼経《よりつね》と竹御所《たけのごしょ》は十一年後に結ばれることとなる。縁《えん》とは不思議なもの。

政子は、ぼんやりと庭を眺《なが》め、泣き濡《ぬ》れる日々《ひび》を過ごす。

（夫を亡《な》くし、二人の娘《むすめ》と二人の息子《むすこ》、子どもたちを全て失った。この喪失《そうしつ》感はたまらないわ。五人の孫のうち一人、竹御所《たけのごしょ》のみ、まだ生きていることが、せめてもの救いだけど。破瓜《はか》の孫の世話を焼く仕事だけはあるけど。いつ嫁《とつ》いでもおかしくない娘《むすめ》であり、手が掛《か》かることは少ない。ただ見守ることと生活が成り立つよう援助《えんじょ》することが仕事）と思う。

暖かい春風に梅の実が成り、かっこうかっこうと郭公《かっこう》が鳴くころ、

「そろそろ嫁《よめ》入りしたら」政子は言葉をかける。

「はい」（とはいったけど、ほんとうにできるかしら）と思っている。

「どんな人が好きですか」

「お父さんのように蹴鞠《けまり》が好きな人が」

（父と幼いころ、鞠《まり》で遊んだ楽しい思い出があるわ。あるいは、そう聞いたのかもしれな

いけど）

「そう、京の都から名足《めいそく》の素敵《すてき》な人を迎《むか》えましょうね」

「はい」

（大姫《おおひめ》さんや乙姫《おとひめ》さんみたいに、私も早死にするのかしら、お婿《むこ》さんに来てくれる人は、いないいまま）と考えている。

「蹴鞠《けまり》をしましょうか」

「はい」

器用に十回ほど鞠《まり》を落とさないで蹴《け》る。政子もやってみるが三度と続かない。

「上手《うま》いわね」政子は褒《ほ》める。

「ときどき、お父さんを思い出して遊ぶの」

「そうなの」

だが、その話はなかなか進まない。大姫《おおひめ》と乙姫《おとひめ》を入内《じゅだい》問題のころ亡《な》くしたことが、トラウマ（精神的外傷）となり、政子はどこか気乗りがしない。たった一人となった血のつながりのある孫娘《まごむすめ》を、近くに置いていたい。

京都の公家たちは、将軍さえも暗殺されるような鎌倉《かまくら》に、息子《むすこ》を婿《むこ》に出すのを渋《しぶ》る。二十五年前の大姫《おおひめ》と一条高能《いちじょうたかよし》の見合い失敗の流言飛語を、まだ憶《おぼ》えている公家もいる。

妹の波子《なみこ》や弟の義時《よしとき》、時房《ときふさ》に会うと、

「疲《つか》れた」「淋《さび》しい」「悲しい」「みんな、いなくなった。どうしてなの。なにを間違《まちが》えたの」「お迎《むか》えが来て欲《ほ》しい。早く死にたいわ」が政子の口癖《くちぐせ》となる。

しかし、自分で自《みずか》らの命を絶つことは簡単ではない。

食欲がなくなり寝付《ねつ》きが悪い。夜中に小水で何回も起きる。朝早く目が覚め、二度寝《にどね》もできなくなる。頭痛や目眩《めまい》、耳鳴り、鼻炎《びえん》、喉《のど》の痛みがあり、さらに、しゃっくりが出たり、咳込《せきこ》んだりすることもある。胃腸が弱くなり、下痢《げり》や便秘をすることが増える。くしゃみや咳《せき》をすると、屁《へ》が出たり尿《にょう》が漏《も》れたりする。

注意力や集中力、記憶力《きおくりょく》が落ち、もの忘れや落とし物、探し物をすることも多い。道にも迷う。昔は主だった御家人《ごけにん》の顔と名前、干支《えと》を覚えていた。今は名前がなかなか出てこない。十二支も間違《まちが》える。暗算も筆算も合わない。季節や朝昼夜、時間の感覚もずれる。鬱病《うつびょう》か、いや認知症《にんちしょう》のようだ。

承久《じょうきゅう》の乱《らん》

赤と白の躑躅《つつじ》が咲《さ》くころ、後鳥羽《ごとば》上皇は流鏑馬揃《やぶさめぞろ》いと称《しょう》して、鳥羽離宮《とばりきゅう》（京都市伏見《ふしみ》区）に兵を招集した。朝廷《ちょうてい》を守る北面《ほくめん》と西面《さいめん》の武士である藤原秀康《ふじわらひでやす》など、北条氏に反発する御《ご》家人《けにん》、千七百余騎《き》が参集する。烏《からす》や燕《つばめ》も木々《きぎ》に集まる。

上皇は義時《よしとき》追討の院宣《いんぜん》を諸国の武士に発した。この院宣《いんぜん》は鎌倉《かまくら》の三浦義村《みうらよしむら》に届く。京都にいた弟の胤義《たねよし》は討幕計画に参加している。義村《よしむら》は政子に報告する。

急を聞いて御所《ごしょ》に馳《は》せ参じた多くの御家人《ごけにん》の前で、尼将軍《あましょうぐん》は演説する。真っ赤な夕焼けに、きっきっと鳴く鷹《たか》が舞《ま》い、白い躑躅《つつじ》も紅に染まる。

「皆《みな》さん心を一つにして聞いてください。これが最後のお願いです。亡《な》き頼朝が朝敵を征《せい》伐《ばつ》し関東を草創《そうそう》してからは、官位といい俸禄《ほうろく》といい、その恩は既《すで》に山より高く大海よりも深いと思います。感謝の気持ちは浅いはずはないのでは。しかし今、逆臣の讒言《ざんげん》によって非義の綸旨《りんじ》が下されました。名を惜《お》しむ者は、速《すみ》やかに秀康《ひでやす》と胤義《たねよし》らを討《う》ち取り、三代にわたる将軍の遺跡《ゆいせき》を守るように。ただし院に参りたいものは、今すぐ申し出てください」

政子の詞《ことば》を涙《なみだ》ながらに聞いた御家人《ごけにん》たちは、一致団結《いっちだんけつ》して幕府を守ることを誓《ちか》う。その

後、首脳会議が開かれる。政子六十四の春のこと。

「箱根《はこね》・足柄《あしがら》の関《せき》を守り、徹底《てってい》的に抗戦すべし」義時《よしとき》は言う。

「そのご意見は、ごもっともだが、防御《ぼうぎょ》に専心したのでは、東国の武士のあいだにも動揺《どうよう》が走る。運を天に任《まか》せ、速《すみ》やかに京に上るべきだ」大江広元《おおえのひろもと》が述べる。

「そのとおり、『早いが勝ち』です」政子も賛同する。

会議は出撃《しゅつげき》に決した。義時《よしとき》が宣言する。

「泰時《やすとき》を大将とし時房《ときふさ》を副将とする。遠江《とおとうみ》・信濃《しなの》以東の東国十五か国に動員令を発する」

三日後、泰時《やすとき》が十八騎《き》の手勢で発した。東国の武士たちは続々《ぞくぞく》と応じ、寄り集まる。東海道と東山道、北陸道の三道から、二万の大

軍が京都へと進んだ。鎌倉《かまくら》側は迅速《じんそく》な対応だったが、京都側は呑気《のんき》に構えていた。

「院宣《いんぜん》に従うもの多し」と勘違《かんちが》いしている。

関東の武士が義時《よしとき》の首を持ってくるのを、ただ待っている。幕府軍の西上の報を受け、慌《あわ》てて木曽川《きそがわ》へ兵を送った。十倍近い兵力差はいかんともし難《がた》く、水無月《みなつき》に一日の戦いで朝廷《ちょうてい》軍は敗れ退却した。

東軍は京都宇治川の東岸に到着《とうちゃく》し、西岸の京方と睨《にら》み合う。豪雨《ごうう》がやんだ晴れ間を利用して増水した激流の河を渡《わた》る。一か月足らずで烏合《うごう》の衆《しゅう》の京都軍は壊滅《かいめつ》した。

上皇は保身のために義時《よしとき》追討の院宣《いんぜん》を取り消す。討幕計画は謀臣《ぼうしん》たちの仕業《しわざ》であったとして、秀康《ひでやす》と胤義《たねよし》らの検挙を命じる真逆の院宣《いんぜん》を発した。

天皇家にとっては、生き残るための敗れ方の知恵《ちえ》で、永遠に承継《しょうけい》するための極意《ごくい》でもある。日本の歴史には同じようなことが、何回かある。このころでは義仲《よしなか》と頼朝さらに義経《よしつね》と頼朝の例。勝てば官軍、負ければ賊軍《ぞくぐん》。

天皇家や公家の僕《しもべ》だった武家が独立を果たす。一所懸命《けんめい》で得た所領を護《まも》る戦《いくさ》だ。武家が公家に勝ち、幕府が王朝を破り、東が西の支配から脱《だっ》する。古代から中世に名実ともに移る。

政子と義時《よしとき》は承久《じょうきゅう》の乱の後始末を要談する。鎌倉御所《かまくらごしょ》では、風が死に、赤と白、桃《もも》色の躑躅《つつじ》の花が萎《しお》れ、白い紫陽花《あじさい》が咲《さ》き始めていた。青空に白と灰色の鷗《かもめ》が、かぅくぁと鳴きながら飛んでいる。

「華夷闘乱《かいとうらん》が終わりました。上皇や天皇をどうしましょうか」義時《よしとき》が問う。

「隠岐島《おきのしま》や佐渡島《さどがしま》、さらに土佐《とさ》などへの遠流《おんる》がよいのでは」政子は答える。

「分かりました」

「次の天皇は」

「上皇の子ではなく、上皇の兄弟の子がいいと思うわ」

「首謀者《しゅぼうしゃ》の血は絶ちたいから」

「うん、そうね」

「上皇方の荘園《しょうえん》や所領は」

「すべて没収《ぼっしゅう》して、功績のあった御家人《ごけにん》に与えたら」

「分かりました。時房《ときふさ》と泰時《やすとき》は」

「京都守護を六波羅《ろくはら》の居館に因《ちな》み六波羅探題《ろくはらたんだい》として、二人で朝廷《ちょうてい》の監視《かんし》を強めたらどうでしょう。皇位継承《けいしょう》には幕府の許可が必要とすることも大事」

「承知しました」

夏に討幕計画の指導者だった後鳥羽・順徳《じゅんとく》両上皇は、それぞれ隠岐《おき》と佐渡《さど》に島流しとなる。計画に反対だった土御門《つちみかど》上皇も土佐《とさ》に配流《はいる》される。後鳥羽上皇の皇子である六条宮《ろくじょうのみや》と冷泉宮《れんぜいのみや》（頼仁《よりひと》親王）も但馬《たじま》（兵庫県）と備前《びぜん》（岡山県）に流した。

頼仁《よりひと》親王は、政子と兼子《けんし》との密約では将軍候補だった。歴史は皮肉なもの。治天《ちてん》の君が処罰《しょばつ》されるのは前代未聞のこと。

乱に参画した公卿《くぎょう》や武士は処刑《しょけい》される。あるいは流罪《るざい》、追放、謹慎処分《きんしんしょぶん》となる。

後鳥羽上皇の嫡孫仲恭《ちゃくそんちゅうきょう》天皇を退位させ、上皇の兄行助《ぎょうじょ》法親王の子の後堀河《ごほりかわ》天皇を即《そく》位《い》させた。出家の身だった行助《ぎょうじょ》法親王は、後高倉院《ごたかくらいん》として院政を開始する。

上皇方の畿内《きない》や西国の荘園《しょうえん》と所領は三千か所にのぼり、功のあった御家人《ごけにん》に地頭職《じとうしき》として与えられた。幕府の勢力は東国から全国に及《およ》ぶこととなる。

後鳥羽上皇は文武両道だった。和歌、管弦《かんげん》、囲碁《いご》、双六《すごろく》を趣味《しゅみ》とし、蹴鞠《けまり》、相撲《すもう》、水泳、競馬、流鏑馬《やぶさめ》、犬追物《いぬおうもの》、笠懸《かさがけ》、巻狩《まきがり》など武芸百般《ひゃっぱん》を好み、刀剣《とうけん》を自ら焼き鍛《きた》えた。太刀《たち》を菊《きく》の紋《もん》で飾《かざ》り、菊花《きっか》の御紋章《ごもんしょう》の起源となる。新古今和歌集に上皇の短歌がある。

「見わたせば　山もとかすむ　水無瀬川《みなせがわ》　夕べは秋と　何思ひけむ」

枕草子《まくらのそうし》の「春は曙《あけぼの》　夏は夜　秋は夕暮《ぐ》れ　冬は夙《つと》めて（早朝）」を意識した。

さらに、この歌もある。二十八の時の作。

「奥山《おくやま》の　おどろが下も　踏《ふ》み分けて　道ある世とぞ　人に知らせん」

人生で一番、体力、知力、気力が充実《じゅうじつ》しているころ。おどろとは棘《いばら》を指し、公卿《くぎょう》の意がある。王朝貴族を従えて、王権を復権させたい願望があった。

上皇は隠岐《おき》の配所で崩御《ほうぎょ》、宝算《ほうさん》五十八。

十七年間の流人《るにん》生活。頼朝の二十年より少し短い。乱の時、四十一。人生五十年のころは老年であり、再起することはなく静かに朽《く》ち果《は》てる。

老《お》いらくの恋《こい》

春一番が吹《ふ》き梅《うめ》の蕾《つぼみ》がほころび出したころ、大江広元邸《おおえのひろもとてい》を訪ねる。政子の住む大倉御所《おおくらごしょ》から南に歩いて数分ほどの距離《きょり》。ちゃちゃと鶯《うぐいす》が鳴いている。

「ごきげんいかがですか」

「それなりに楽しい老後を過ごしています。草木を育て、花を咲《さ》かせ、散歩して鳥の鳴き声を楽しみ、波を眺《なが》めています」

「目の具合《ぐあい》はいかがですか」

「左目はほとんど見えなくなってしまいました。右が少し見え、隻眼《せきがん》で生活しています。耳はまだ聞こえるようです」

「目はなんとか見えるけれど、かすむこともあり、近くの字は見えづらいわ。耳は少し遠くなりました。ご家族は」

「家内はみんな死んでしまいましたが、七男四女の子どもたちや沢山《たくさん》の孫に、囲まれています」

「伴侶《はんりょ》がいないのは淋《さび》しいですね。でも子どもも孫も元気で羨《うらや》ましいです」

「ああ、呆《ぼ》けてきて子どもの名前も出てこなくなりました。まして孫の名は思い出せない」

「うん、ほんとうに。なんでも度忘《どわす》れする自分には驚《おどろ》かされます」

「頼朝様が逝去《せいきょ》して、二十四年、二十五回忌《き》、月日のたつのは早いものです」

「話し相手がいないのが何《なに》よりも侘《わび》しく淋《さび》しく、うら悲しいことです」

「ああ、いつでも、昔話《むかしばなし》などをしに、お寄りいただければ幸いです」

「ありがとうございます。人はなんのために生きているのでしょうか」

「自分のために、家族のために、みんなのために、でしょうか」

「頼朝は自分のためにと武家のためにだったようにも」

「男は我欲が強く自分本位、女は家族愛が強いのかもしれません」

「そうですね」

政子は広元と対話していると、頼朝と話しているような錯覚《さっかく》を覚える。特に「ああ」と答えた時に。

庭に出て、目の不自由な広元の手を引いて歩いた。乙女《おとめ》のように胸がときめいた。頼朝との初恋《はつこい》の時、手が触《ふ》れたことを思い出す。老婆《ろうば》と老爺《ろうや》の老友、その老姿《おいすがた》をほーほけきょと鶯《うぐいす》が眺《なが》めている。広元は頼朝の一つ年下。政子六十五、広元七十四。

その夜、政子は頼朝の夢を見た。数十年前に押《お》し掛《か》けた時と同じように、蠟燭《ろうそく》の灯《ともしび》で書を読んでいた。

「久方振《ぶ》りですね」喉仏《のどぼとけ》を揺《ゆ》らして太い声を出した。

「夢にも出てこないで、淋《さび》しい」

「ああ、拙者《せっしゃ》も」

「恋《こい》しい、悲しい、切ない」

「ああ、そうだ」しかし、すぐ消えた。

（最後の恋《こい》をしたいと思うが、相手がいない。初恋《はつこい》の人は来世《らいせ》に。恋《こい》で心ときめくより、毎日、一緒《いっしょ》にご飯を食べて、話し相手になってくれる人がいたら。広元がその一人かもしれないが）と凡慮《ぼんりょ》する。

（夫や子ども、孫、犬を亡《な》くした哀切《あいせつ》や寂寥《せきりょう》を、力にして生きてきたけど、もう終わりにしたい。夫や子どもの分まで十分生きてきたようにも）と思案する。

翌朝、波子《なみこ》と談笑《だんしょう》する。春の光と南風のなか、梅は一分咲《ざ》き。陽当《ひあ》たりのいい枝《えだ》から咲《さ》く。鶯《うぐいす》も花開く枝《えだ》に停《と》まり日向《ひなた》ぼっこする。

「久し振《ぶ》りに頼朝の夢を見たわ」

「二十五回忌《き》で、帰ってきたのね」

「うん、そうじゃん」

「全成《ぜんせい》が他界して二十一回忌《き》。このところ夢にも出てこない」

「夫は極楽《ごくらく》での生活があるの」

「夫婦《ふうふ》喧嘩《げんか》をしたい」

「うん、そうね。先日、広元《ひろもと》さんに会った時、旦那《だんな》を思い出して胸がどきどきしたわ。とりわけ目の悪い広元さんと手をつないだ時」

「『年寄りの達者春の雪』だわ。心臓の調子が悪いだけではないかな。私もときどきあるけど。へっへっへ」

「そうかもしれないけど。はっはっは」

(初めての恋《こい》も連れ添《そ》い相手も頼朝とだけ。夫は浮気《うわき》をたくさんしたのに、一度も他の男を愛したことはないわ。これでいいのか、悪いのか。少しは別の人に胸をときめかせたかった。老《お》いらくの恋《こい》をさせてもらってもいいのでは)と思わないではない。

(そんな気力も体力も残っていないが、折々《おりおり》に、そう黙想《もくそう》するのが生き甲斐《がい》か)と考えることもある。

大江広元《おおえのひろもと》は京都で下級貴族の子として生まれる。若いころから学業に秀《ひい》でており、摂関《せっかん》家の九条兼実《くじょうかねざね》の下《もと》で仕事をするようになる。兄の中原親能《ちかよし》の誘《さそ》いにより、鎌倉《かまくら》に下り、頼朝の右筆《ゆうひつ》となる。

政子二十代半《なか》ばの時、出会い、お互《たが》い好感を得ている。頼朝が重要な意思決定をするときには、常に妻政子と右筆《ゆうひつ》広元に相談している。武家の東女《あずまおんな》と公家の京男《きょうおとこ》の意見を調和する英断が、リーダーシップあるいは独裁の源である。

没年《ぼつねん》七十七。政子より一か月、早く逝《ゆ》く。四十年ほどの盟友関係を保つ。相互《そうご》に尊敬し合い、ささやかな恋心《こいごころ》と深い友情を持ちながら。

義時《よしとき》変死《へんし》

政子と二人三脚《ににんさんきゃく》で、頼朝以降の難局を乗り切ってきた義時《よしとき》が永眠した。承久《じょうきゅう》の乱から三年後、梅雨寒《つゆざむ》の巳刻《みのこく》（午前十時ごろ）。享年《きょうねん》六十一。

葬送《そうそう》が行なわれ、頼朝の法華堂《ほっけどう》の東にある山上を墳墓《ふんぼ》とした。

急を聞いて六波羅探題《ろくはらたんだい》として京都にいた泰時《やすとき》が早馬《はやうま》で帰る。父の墓参りを済ませ、政子に会う。

「父の後妻伊賀方《いがのかた》が実兄の伊賀光宗《いがみつむね》と謀《はか》り、三浦義村《みうらよしむら》を抱《だ》き込《こ》み、実子の政村《まさむら》を執権《しっけん》に、娘婿《むすめむこ》の一条実雅《さねまさ》を将軍に、立てようとしているようです」

「長男のあなたが執権《しっけん》に就《つ》くのが道理です。伊賀方《いがのかた》が義時《よしとき》を毒殺したとの噂《うわさ》もあります。政村さんの烏帽子《えぼし》親《おや》の義村《よしむら》さんと相談してくるわ」

政子は義村《よしむら》を訪ねる。真夏日で庭の池には、真っ白の睡蓮《すいれん》が咲《さ》き乱れ、ぐえっぐえっと鳴き嘴《くちばし》の先が黄色の鴨《かも》が泳いでいる。

「義時《よしとき》の跡目《あとめ》を継《つ》ぐものは泰時《やすとき》しかいないと考えます。承久《じょうきゅう》の乱の折《おり》の武功も大きいし。

政村さんとは親子同然だから何らかの相談があったでしょう。光宗さんと政村さんの両人を諫《いさ》めて欲《ほ》しいですわ」黙《だま》って聞いていた義村《よしむら》に、さらに政子は続けた。

「光宗さんに助力して陰謀《いんぼう》に加わるか、泰時《やすとき》と協力して和平の方策を探るか、いずれをとるのか、はっきりしてください」

「光宗たちの謀事《はかりごと》を制止したい」義村《よしむら》は押《お》し切られる。

翌々日《よくよくじつ》、政子は謀叛人《むほんにん》を中流《ちゅうる》あるいは近流《こんる》する。光宗は信濃《しなの》へ配流《はいる》、伊賀方《いがのかた》は伊豆《いず》北条へ幽閉《ゆうへい》し、実雅《さねまさ》は越前《えちぜん》に流す。

伊賀方《いがのかた》と義時《よしとき》との夫婦仲《ふうふ》は、この時、最悪だった。間柄《あいだがら》はいつもいいとは限らない。天気と同じだ。穏《おだ》やかな晴天の時も、曇天《どんてん》のことも、小雨《こさめ》も大雨《おおあめ》も暴雨《ぼうう》も、微風《そよかぜ》や強風、突風《とっぷう》、荒れる雨嵐《あめあらし》もあり、激しい雷《かみなり》も鳴り、竜巻《たつまき》も起こり、霙《みぞれ》も雪も雹《ひょう》も降る。

義時《よしとき》の妻は阿波局《あわのつぼね》（姉と同名）、姫前《ひめのまえ》、伊賀方《いがのかた》、さらに二人の側室がいる。義時《よしとき》は息子《むすこ》七人、娘《むすめ》五人の子沢山《だくさん》。父時政に似て義時《よしとき》も愛多い男。親子とも政治欲だけでなく、女性への情愛も深い。

政子も夫には悋気《りんき》を起こしたが、弟のことまで構《かま》っていられない。ただ呆《あき》れ返るばかり。

十年ほど前、義時《よしとき》に十二人目の子ができた時、政子は波子《なみこ》と懇談《こんだん》した。

「義時《よしとき》は何人子どもをつくる気かしら。五十にもなって元気なことね」波子は言う。

「うん、ほんとうに。男はいくつになっても、子どもを産ませることはできるようね。女は四十を過ぎると子づくりは難しいようだけど」

（実朝を産んだのは三十五の時、月のものも五十路《いそじ》のころなくなった）と思い起こす。

「男はみんな馬鹿《ばか》で我《わ》が儘《まま》で自分勝手なんだから。力を持つと沢山《たくさん》の男だけでなく、多くの女も支配したいようね。義時《よしとき》もいいかげんにして欲《ほ》しいわ」

「そうね」

「猿《さる》に近いのよね」

「うん、頼朝と同じ。はっはっは」同意する。

「弟の時房《ときふさ》も正室と側室が数人、子どもは十一人、男七人、女四人と盛《さか》ん」

「時房《ときふさ》は末っ子だから、兄弟姉妹に可愛《かわい》いがられて育ち、みんなの後《あと》について動いたのでのんびりとした、いい性格ね」

「でも、あっちは貪欲《どんよく》かも。へっへっへ」

「北条家も源氏も、男は愛情豊かというか、性欲が人一倍あり動物に近いわ」

義時《よしとき》は死ぬ一か月ほど前、伊賀方《いがのかた》と跡《あと》取り問題で夫婦《ふうふ》喧嘩《げんか》をする。

「お前様も還暦《かんれき》を過ぎたので、嫡子《ちゃくし》政村に執権《しっけん》を譲《ゆず》ってください」

「長男は泰時《やすとき》だ。承久《じょうきゅう》の乱などでの功績もある。政村はまだ若い」

「伊賀《いが》家は先祖代々豪族《ごうぞく》で、家柄《いえがら》もいいのだから」

「ならぬ、だめだ」

（なんて、分からず屋なんだろう。義時《よしとき》は耳も遠く呆《ぼ》けてきた。脚気《かっけ》だし、いつ死んでもおかしくないから）伊賀方《いがのかた》は毒を盛ることを決心する。

（最近は若い側室ばかり可愛《かわい》がり、話し相手にもなってくれない。『六十の筵《むしろ》破り』はやめて欲《ほ》しい）妬心《としん》を起こす。更年期《こうねんき》のせいか加減も悪く、感情の起伏《きふく》も大きい。

伊賀方《いがのかた》は、自分の子への愛《いと》しさからと浮気《うわき》の憎悪《ぞうお》から、夫を毒殺した。子への今の愛は、夫への昔の恋《こい》より優先する。夫への恋情《れんじょう》はとっくの昔に冷めていて憎《にく》しみが増すばかりだ。

義理の子どもより、お腹を痛めた子どもの方が愛《いと》おしい。その熱愛が節度を超《こ》えると、大喧嘩《げんか》になり命の取り合いにまで進む。異母兄弟をつくるのは、母同士あるいは類縁《るいえん》を巻き込《こ》んでの諍《いさか》いのもと。塩梅《あんばい》が悪いとき情緒《じょうちょ》不安定となり判断を誤り事件や事故を起こす。

政子は義時《よしとき》が死没《しぼつ》する三か月ほど前の昼下がりに碁盤《ごばん》を囲んだ。春光のなか木瓜《ぼけ》が満開、目白がちーちゅるちーちゅるちーちゅると鳴く。

「義時《よしとき》、具合《ぐあい》はいかが」

「足腰《あしこし》にしびれがあり、脚気《かっけ》がどんどん悪くなるみたいです」

「気苦労が多いから。少し酒を控《ひか》えたら」（若い側室も）政子は言いたかった。

「でも、義時《よしとき》は長生きね。還暦《かんれき》まで生きる男は少ないのに」

「まあ」

「早寝《はやね》早起きと、お酒はほどほどが、きっといいのね。『酒は三献《さんこん》に限る』とも言うけど、『酒を嗜《たしな》む勿《なか》れ、狂薬《きょうやく》にして佳味《かみ》に非《あら》ず』のようよ」

「酒量は昔に比《ひ》較《かく》して随分《ずいぶん》と減りました。昔は一升《しょう》飲みましたが、今は一合ほど」

「頼朝も酔《よ》うと怒《おこ》りっぽくなることがあったわ。自分でも理解していて重要な席では飲むふりをしていたようよ。私は正月のお屠蘇《とそ》だけ、それ以外は飲まない」

「女は酒がなくても、口がよく動くから」

「男は口には出さないけど、自問自答をしているのでは。外会話《そとかいわ》より内話《うちわ》が好きかも」

「父時政は陽気な酒だったが、酒の失敗もあったと聞きます」

「うん。深酒《ふかざけ》して風邪《かぜ》を引いたり、判断を誤ったり、決断がもたついたり。さらに夫婦《ふうふ》の揉《も》め事も、手を上げることも、あったようよ」

「いざこざは、まだまだあります。妻は嫉妬心《しっとしん》が強いようです」

「頼朝の浮気癖《うわきぐせ》には泣かされたわ。知らぬ振《ふ》りや忘れた振《ふ》りができるようになり、口論が減ったの」

「お互《たが》いの気になることを忘れることはできませんが、忘れた風《ふう》をすることはできます」

「それがいつまでも仲好くする秘訣《ひけつ》ね。夫婦《ふうふ》も兄弟姉妹も親子も、そして友人も。口に出さないこと。心のなか奥《おく》深くにしまうこと。あるいは一日おいてから言うこともあるわ」

「溜《た》めて膨《ふく》らませ過ぎないよう小出しにして、大爆発《だいばくはつ》させないことも大事」

「『和を以《もっ》て貴《とうと》しとなす』が肝心《かんじん》。いつでもいつまでも和気《わき》藹藹《あいあい》に」

「ところで、私は質素な食事と歩くのが好きです」

「うん、それが長生きの鍵《かぎ》、馬や輿《こし》には乗らない方がいいわ。頼朝のように落馬しないで」

「歩くのが自然の摂理《せつり》。でも、そろそろかとも。お姉さん長いことお世話になりました」

「弟なんだから、姉より長く生きていてね」

「でも女の方が長生きするのが筋《すじ》のようにも」

（そんな理屈《りくつ》はないわ。ほんとうに道理が好きなんだから。男は不規則な生活をしたり、暴飲暴食をしたり、真理や正義を振《ふ》りかざして、命を取り合うような、いがみ合いをしたりするから早く死ぬの。正道《せいどう》も邪道《じゃどう》もほんとうは大差なく、表路《おもてみち》と裏道《うらみち》の違《ちが》いだけ。相手を思いやることが、大切なのに。『善の裏は悪』）と思う。

（義時《よしとき》との碁《ご》は楽しい。優勢になったり劣勢《れっせい》になったり動きが激しいわ。石を置いた方が有利に見えるが、すぐ逆転される。弟は常に石の効率を追求する。私によく似ているわ）

（模様も同じになることも。小さい時から連れ合って遊び、性格も言動も近いわ）と得心。

「負けました」義時《よしとき》は投了《とうりょう》する。

（体調が優《すぐ》れない分、読みが浅く、見落としがあり、弱気にもなる）と感じる。

「おしかった。また遊びましょう」

「そうですね」

これが最後の囲碁《いご》となる。六つ年下で大の仲好しの弟にも先立たれる。

三男の時房《ときふさ》は四十九、そろそろ隠居《いんきょ》の年だが、まだまだ働き盛《ざか》りで甥《おい》の泰時《やすとき》を助ける。

兄弟の中では一番の長生きで六十五まで生きる。

末っ子で、姉と兄、甥《おい》の尻押《しりお》しに徹《てっ》し、時や風、潮の流れに身を任《まか》せ、出世欲や政治欲は深くなく、呑気《のんき》な性格が長寿《ちょうじゅ》の秘密かもしれない。女性への愛欲はいつまでもあったようだが。父時政の七十六を超《こ》えた息子《むすこ》はいない。

泰時無欲《やすときむよく》

急死した義時《よしとき》の遺産《いさん》分配を泰時《やすとき》が取り仕切る。相続案を政子に説明する。

「十一人の弟や妹に多くを与《あた》えたいと考えています。自分は必要最低限の極僅《ごくわず》かでいい」

「あなたの取り分をもっと多くしなさい。嫡子《ちゃくし》なんだから」

「いや、自分は執権《しっけん》の身ですから、相続財産は少なくていいのです」と辞退する。

「なんと、無欲のことよ」感心する。

「でも、どうして、なぜ」

「欲をかき兄貴だからと、自分の分を多くすると、兄弟姉妹から不満がでます。本人は納《なっ》得《とく》しても、配偶者《はいぐうしゃ》や親族から文句がでるのが普通《ふつう》です。そんな訴訟《そしょう》が山ほどあります」

「うん、ほんとうに、そうね。頼朝は欲張《よくば》り過ぎたのかもしれない。そのためか、弟を二人も殺してしまった。欲や夢は控《ひか》えめ目がいいじゃん」

「ご明察《めいさつ》の通りです」

「『大欲は無欲に似たり』ともいうじゃん」

泰時《やすとき》は弟や妹との融和《ゆうわ》策として、自分の相続分を少なくし、異母弟妹による第二第三の伊賀方《いがのかた》事件の誘発《ゆうはつ》を避《さ》けた。

（政村と自分との相続争いだけでなく、頼朝兄弟の権力争い、頼家の子公暁《くぎょう》による実朝の暗殺、和田氏と三浦《みうら》氏の戦いなど、継承《けいしょう》に伴《ともな》う事件は多い）と認識している。

夏が終わり、風が少し涼《すず》しくなり、霧《きり》が立ち込《こ》め、白銀の芒《すすき》の穂《ほ》がなびき、ちゅんちゅんちゅりちゅんちゅと雀《すずめ》が鳴く夕方ごろ、政子に今後の政治について相談する。

「これからは、どんな政治をしてゆけば、いいんでしょうか」

「御家人《ごけにん》さんたちみんなが、心を同じにして声を揃《そろ》えて、力を合わせてゆくことが大事。

私の仕事もやっと終わり」

「頼朝さんと尼御台《あまみだい》さんに頼《たよ》る時代から、執権《しっけん》たちによる合議の時世でしょうか」

「うん。ほんとうに、そのとおりです。一人でできることは限られているから。間違《まちが》える
こともあるし、相談しないで決めると、反感をもつ人も多いし。政策や人事、訴訟《そしょう》の採決
などを、十人くらいで議論する場を常設してはいかがでしょう」

「評定《ひょうじょう》会議で、どうでしょうか」

「いいわ。新しい律令《りつりょう》も必要ね」

「公家の作った律令は唐《とう》の模倣《もほう》で数百年たち、今の道理や先例に合わないところがある」

「武家のみんなが理解できる、簡素な式目《しきもく》を作ってください」

「分かりました」

「奥《おく》さんはお元気でしょうか」

「前妻は長男時氏《ときうじ》を産んでくれましたが、訳あって別れました。後妻は二男三女を産みま
した。みんな息災《そくさい》にしています。時氏には孫ができました」

（原因は自分の悪行のせいだ。若気の至りだったが、黙《だま》っておこう）考える。

（別離《べつり》は時政や義時《よしとき》のように、泰時《やすとき》の浮気《うわき》が原因のようにも思う。北条家の男は皆《みな》、雄猿《おすざる》
のように多情で女好きなんだから）口には出さない。

「碁《ご》をしませんか」

「はい」

（泰時《やすとき》は欲のない碁《ご》だ。優勢のままに終盤《しゅうばん》に入り勝ったと思ったが、数えると負けていた。どこで逆転されたのか。いやもしかすると勝勢と思わせる、裏技《うらわざ》があるのかも知れない。読みの深い不思議な碁《ご》だ）と思う。

政子は秋風を感じた。自分の秋も覚《さと》る。

「寂《さび》しさに　宿を立ち出でて　ながむれば　いづくも同じ　秋の夕暮れ（良暹法師《りょうぜんほうし》）」と口ずさむ。

泰時《やすとき》は会議を重視する。多くの意見を聞き、公正な判断をするよう心掛《が》ける。翌年に連《れん》署《しょ》を設け、叔父《おじ》の時房《ときふさ》を充《あ》てる。さらに政務に精通した文官と有力御家人《ごけにん》からなる評定《ひょうじょう》衆《しゅう》を設置する。

八年後には御成敗式目《ごせいばいしきもく》を定める。武家の根本法典であり、五十一条からなる簡潔なものである。源頼朝以来の先例と道理のなかから最も適当と判断したものを法文化した。

執権《しっけん》政治を確固たるものとし五十九で死去。父の十七回忌《き》を済ませ、その翌年の伯母《おば》政子の十七回忌《き》から一年後。死因は過労と赤痢《せきり》か。

一年ほど前から健康状態が思わしくなく病気がちとなり、一か月半ほど臥《ふ》せり逝《ゆ》く。

父と同じ六月に絶命する。三上皇を遠流《えんる》とした月であり、その祟《たた》りとの風聞が巷《ちまた》に流れる。

水無月《みなつき》の鎌倉《かまくら》は、北風の雨の日と南風の晴れの日で、摂氏《せっし》二十度と三十度ほどの気温差がある。夜中の雷雨《らいう》では急に温度が下がり寒くて目が覚める。この変化に体が適応できず、健康を害し、夏風邪《かぜ》を引く人が多い。太陽が熱い昼は熱中症《しょう》もあり、食べ物が腐《くさ》りやすく食中《あた》りもある。大姫《おおひめ》は七月、乙姫《おとひめ》は六月に冷たくなる。

泰時《やすとき》の正室は三浦義村《みうらよしむら》の娘矢部禅尼《むすめやべぜんに》、継室《けいしつ》は安保実員《あぼさねかず》（播磨《はりま》国の守護）の娘《むすめ》。三男三女に恵《めぐ》まれるが、子どもたちも、この季節に早世《そうせい》したものが多い。

時は遡《さかのぼ》るが、義時《よしとき》が亡《な》くなった数日後、北西風の吹《ふ》く梅雨寒《つゆさむ》の夕方、政子は波子《なみこ》と赤紫《むらさき》の紫陽花《あじさい》を眺《なが》めながら駄弁《だべ》る。雀《すずめ》は桜木の下で雨宿《あまやど》りしている。

「動植鉱って知ってる」政子は聞く。

「さて」

「お父さんの時政や夫頼朝、弟の義時《よしとき》と時房《ときふさ》は多くの女性を愛した。動物好きだった」

「男は、みんなそう。夫の全成《ぜんせい》も。一人の女、妻だけでは満足できないようね。あれもこれもどれも好きだわ」

「女は、あれかこれかどれかで一人の男、夫を一途《いちず》に、そして数人の子どもや孫も愛する」

「でも、どちらも、そのうち話し相手にもならなくなり、先に死んでしまう者もいる」

「草花は世話をすれば、麗《うるわ》しい花を毎年咲《さ》かせるし、一人でも生きていけるじゃん」

「それなりに体力がいるけど」

「うん、ほんとうに、しんどいし、草臥《くたび》れてきて、水をあげないと草木も枯《か》れる。花が咲《さ》いている時は短い。そして、みんな死んで土に帰る。人は骨と墓石だけが残る」

「墓参りと墓掃除《そうじ》だけが仕事のようなもの」

「人の一生は、青年や壮年《そうねん》の青春朱夏《しゅか》の時は異性の動物に恋《こい》をし、中年の白秋のころは草花の植物を愛し、老年の玄冬《げんとう》には鉱物の骨を大事にし墓を守るようにできているようよ」

「お姉さんも私もそう。でも男も同じかもしれないわ」

政子薨去《こうきょ》

北風が吹《ふ》き荒《すさ》び、ざあざあと土砂《どしゃぶ》降りの寒い梅雨《つゆ》の夜中、夢を見た。

「早くおいで」頼朝が赤い夕陽《ゆうひ》の浜辺《はまべ》で呼んでいる。

「うん」政子が応《こた》える。

「大姫《おおひめ》や頼家《よりいえ》、乙姫《おとひめ》、実朝《さねとも》も、みんな待っているよ。よしも」

「お母さん、待ってるじゃん」子どもたちも声を合わせて。

「わあん、わあん」よしは吠《ほ》えている。

「うん」みんなの許《もと》へ近づこうとしたが、なかなか側《そば》に寄ることはできない。いつの間にか、皆《みな》消え去った。

翌日の朝、妹波子《なみこ》と話に花が咲《さ》く。西風のなか濃《こ》い紫《むらさき》の紫陽花《あじさい》が、しとしとと降る雨に打たれている。犬が松の木の下で雨宿《あまやど》りしている。

「お姉さん、塩梅《あんばい》はいかが？」

「最悪、もうだめかもしれない。熱っぽいし、肩《かた》や腰《こし》、膝《ひざ》、いろんなところが痛いし」

「お互《たが》い長く生き過ぎたのかもね」

「うん、共に夫にも子どもにも、犬にも先立たれ」

「そうね」

「長生きすれば、楽しいことも悲しいことも、たくさんあるじゃん」

「ほんとうに。水面《みなも》や鏡《かがみ》に映る私の髪《かみ》は真っ白」

「私は剃《そ》っているから、白くは見えないけど。手鏡で見ると産毛《うぶげ》は真っ白。昔は姿見《すがたみ》を眺《なが》めるのが好きだった。子どもと分け合って見たこともあるわ。今は……」

「私は今も一日一回は、化粧鏡《けしょうかがみ》を見ながら髪《かみ》を梳《と》かしているけど」

「羨《うらや》ましいこと。こないだ、夫と子どもたちの夢を見た」

「そう」

「『早くおいで』と呼んでいた」

「そんな。『ゆっくり来てね』ではないの。『急がなくていいよ』では。そんな夢は獏《ばく》に食べてもらったら」

「うん。ところで、私は火葬《かそう》がいいじゃん」

「どうして」

「極楽《ごくらく》にゆきたいの。お釈迦《しゃか》さまは薪《まき》で焼かれて、煙《けむり》と灰になったと聞くし」

「みんなは土葬《どそう》だけど。だからといって浄土《じょうど》にゆけないことはないわ。薪代《まきだい》もそれなりよ」

「頼朝と三人の子は埋葬《まいそう》。でも実朝は荼毘《だび》に付したわ。骨は勝長寿院《しょうちょうじゅいん》に納め、高野山《こうやさん》にも分骨《ぶんこつ》したの。私もそうして欲《ほ》しいの、お願い。最後の贅沢《ぜいたく》だけど」

「分かったわ」

「『吉凶《きっきょう》は糾《あざな》える縄《なわ》の如《ごと》し』だったようにも」人生を振《ふ》り返る。

「お互《たが》い、言いたいこと言って、したいことした人生だったようにも思うけど。お姉さん

は御台所《みだいどころ》にもなり尼御台《あまみだい》になったから、さらに尼将軍《あましょうぐん》にも、従二位《じゅにい》にも」

「頼朝との五十五年前の出会い、初恋《はつこい》が悲喜《ひき》こもごもの事始め、色んな風が吹《ふ》いた」

「そうだったの。お姉さんの夜這《よば》いからではなかったの。へっへへ」

「夜這《よば》いではないの、押掛《おしか》けただけ。はっはは」

（波子と初恋《はつこい》の話をしたのは初めてだったか、いや何回かしたようにも、どちらだったか、よく覚えていないけど。昔のことはよく憶《おぼ》えているけど、ちょっと前のことは忘れる。朝ご飯はなんだったか）朝餉《あさげ》のおかずが思い出せない。

「私たちは頼朝さんが決めたお見合い婚《こん》、お姉さんたちは恋愛婚《れんあいこん》」

「出会い方は違《ちが》うけど、どちらも縁《えん》があってのこと。『合縁奇縁《あいえんきえん》』だから」

「連《つ》れ添《そ》っていれば、自然と愛情が湧《わ》くものね」

「うん、夫婦《ふうふ》どちらにも、いいところも、だめなところもあるけど、褒《ほ》め合ったりして、共に認め合い、云《い》いたいことを少し黙《だま》って、尊重し合えば幸せ」

「お姉さんの内助の功で、頼朝さんは鎌倉殿《かまくらどの》に」

「主人は運《うん》がよかったのよ」

「押掛《おしか》け女房《にょうぼう》になったから、運と間《まん》を拾ったのよ。そして、旦那《だんな》の尻《しり》を叩《たた》いたから」

「どうだか。背中《せなか》を押《お》したことは、あるけど」

「きっと、きっと、そうよ。うんうんと言うから運のいい風、温かい風がそよそよと吹《ふ》き、それに乗り、うまく舵《かじ》が切れたのよ」

「ありがとう」

「頼朝さんもお姉さんも『人間は実が入れば仰向《あおむ》く、菩薩《ぼさつ》は実が入れば俯《うつむ》く』を気にしていたようね」

「いいこと言うわね。でも、いつもいい人ではなかった。時には狂《くる》い、悪い人にもなったけど。頼朝は何人も殺し、私は怒鳴《どな》り散らし、天に唾《つば》したことも」

「親子でも兄弟姉妹でも夫婦《ふうふ》でも、時たま喧嘩《けんか》するわ」

「うん、そうね。同じ家で暮《く》らし、一つの物を分け合って食べ、連れ添《そ》って草花や鳥、山河、星月を眺《なが》め、風や鳥、虫の声を聞き、布団《ふとん》に並んで寝《ね》てれば、いつの間にか、感じ方や考え方も似てきて、言葉も仕草《しぐさ》もそっくりになるわ。そして勘違《かんちが》いや言い争い、いざこざ、行き違《ちが》いも減るけど」

「そして、瓜《うり》二つの子どももできて」

「夫や犬に先立たれるのは仕方《しかた》がないことだけど、子どもや孫《まご》に先に死なれるのは淋《さび》しい限り」

「そうね。旦那《だんな》は武家の棟梁《とうりょう》に、お父さんや弟は執権《しっけん》となり、栄耀栄華《えいようえいが》を極《きわ》めたけど」

「女の幸せは、家族がいつまでも仲好《なかよ》く楽しく暮《く》らすことで、夫が出世して人より栄耀栄《えいようえい》華《が》な暮《く》らしをすることではないように思う」

「いくら大きな家に住んでも、美味《おい》しい物を食べても、綺麗《きれい》な着物を着ても、家族で談《だん》笑《しょう》することより楽しいことはないじゃん」

「うん、早く極楽《ごくらく》で家族団欒《だんらん》したいじゃん。ははは」

「どちらにしても、私たちもすぐに、お迎《むか》えが来るのだから。へへへ」

「平平凡凡《へいへいぼんぼん》に生きたかったのに」

「凡庸《ぼんよう》な家族はどこにもなくて、それぞれが、その時々《ときどき》を喜び悲しみ怒《いか》り哀《あわ》れみながら生きるしかないの」

「理想的な家庭を求めてはいけなくて、今の喜怒哀楽《きどあいらく》をただ受け入れるしかない。平凡《へいぼん》のなかに少しの非凡《ひぼん》があるのが人生。可もなく不可もない人生は、あるようでないようね」

「月並みの家庭もきっとなくて、小さな幸せも不幸もあるわ。過去や未来に囚《とら》われないで、今が少しでも楽しいと思えて笑って過ごせるなら、それはそれでいいのかも」

「『色即是空《しきそくぜくう》、空即是色《くうそくぜしき》』だから、好きも嫌《きら》いも、愛も憎《にく》しみも、夢も欲も、好《い》い加減《かげん》がいいじゃん」

「話し疲《つか》れたわ、五目並《ごもくなら》べしない」波子は政子に頼《たの》む。

「うん、いいじゃん。囲碁《いご》はくたびれるから」

じゃんけんして、政子が「ぱあ」、波子が「ちょき」で波子が先手の黒。二十一手で波子に黒の四三ができ勝つ。

「強いわね」

「勝ったのは久《ひさ》し振《ぶ》り」

「そうだった」

「お姉さんには、なんでもかんでも、なかなか勝てなかったけど」

「年だけは抜《ぬ》くことはできないのだから」

「そうだけど」

「波子のお陰《かげ》で、楽しいことは倍に、苦しいことは半分になったようにも」

「そうね。二人でいつもなんでも話し合えたから」

小さいころから、いつも連れ添《そ》い遊び戯《たわむ》れていた姉妹の最後の朗笑と長話《ながばなし》となる。

政子は六十八で薨去《こうきょ》した。嘉禄《かろく》元（一二二五）年七月十一日丑刻《うしのこく》（午前二時ごろ）。星が降るように輝《かがや》いていた。翌朝には赤い朝焼けがあった。陽《ひ》が昇《のぼ》ってからは空も海も青く、白い鷗《かもめ》が飛び、紫《むらさき》の桔梗《ききょう》が咲《さ》いている。

朝よりさらに赤い夕焼けのなか茶毘《だび》に付される。天も地も人も紅《くれない》に燃える。風も死んだ。白骨の一部は高野山に送られ、頼朝と実朝の時と同様、貞暁《じょうぎょう》が供養《くよう》する。頼朝の毛髪《もうはつ》と実朝の骨の側に眠《ねむ》る。

晩春から病気がちとなり勝長寿院《しょうちょうじゅいん》の御所《ごしょ》で臥《ふ》せっていた。二年前に、政子は勝長寿院《しょうちょうじゅいん》の奥《おく》に、御所《ごしょ》と弥勒菩薩《みろくぼさつ》を本尊とする新御堂《しんみどう》を建てる。死に支度《したく》だ。

死後、新御堂《しんみどう》は法華堂《ほっけどう》となる。法名《ほうみょう》は安養院殿如実妙観大禅定尼《あんよういんでんにょじつみょうかんだいぜんじょうに》。

『我ひとり　鎌倉山《かまくらやま》を　越《こ》えゆけば　星月夜こそ　うれしかりけれ』の古歌が残る。

※本書は満年齢表記で統一しました。

カバー　グラディアCoC（平和紙業株式会社）
表紙　OKミューズマリン・しろ（平和紙業株式会社）
オビ　OKミューズコットン・しろ（平和紙業株式会社）
本文　OKライトクリーム・ツヤ（王子製紙株式会社）

略歴

西脇 隆（にしわき　たかし）

一九四八（昭和二十三）年岡山県倉敷市生まれ。岡山市立内山下小学校、岡山大学教育学部附属中学校、慶應義塾高等学校を経て、一九七一（昭和四十六）年慶應義塾大学工学部管理工学科卒業後、野村総合研究所入社。一九七三（昭和四十八）年スタンフォード大学大学院工学部オペレーションズリサーチ学科マスター修了。二〇〇四（平成十六）年野村総合研究所退社、株式会社クリエイジ（ビジネス書のインターネット書店）を創業して代表取締役社長就任。二〇一二（平成二十四）年株式会社クリエイジを古本のインターネット書店に業態転換。居住地は倉敷市児島、岡山市、東京都目黒区、中野区、杉並区、鎌倉市、横浜市、スタンフォード、逗子市などを経て、現在は藤沢市に在住。

著書に『おね、秀吉の妻』（文藝春秋、二〇一八年）、『糸子、隆盛の妻』（文藝春秋、二〇一七年）、『多子青春化』（日本評論社、二〇〇五年）、共著に『ネットワーク未来』（日本評論社、一九九六年）、"Strategy for Creation"（Woodhead Publishing, Ltd., 1991）、『創造の戦略』（野村総合研究所、一九九〇年）、『企業家型管理者の時代』（産能大学出版部、一九九〇年）など。

政子《まさこ》、頼朝《よりとも》の妻《つま》

二〇二〇年一〇月一四日　初版第一刷発行

著者　西脇《にしわき》　隆《たかし》
発行　株式会社文藝春秋企画出版部
発売　株式会社文藝春秋
〒一〇二―八〇〇八
東京都千代田区紀尾井町三―二三
電話〇三―三二八八―六九三五（直通）
装丁・イラストレーション　河村　誠
印刷・製本　株式会社　フクイン

ISBN978-4-16-008981-5